LADY ANNA

DU MÊME AUTEUR

Aux éditions de La Table Ronde

LA FOIRE, roman.
JULIETTE OU L'INSOLATION, roman.
LES PIEDS POUSSENT EN NOVEMBRE, roman.
IRISH COFFEE, roman.
ZWEI, Histoire d'un original allemand intéressé par la fesse et la musique, roman.

Folio

LA FOIRE, roman.

Aux éditions Ramsay

TROUSSE CHEMISE, roman.

PIERRE VIALLET

LADY ANNA

Trousse Chemise **

Éditions Ramsay
9, rue du Cherche-Midi
75006 Paris

Toute ressemblance avec des personnes vivant à la Rochelle ou sur l'île de Ré serait purement fortuite. En effet, un patronyme du Poitou ne s'invente pas. Il existe déjà dans l'Histoire.

ISBN : 2-85956-419-5.

« La vraie vérité,
c'est de pouvoir toute chose sur soi. »
Montaigne.

Résumé du volume précédent

1627-1628. Louis XIII règne sur la France. Le cardinal de Richelieu gouverne.

Sur la côte atlantique, la situation est grave.

L'Aquitaine, terre huguenote, ne supporte pas ce pouvoir catholique. Charles 1er d'Angleterre et le lord grand amiral duc de Buckingham soutiennent cette rébellion protestante.

Français et Anglais, papistes et calvinistes s'affrontent cruellement. L'île de Ré ne reconnaît plus les siens.

La Rochelle va soutenir un siège interminable qui la laissera exsangue.

Elément annexe peut-être, mais qui a sa part dans ce conflit : Richelieu et Buckingham briguent les faveurs de la même femme, la reine de France, Anne d'Autriche.

De son petit moulin, une superbe Rhétaisee, la drôlesse Anna Le Halper, voit déferler ces événements avec la passion et l'étonnement de ses seize ans.

Jusqu'au jour où la guerre secoue son île bien-aimée, elle a passé sa vie à attraper des homards, à ramasser des huîtres avec son amie Lucette, à promener sous le soleil sa belle crinière brune, à poser sur les gens et les choses l'innocence de ses yeux bleus d'eau profonde, à se chamailler avec son père, un vieux viticulteur bougon, et à écouter les conseils du Père Bruno qui essaye d'apprivoiser la « nature » qu'il a devinée en elle.

Quand elle voit se dresser les uns contre les autres des gens dont elle ne s'était jamais demandée s'ils étaient catholiques ou protestants, elle n'a qu'une idée : servir son roi. Elle n'a qu'un désir : vivre.

Les hommes, qu'elle découvre avec un appétit joyeux, vont l'y aider. Le capitaine Jeannot, le patron de la Petite Marie, *qui a perdu une jambe dans un affrontement avec une embarcation anglaise. Hermès, un très énigmatique officier de Sa Majesté, qui se sert de sa beauté et de son intelligence pour la charger des missions les plus difficiles. Jacques Penaud, le très astucieux commercant avec lequel, en plein siège de La Rochelle, elle fait de fructueuses affaires. Et Michipe, un vaillant* midship *de l'amirauté britannique. Avec Michipe, elle ne partage pas que des sensations, elle l'AIME.*

Energique Le Halper, qui entraîne ses camarades de catéchisme à montrer leurs fesses aux Anglais pour les humilier. Courageuse Anna, qui pénètre clandestinement dans La Rochelle, s'infiltre dans le camp ennemi pour recueillir des renseignements utiles à son Roi. Emouvante drôlesse qui supporte l'horreur de la séquestration... tant qu'elle ne peut pas y échapper.

Pendant plusieurs mois, Anna Le Halper mène avec brio le combat qu'on attend d'elle ; elle plonge dans l'aventure comme elle mord dans une sardine, avec avidité, mais, dans son cœur, elle ressent un vide immense : le manque de Michipe, qui tourne à l'obsession.

Aussi saura-t-elle convaincre le capitaine Jeannot et son ami Julien Bigras, qui vont emmener la Petite Marie *jusqu'au Canada, de la déposer aux abords des côtes de la Cornouailles. Il lui faut retrouver son rêve britannique.*

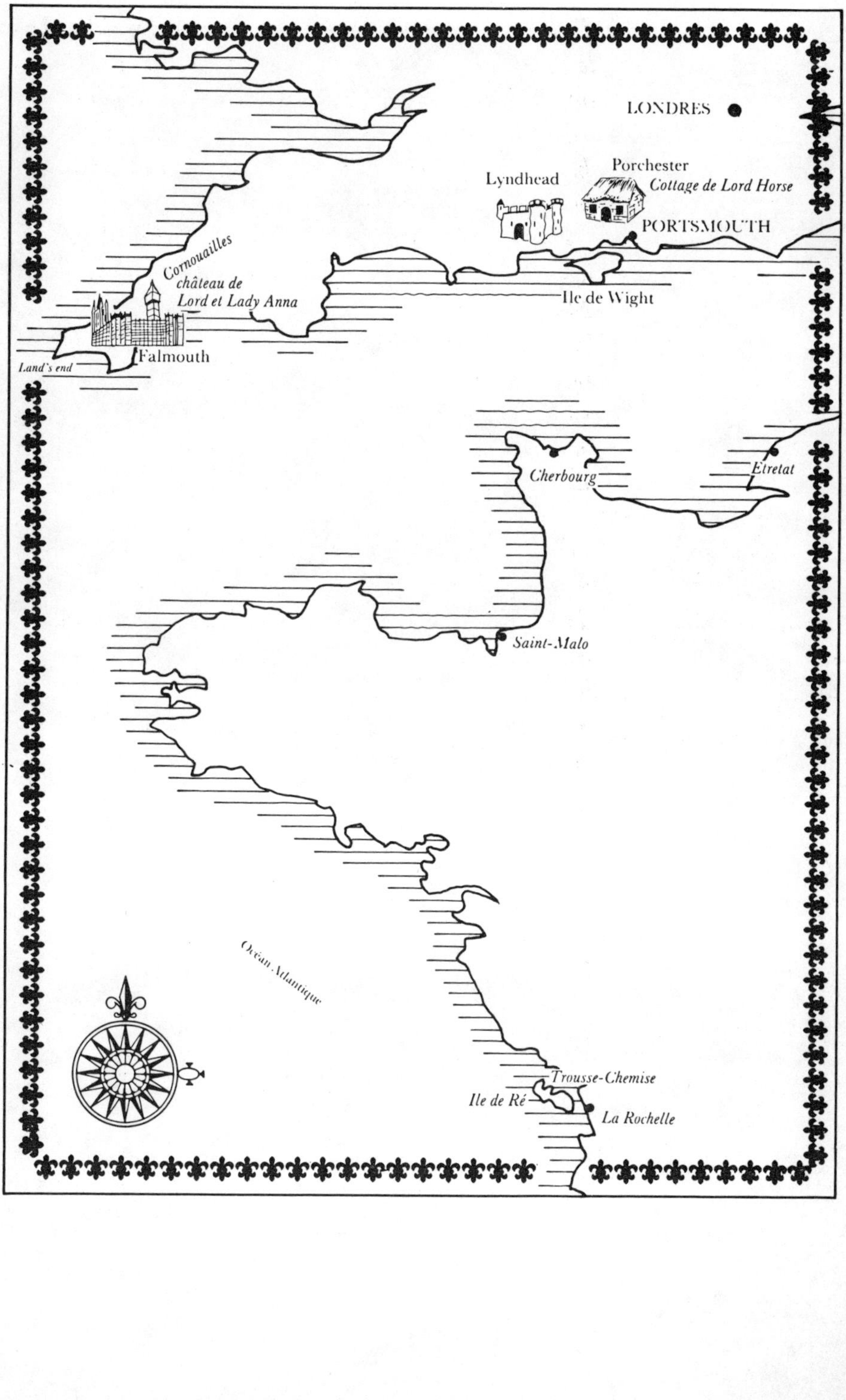

LONDRES
Porchester
Lyndhead
Cottage de Lord Horse
PORTSMOUTH
Cornouailles
château de
Lord et Lady Anna
Ile de Wight
Falmouth
Land's end
Cherbourg
Etretat
Saint-Malo
Océan Atlantique
Trousse-Chemise
Ile de Ré
La Rochelle

1.

Mariage anglais

Pris de folie amoureuse, le capitaine Jeannot court sur le pont de la *Petite Marie* à la poursuite d'Anna Le Halper.

En cette nuit de fin février 1628, elle y prenait le frais et regardait s'éloigner les côtes de France.

Saisi au plus vif de lui-même, Jeannot s'était désintéressé de la marche de son navire et avait couru droit sur Anna : un temps mou, deux temps forts, un coup mou sur sa vraie jambe, un coup dur sur sa jambe de bois, un autre sur sa canne.

— Mont' moi tes fesses ! Mont' moi tes fesses, lance-t-il à la drôlesse.

— Bernique ! Bernique !

Le bateau abandonné à lui-même maintient à peu près son cap sur l'Angleterre.

Jeannot est haletant mais rapide. Il rattrape Anna, pourtant agile.

La nuit est claire, on voit comme en plein jour ; si Jeannot ne se calme pas, tout l'équipage sera au courant des égarements de son capitaine.

— Sois raisonnable, lance encore Jeannot.

— Bernique !

Un mouvement plus sec du bateau dans un résidu de houle et Jeannot tombe à la renverse.

— Tu t'es fait mal ? s'inquiète Anna.

Malin, il ne répond pas. Il sait que la drôlesse va s'approcher, le cœur tendre, et qu'il n'aura plus qu'à plaquer sa grosse patte de marin pour obtenir ce qu'il veut.

Comme il l'avait prévu, Anna le câline. Maintenant qu'il a vaincu l'obstacle, il recule.

— Excuse-moi, dit-il, j' sais pas c' qui m'a pris.

— Tu le sais très bien.

Anna se laisse caresser les cheveux.

— J' suis veuf, dit-il dans une espèce de rêverie triste, j' suis veuf et j'ai jamais aimé une fille comme j' t'aime. Je supporte pas l'idée de plus t' revoir. Qu'est-ce que j' vais devenir au Canada ? Et toi, tu vas t' marier à un autre, à un Anglais dont tu connais même pas l' nom.

— Michipe, dit Anna, la bouche ronde.

— C'est pas un nom, *midship,* c'est un grade dans la marine anglaise...

— Michipe, s'entête Anna. Il a promis de me marier.

— C'est d' la folie, c'est d' la folie. Traverse l'Atlantique avec nous. Bigras est renseigné. Y a rien de mieux que l' Canada. J' t'en supplie, me quitte pas.

La scène prend une tournure sentimentale qui déplaît à Anna. Elle risque d'être troublée par tant d'amour.

Brusquement elle se dégage.

— Si tu m'attrapes, tu m'auras !

Jeannot avait prévu le coup. Il connaît bien Anna. Il ne lui a pas laissé le temps de bondir ; elle est déjà dans ses bras, naïve, comblée, pleinement satisfaite de la vie.

Fidèle en son cœur à Michipe, elle ne s'attendait pas à si bien jouir de son infidélité. Elle a des excuses. Jeannot a manqué de mesure, il n'aurait pas dû insister. Il n'a jamais eu de tact...

Mais la chose étant faite, autant profiter de l'agrément de sa présence et de cette nuit en mer.

S'il y a faute de sa part, il y a aussi de la reconnaissance ; il ne faudrait pas oublier qu'il fut celui par qui elle découvrit l'amour.

Juré, c'est juré. Dès qu'elle sera sur le sol anglais, elle se consacrera tout entière à Michipe. Plus aucun homme ne l'approchera à moins d'un *foot* (le *foot* étant, au pays des *plum-puddings,* et comme elle vient de l'apprendre, une distance correspondant à notre « pied » [1] français).

La nuit devient étrange, la mer phosphorescente, anormalement vide. Pas un bateau anglais ne croise au large, comme si la flotte de Sa Majesté avait renoncé à toute surveillance des côtes de France. Le capitaine Jeannot ne se décide pas pour autant à mettre le cap sur Portsmouth, là où Anna compte retrouver son Michipe. Dans une mer molle et un vent hésitant, la *Petite Marie* semble, elle aussi, hésiter.

Soudain, un coup de vent se déclare dans le sud. Il faut en profiter. Avec autorité, Anna s'empare du gouvernail et prend le bon cap, droit sur Portsmouth.

La traversée de la Manche sera courte. Jeannot tente une dernière fois sa chance.

— Vois comme on s'entend bien. On pourrait être heureux tous les deux au Canada.

Comme Anna ne répond pas, il insiste, se fait menaçant.

— Et qui t' dit que les Anglais ne vont pas s' venger d' leur cuisante défaite à l'île de Ré simplement parce que t'es rhétaise ?

Anna ne l'écoute plus.

C'est terminé. Le monde de son enfance, d'une certaine enfance, s'achève ici. Ces adieux l'agacent, elle n'y prête plus la moindre attention. Jeannot est un fabuleux souvenir, il vient d'obtenir ce qu'il voulait. Salut l' Jeannot, je t'aimais bien. Quant à Julien Bigras, il est gentil comme tout, elle l'adore, il aurait pu devenir un grand ami mais lui aussi part à la découverte

1. Environ trente centimètres.

du Nouveau-Monde avec ses rêves de chasse et de forêts gelées...

Plus tard, quand elle sera vieille, peut-être se souviendra-t-elle de leurs aventures dans La Rochelle assiégée, mais cette nuit, elle ne pense plus qu'à l'avenir. Elle vient d'avoir dix-sept ans tout rond. Elle a gardé l'événement secret pour ne pas être félicitée. Elle a fêté son anniversaire en compagnie d'elle-même.

Le vent s'équilibre au sud et pousse sur l'Angleterre. « Dans trois à quatre heures, s'il demeure aussi régulier, je serai rendue à Portesmoufe, le pays de Michipe », pense Anna.

Trois à quatre heures, en effet. Un rien de temps dans une vie. De nouveau, Jeannot éprouve l'angoisse de la séparation.

Il revient à la charge.

— Qu'est-ce que tu possèdes bien l'art de gouverner un navire ! dit-il, mielleux.

Anna sait qu'en général la flatterie précède le mauvais coup.

— Moi, si j'étais toi, ajoute-t-il, j' me méfierais...

Anna ne répond toujours pas.

Il poursuit.

— ... Sais-tu que Portsmouth est un port de guerre ?

— Dame, oui !

— On l' dirait pas. Et que trouve-t-on à Portsmouth sinon des marins vaincus ? Si, toi, tu l'oublies, eux n'oublient pas qu'ils ont pris une sérieuse culotte sur l'île de Ré.

— Tu te répètes, Jeannot.

Il hausse le ton.

— On mettra jamais assez en garde des écervelées de ton espèce.

— Ne te fâche pas.

— Je m' fâche pas, j' m'inquiète, j' suis terrorisé à l'idée que, par ma faute, tu risques d'être arrêtée cent fois avant de retrouver c' Michipe, comme tu dis. Portsmouth grouille d'espions... d'espions, de pirates et de voyous. Et si on t' coupe la tête ?

Julien Bigras intervient.

— Cesse de la tracasser avec tes picoteries.

— Ce sont pas des picoteries mais des vérités.

Rude Jeannot, doux Jeannot ; des larmes brillent dans son regard bleu.

Pour le calmer, Anna l'embrasse. C'est furtif mais, d'allégresse, il en sautille sur son pilon et exécute un petit parcours dansé, un coup mou, deux coups durs.

La scène enchante Julien Bigras. Ce qu'il apprécie peut-être le plus chez une femme, c'est sa faculté de distraire un homme de ses préoccupations et de le rouler dans la farine.

Quand le jour se lève, l'île de Wight, qui commande l'entrée de Portsmouth, est en vue.

La chaloupe à bord de laquelle Anna doit embarquer est déjà à l'eau, prise en remorque. Un matelot y a gréé un bout de voile et un pavillon britannique [1] prêt à être hissé et qui lui sera certainement utile lors de son atterrissage.

La mer est vide. C'est inexplicable. Et Portsmouth semble une ville morte. Optimiste, Julien Bigras pense que c'est bon signe. Anna devrait pouvoir débarquer sans encombre. Elle a étudié les cartes marines, elle connaît les courants et les fonds, les vents lui sont favorables, tout devrait se passer sans histoire...

Pessimiste, Jeannot prévoit le pire. Comment une enfant — car Anna est une enfant, ne me dites pas le contraire —, pourra-t-elle manœuvrer seule cette chaloupe conçue pour vingt matelots et un barreur ?

Quant à l'absence de tout signe de vie, tant sur l'île de Wight qu'à Portsmouth, Jeannot y voit un avertissement, sinon un mauvais présage : elle va tomber dans un guêpier. Les Anglais ont un tas de tours dans leurs sacs.

Une dernière fois, Julien Bigras l'interrompt.

---

1. Pendant le siège de Saint-Martin-de-Ré, la *Petite Marie* réquisitionnée par les Anglais, est devenu *Little Mary.* A bord, on a retrouvé du matériel abandonné par la flotte de Sa Très Gracieuse Majesté britannique.

— J' suis persuadé, dit-il, qu'un jour Anna nous rejoindra au Canada.

Bigras possède l'art de dire n'importe quoi, mais au bon moment.

Maintenant tout va très vite.

Jeannot enferme la main d'Anna entre ses pattes rugueuses puis, doucement, baise cette main avec déférence. L'équipage profite de ces courts adieux pour amener la chaloupe le long du bord.

Anna s'y glisse en douceur.

Pour se prouver qu'il est un homme de qualité, Jeannot largue lui-même l'amarre. A une vitesse incroyable, les deux bateaux s'éloignent l'un de l'autre. En contre-jour, dans les mille feux du matin qui scintillent sur la mer, Anna n'est bientôt plus qu'un de ces feux alors que la *Petite Marie,* toutes voiles dehors, se détache encore longtemps sur l'horizon.

Anna surveille son cap. Droit sur Michipe. Incroyable d'imaginer qu'il est là, dans une des maisons de cette ville endormie, ou à bord d'un de ces navires dont les superstructures se dessinent en noir sur de lointaines collines blanches. Et ces mâts, plus importants que les autres, ne sont-ils pas ceux du *Triumph*, le vaisseau amiral à bord duquel Michipe dispose d'une cabine... Ce n'est pas le moment de se laisser aller à la sentimentalité. Elle s'oblige à ne plus s'occuper que de sa navigation. L'île de Wight est proche, une grosse île avec du ventre, constate-t-elle, dépourvue de la finesse de son île de Ré.

Dernière rumeur d'une existence désormais révolue, sa mémoire bruit encore des conseils de Jeannot, qu'elle s'applique à exécuter scrupuleusement : « Le Solent est le bras de mer entre Portsmouth et Wight. Tu choisiras l'accès par la passe de l'est. Tu ne peux pas te tromper : la côte de Wight est une falaise basse derrière laquelle s'élèvent de gros rochers. Méfie-toi des courants ; ils sont violents et dangereux. Maintiens-toi autant que possible au milieu de la passe... »

Le soleil ne chauffe pas.

L'Angleterre donne le frisson.

Anna boit un petit coup de vin Le Halper et sourit au souvenir de son père. Que penserait-il de savoir sa fille aventurée au pays des *plum-puddings ?* Elle va les voir de près, et chez eux, ces curiosités de l'espèce humaine, comme on dit dans les milieux catholiques de Saint-Martin-de-Ré.

Elle déborde l'île de Wight, et Portsmouth, avec sa forêt de mâts, apparaît sur tribord. Au-delà, dans une immense cuvette actuellement à marée basse, se dessine le château médiéval de Portchester. Jeannot a très bien expliqué les choses. « Si j'étais toi, lui avait-il recommandé, j' me laisserais porter par la marée jusqu'au fond d' la baie, près du château, où les guetteurs pourront se demander si tu viens de Portsmouth. Tu comprends l'astuce ? — Très bien, mon Jeannot. — T'échoueras ta chaloupe. Un peu d'ordre à bord pour faire semblant d'être habituée au pays et tu t'en retourneras tranquillement à pied jusqu'à Portsmouth. Et là, tout le monde croira que t'es du pays... »

Le vent, le courant de marée et la très grande habileté de la drôlesse aux choses de la mer lui permettent d'entrer dans Portsmouth bien dans l'axe du chenal.

En passant devant la flotte anglaise à quai, personne ne lui prête attention ; elle constate l'état lamentable des bateaux : coques blessées, gréements usés, saleté repoussante... Parfois, une trogne de marin ivre passe le nez au-dessus d'une rambarde et ne prête aucune attention à cette grosse chaloupe qui dérive. Il ne s'aperçoit pas davantage que le barreur, un bout de chou coiffé d'un de ces chapeaux en cuir vernis caractéristique de la flotte de Sa Majesté, est une fille.

Anna passe inaperçue et en profite pour observer : vu de près, l'état des vaisseaux de guerre est consternant. Soudain, un coup de feu, une rixe éclate. Personne ne s'en préoccupe.

Ailleurs, un *midship* (il porte un uniforme semblable à celui de Michipe) ne parvient pas à se faire obéir. On veut le pendre. Il ne doit son salut qu'à un plongeon prodigieux dans les eaux sales du port. Du jamais vu ! Si seulement elle pouvait en informer Hermès...

Hermès ! L'un des hommes de confiance du cardinal de Richelieu, le responsable d'un réseau d'espionnage. Hermès ! Lui aussi fait partie d'un passé révolu. Qui, d'Hermès ou de Jeannot, lui a le plus donné ? Hermès, à n'en pas douter. La seule idée que cet homme existe quelque part dans la région de La Rochelle ou de l'île de Ré provoque une délicate douleur, de celles dont elle éprouve des difficultés à se confesser au Père Bruno. Elle sourit. Michipe saura bien lui procurer autant de contentement, sinon davantage. Elle l'aime tant !

Dans le fond de la rade de Porchester, quantité de bateaux de guerre attendent la mort. Anna en reconnaît certains qui portaient beau et fringant au siège de Saint-Martin. La Marine de Louis XIII leur a infligé des blessures mortelles. Ce ne sont plus que des agonisants.

Il faut à tout prix qu'elle joigne ses amis, Hermès, le Père Bruno, peut-être Richelieu. Pour les rassurer : le lion britannique n'a plus de dents !

De nouveau fille après avoir été garçon.

Pour s'introduire en Angleterre, l'idée de Jeannot était bonne, et personne n'avait prêté la moindre attention à cet adorable petit marin au nez retroussé.

L'atterrissage s'étant déroulé dans les meilleures conditions, Anna reprend ses vêtements de fille, et la voici sur la route de Portchester (au fond de la baie) à Portsmouth. Avec son baluchon au bout d'un bâton, comme on voit dans les livres d'images, elle ressemble à une paysanne qui vient de sa campagne passer un bout de temps à la ville.

A la première personne qu'elle croise, elle demande :

— Michipe ?

— *What ?*

Il n'est pas besoin de parler anglais pour comprendre que des « Michipes », ce n'est pas ce qui manque. Il en sort de partout. L'Angleterre !

Soudain, Anna se sent perdue. Rien ne ressemble à rien, ni surtout à l'île de Ré : la tête des gens, les débits de boissons, l'humidité de l'air, les portes des maisons peintes de toutes les couleurs...

Quant à Michipe, bernique !

A mesure qu'elle s'enfonce dans la ville, les demeures deviennent somptueuses ; carrosses, chevaux et personnages chamarrés envahissent les rues étroites.

Personne ne connaît Michipe. Anna reste confiante. Elle sait qu'elle s'y prend mal pour interroger et, de surcroît, elle a compris à quel point son accent était déplorable : Michipe, ça ne dit rien à un Anglais.

Elle change de tactique.

— Boucquingam ? demande-t-elle.

— *Never heard of him*[1].

Boucquingam ! Boucquingam ! Boucquingam ! Ces Anglais ne vont tout de même pas prétendre qu'ils ne le connaissent pas !

— Votre amiral ?

Personne ne voit de qui il peut être question.

— Il est duc.

Ça ne dit rien.

— Duc et lord.

Une lueur, vite éteinte, brille dans l'œil alcoolique d'un vieil Anglais à perruque grise. Il déroule sa phrase avec une lenteur de tortue.

— *Oh ! You mean the lord admiral duke of Buckingham*[2] ?

— Voilà, triomphe Anna.

1. Jamais entendu parler de lui.
2. Oh ! Vous voulez dire le lord amiral duc de Buckingham.

— *Oh ! He is in London visiting the King*[1].

Et le vieil Anglais s'éloigne.

— Ça veut dire quoi, c' qui dit, c' vieux grigou ?

Un homme à la mise sobre, mais élégante, s'approche d'Anna.

— Ça veut dire, mademoiselle, que le lord amiral duc de Buckingham est à Londres chez le roi.

Anna embrasserait cet homme pour le remercier de sa courtoisie.

— Oh ! monsieur, quelle chance de trouver un Français... et si aimable ! Comme dirait le Père Bruno, vous êtes la providence.

— Que puis-je pour vous, mademoiselle ?

— M'aider à retrouver Michipe. C'est un officier de la flotte anglaise.

— Qui êtes-vous donc pour rechercher un officier de la flotte anglaise ?

— Je m'appelle Anna Le Halper, sourit-elle de toutes ses dents.

— Eh bien, Anna Le Halper, nous allons essayer de vous aider.

Des voiles usagées, des épaves, des tonneaux éventrés, des caisses vides et mille détritus que se disputent les rats encombrent les quais. Ça sent fort la pourriture, le poisson, le goudron et le chanvre dont on fait les cordages.

Son baluchon sur l'épaule, Anna circule dans ce dédale.

— Où m'emmenez-vous ? demande-t-elle.

— Chez moi, belle mademoiselle. Nous sommes plusieurs Français à loger dans une grande maison qui donne sur la mer. Vous commencerez par prendre un copieux petit déjeuner... et ensuite vous nous direz en quoi nous pouvons vous être utiles.

— Voilà, monsieur, un bien plaisant programme.

L'homme sourit. Sans une incisive gâtée, il pourrait être séduisant.

---

1. Il est allé voir le Roi à Londres.

A peine a-t-elle pénétré dans la maison des Français qu'Anna comprend son erreur. Elle est tombée dans un piège. Non seulement on ne lui offre rien à manger, mais, après l'avoir isolée dans une pièce humide et sans meuble, on l'introduit dans un salon aux volets clos. On s'y éclaire aux chandelles en plein jour et, de la pénombre, surgissent une dizaine de visages cireux.

On assied Anna sur un tabouret.

Les hommes se disposent derrière une table étroite et longue.

L'homme dont Anna a fait la connaissance sur les quais prend la parole.

— Vous nous excuserez, mademoiselle, d'avoir à vous interroger, mais nous sommes en temps de guerre et la sécurité l'exige...

Colère contre elle-même, Anna ne bouge pas, ne répond pas. Elle observe ces visages renfrognés, hermétiques, aux lèvres pincées, qui lui font face.

— ... Mon nom est Thomas, poursuit l'homme. Mes collègues et moi-même sommes tous députés de la ville de La Rochelle...

— C'est quoi, un député ? demanda Anna.

— Nous sommes en délégation à Portsmouth pour obtenir des secours auprès des autorités britanniques...

— Quels secours ? l'interrompt Anna.

— Question rejetée, se révolte un petit homme à tête de vipère. Nous n'avons pas à tenir cette personne au courant de nos négociations avec les Anglais. Veuillez plutôt, monsieur le député Thomas, procéder aux vérifications d'usage.

— A vos ordres, monsieur le président.

De cauteleux, le député Thomas devient acerbe.

— Nom, prénom, âge et profession ?

— Le Halper, Anna, dix-sept ans juste d'hier matin. .

Deux, trois sourires échappent à l'assistance.

— Profession ?

Anna hésite un peu.

— Je suis dans la marine de pêche.

— Comment vous trouvez-vous à Portsmouth ?

— Par mes propres moyens.

— Ce qui veut dire que vous êtes venue en bateau ?

— Dame, rigole ouvertement Anna. Si on peut se rendre autrement en Angleterre, faites-le savoir...

On glousse un peu plutôt qu'on ne rit. Mais Anna vient de se faire un ennemi : avec son visage grêlé par la petite vérole, l'homme paraît redoutable.

— A bord de quel bâtiment ?

— C'était pas un bâtiment mais une chaloupe. Et j'étais seule.

— Depuis La Rochelle ?

Anna se trouble et préfère ne pas répondre plutôt que de dire une bêtise.

— Depuis La Rochelle ? répète le député Thomas qui, après un silence, change la formulation de cette question.

— D'où venez-vous ?

— Eh bien, de La Rochelle.

— C'est tout ce que nous désirions savoir.

— En effet, reprend celui qu'Anna appelle « la petite vérole », en effet cela peut paraître surprenant dans la mesure où vous n'appartenez à aucune délégation et que vous ne figurez pas sur nos listes...

— Je ne suis pas en mission, dit Anna.

— Voilà qui est intéressant, bondit le député à tête de vipère. Ainsi, c'est sur votre propre initiative que vous avez fait le voyage ?

— Absolument.

— Et dans quel but, s'il vous plaît ?

— Dans le but de me marier.

Tête de vipère ironise.

— Avec un Anglais peut-être !

— Tout juste. Avec Michipe.

— Et, qui est Michipe ?

— Un officier !

— Ah ! reprend le député Thomas, si j'ai bien compris votre futur serait *midship*.

— Voilà, conclut Anna.

— Des *midships,* ce n'est pas ce qui manque sur les côtes anglaises, commente le député au visage grêlé.

— Le mien, c'est Michipe, s'entête Anna.

— Autant retrouver une aiguille dans une meule de foin.

— Mon Michipe est un ami de Boucquingam, insiste-t-elle.

— Boucquingam, Boucquingam, comme si cette paysanne connaissait le lord grand amiral ! proteste la tête de vipère. Elle se moque de nous. Il ne faut pas hésiter à la condamner. Nous perdons notre temps alors que nos amis et coreligionnaires se meurent dans les murs de La Rochelle assiégée...

D'instinct, Anna comprend que la colère de ce député menace sa liberté.

— Tout doux, monsieur, dit-elle. Je connais plus haut placé que vous à La Rochelle : le pasteur Blondel et le très respectable Martin Calas !

Elle profite d'un silence étonné pour se lever.

— Si vous êtes bons protestants comme vous le dites, messieurs, vous devez les connaître !

— Que l'Éternel les garde sous sa sainte protection ! psalmodient les députés.

C'est le moment que choisit le député Thomas pour frapper.

— Anna Le Halper, dit-il, il semble que tout s'éclairerait si vous pouviez expliquer le sens d'une phrase que vous avez prononcée lors de notre rencontre. Vous avez dit, parlant de ma personne : « Oh ! monsieur, quelle chance de trouver un Français ; et si aimable ! Comme dirait le Père Bruno, vous êtes la providence. »

Les questions fusent de toutes parts.

— Qui est le Père Bruno ?

— Un prêtre catholique ?

— Où habite-t-il ?

— A quelle paroisse appartenez-vous ?

Soudain, des portes claquent dans la maison. Une grande

animation règne dans le vestibule. On introduit un vieillard. Mis au courant de l'arrestation d'Anna, ce notable a tenu à se faire sa propre opinion. Il reconnaît aussitôt dans la jeune Le Halper, la voleuse, la véreuse, la canaille qui a trompé Martin Calas. Il évoque une affaire de cinq cents moutons payés à prix d'or pour ravitailler la flotte anglaise et dont la livraison avait été détournée au profit de l'ennemi, les troupes françaises assiégées dans la citadelle de Saint-Martin-de-Ré.

Dominant le tumulte, une voix s'élève, celle du grêlé, qui semble avoir autorité pour décider.

— La question est entendue. Cette femme est une espionne au service de Richelieu. Il convient de la transférer à Londres pour y être remise à la justice. Le député Thomas se chargera du rapport mentionnant le souhait, exprimé par la délégation rochelaise en mission à Portsmouth, de voir la tête de la jeune Le Halper tranchée à la hache.

La séance est levée.

Il existe, au fond de la maison et en sous-sol, un petit cachot.

On y enferme Anna.

Elle ne proteste pas. Elle a compris que cela ne servirait à rien.

Le vent est nul ; la mer plate. A bord d'un bateau léger, un courrier part pour la France. Avec six rameurs bien entraînés, royalement payés, la traversée de la Manche n'est qu'une question d'heures.

Le messager, un jeune député rochelais, dès qu'il mettra pied sur le sol normand, tentera de rallier sa ville dans les plus brefs délais. Dans une sacoche en cuir attachée à sa ceinture, il a serré des documents en écriture codée.

A la dernière minute, juste avant de prendre la mer, on lui a remis une note additive : « Nous appelons les membres de la municipalité de La Rochelle à statuer dans les plus brefs délais sur le sort qu'il convient de réserver à la demoiselle Le Halper, Anna, originaire de La Couarde, île de Ré. Nous exprimons le vœu qu'il soit procédé à sa décapitation. Nous rappelons que notre victoire sur le roi de France et son ministre le cardinal de Richelieu n'est plus qu'une question de semaines, sinon de jours, dans la mesure où nous veillerons, avec le plus grand soin, à désorganiser, et si possible à amputer, les réseaux de renseignement qu'ils ont mis en place sur le territoire même de Sa Très Glorieuse Majesté Charles Ier roi d'Angleterre. La réussite de notre entreprise et la victoire finale sur les catholiques sont à ce prix. »

Le soleil ne s'est pas encore levé sur la journée du 24 février 1628.

La mer est étale quand, dans la brume, une barque racle les fonds de la côte française. Un homme bondit sur la grève et déjà repousse le bateau vers le large.

Du haut des falaises d'Étretat, un guetteur assiste à la manœuvre. Le comportement de l'homme lui paraît suspect : il le prend en filature. Il ne le regrette pas. L'homme jouit d'une complicité. Après avoir longé la grève, comme à la promenade, il s'enfonce dans le bocage et, dans une cour de ferme, trouve un cheval tout sellé.

Le guetteur éprouve ce petit pincement au cœur que chacun ressent au moment où un plan va avorter, ou fonctionner : il fonctionne. D'un petit bois voisin, deux cavaliers, apparemment indifférents à ce qui se passe autour d'eux, prennent le relais au petit galop.

On ne prônera jamais assez l'excellence des services secrets du cardinal de Richelieu. L'espion venu d'Angleterre n'échappera plus à leur vigilance. Celui-ci, après avoir traversé la Seine à Rouen, s'arrête, au coucher du soleil, dans la première auberge. Il meurt de faim, et la façon dont il s'empiffre permet de verser dans ses aliments une bonne pincée d'une poudre narcotique. La fatigue du voyage aidant, il ne tarde pas à ronfler.

Dans le courant de la nuit, écrasé sur sa paillasse, il ne se rend même pas compte que l'on pénètre dans sa chambre ; les espions du cardinal s'emparent sans peine de la sacoche et y trouvent un texte qu'ils s'efforcent de transcrire aussi vite que possible. Il s'agit d'un poème, une « Ode à Vénus ».

Le temps de remettre le manuscrit à sa place, un officier de liaison prend livraison de la copie. Il s'engage aussitôt sur la route de Pont-de-la-Pierre, la résidence de Richelieu, au sud de La Rochelle.

Dès son arrivée, deux jours plus tard, l' « Ode à Vénus » est confiée à Hermès, élève d'Antoine Rossignol qui vient d'inventer une technique permettant de déceler un message sous un texte d'apparence banale. Le cardinal en attend une révolution dans l'art de l'espionnage.

Très vite initié, Hermès est passé maître dans la façon de percer les secrets d'un texte codé. Ainsi est-il devenu responsable des services du « chiffre » de Son Éminence le cardinal...

Derrière les mots, voici qu'il découvre une menace d'exécution capitale sur la personne d'Anna Le Halper.

La plus grande confusion règne dans son esprit. Se serait-il trompé en affirmant qu'elle s'était vendue à l'ennemi ? Il l'avait alors poursuivie de sa haine et de sa vindicte. Il avait donné des ordres pour qu'elle fût assassinée, se refusant à partager la confiance et la crédulité du Père Bruno, aveuglé, prétendait-il, par son affection pour son élève.

Et lui, n'est-il pas encore aveuglé par une passion, mélange de jalousie et de désir physique ?

Depuis qu'Anna l'a trompé avec un *midship* de la marine anglaise lors de l'affaire de Trousse Chemise, il a essayé vingt femmes ; peut-être davantage. Aucune ne lui a donné les satisfactions qu'il a éprouvées avec Anna. Il la hait. Il imagine mal comment il pourrait s'en passer.

La main peu assurée, il s'acharne à décrypter les secrets de cette « Ode à Vénus ».

Puis, il relit son travail avant d'en faire état.

Son texte affirme d'une part qu'une centaine de navires de guerre appareilleront dans six semaines de Portsmouth pour La Rochelle. D'autre part, que les députés rochelais en mission à Portsmouth, convaincus de la culpabilité d'Anna Le Halper, n'attendent qu'un ordre pour lui trancher la tête.

Réveillés au milieu de la nuit, le cardinal de Richelieu et le Père Bruno s'empressent. Cette « Ode à Vénus », poème d'une consternante médiocrité, ouvre sur de fascinantes perspectives.

A l'énoncé des dangers qui menacent Anna, le Père Bruno est atterré. Il suffoque. Il faut lui servir un alcool pour le remonter. Ce manque de sang-froid agace le cardinal qui fait, et fera, toujours passer la politique avant les questions de personnes ou de vie privée.

— Il est intéressant, médite-t-il à haute voix, il est intéressant d'apprendre que, d'ici à cinq ou six semaines, les Anglais tenteront de libérer La Rochelle. Ces pauvres Rochelais vont vivre d'espoirs... et sans doute d'espoirs déçus !

Il affermit sa voix pour ajouter.

— Peut-être même serait-il dommage pour l'histoire qu'ils fussent délivrés par les Anglais. Car, messieurs, à y regarder de près, les dés sont pipés. La Rochelle n'est pas une ville ennemie ; et même si les Rochelais sont, du fait de leur appartenance au culte protestant, en rébellion contre le roi de France, ils n'en sont pas moins Français. Je répugne aux effusions de sang. J'espère encore dans les vertus de la négociation.

Il devient grave.

— Sinon, et à condition que les circonstances nous soient favorables, nous attaquerons.

Ni Hermès, ni le Père Bruno ne se permettent de poser la moindre question. Depuis quelques instants, le cardinal parle tout en poursuivant manifestement une idée qui paraît le séduire.

— Rappelez-moi qui est Anna Le Halper ? Fidèle à son roi ? Infidèle ?

— Fidèle, s'empresse le Père Bruno. La plus méritante et la plus assidue des élèves de mon catéchisme. Elle m'a donné mille preuves de sa foi, de son mérite et de sa soumission aux volontés de Notre-Seigneur Jésus-Christ. Elle a su tenir son rang au service de Sa Majesté et a même prévenu Monseigneur de dangers dont nos ennemis menaçaient sa personne...

Énigmatique, le cardinal se contente de sourire. « Ça lui brûlerait la bouche de faire un compliment », enrage le Père Bruno.

Le cardinal se tourne alors vers Hermès, qui se borne à mentionner l'histoire d'amour d'Anna Le Halper avec un officier de la flotte anglaise.

— En attendant, proteste le Père Bruno, les Anglais veulent lui couper la tête.

— Les Rochelais, rectifie Son Éminence. Et c'est beaucoup moins grave. Notre ami Hermès est bien placé pour savoir que nous avons infiltré un de nos agents parmi les députés rochelais. Je ne suis pas trop inquiet sur le sort de cette jeune fille... Bien sûr, tout peut arriver ! J'en serais contrarié car j'ai des projets pour elle. Père Bruno, rappelez-moi les circonstances de son engagement de mariage.

Le Père sait qu'il joue le tout pour le tout. De sa réponse, peut dépendre le sort d'Anna.

— Je ne me permettrai pas, dit-il, de porter un jugement sur la passion qu'elle éprouve à l'égard d'un homme qui est un ennemi de la France.

Il hésite et se jette à l'eau.

— Comme disait mon confesseur au séminaire : « La fesse est une affaire de conscience ! »

La formule paraît amuser Son Éminence.

Enhardi, le Père Bruno pousse son avantage.

— Si ma protégée retrouve sa liberté, elle me paraît très bien placée pour nous adresser, d'Angleterre, des renseignements puisés à la source même. J'entends par là que, par relations, elle peut devenir une amie de Buckingham, son futur étant un intime de ce dernier...

Et il conclut avec emphase...

— Qu'elle épouse un Anglais sert nos desseins et la politique de la France.

— Je donne raison au Père Bruno, intervient Richelieu.

Blême, la gorge sèche, impénétrable, la tête pleine d'images érotiques où circule Anna, Hermès s'incline en signe de respectueuse soumission.

Le cardinal marche de long en large ; de toute évidence, il réfléchit et réfléchit bien. Ce petit conseil de guerre nocturne ayant l'avantage d'être restreint, il n'hésite pas à exposer une idée assez folle, ce qui est peut-être la caractéristique des grandes idées.

— Dans la mesure, dit-il, où nous sommes susceptibles de disposer en Angleterre d'Anna Le Halper...

Il s'interrompt, ferme les yeux, prend le temps de réfléchir, à moins qu'il ne recule devant l'énormité d'une stratégie qui pourrait lui permettre d'éviter toute intervention des Anglais au siège de La Rochelle.

Une averse de grêlons frappe le château de plein fouet et rappelle au cardinal les dangers venus de la mer. Hermès ne vient-il pas de décrypter un message annonçant une attaque de la flotte anglaise ?

— La reine, dit le cardinal encore hésitant, Anne d'Autriche pourrait...

Le Père Bruno et Hermès s'immobilisent.

Alors, d'une voix étonnamment claire, Richelieu précise son projet.

— Appelons un chat un chat, messieurs. La reine de France et Buckingham sont toujours très amoureux l'un de l'autre. Et comme la reine, à ce qu'on prétend, n'a rien à me refuser puisqu'elle me craint, je pense que si elle consentait à intercéder auprès de son cher amour... nous pourrions en tirer le plus grand profit.

La cardinal prend son temps, mais le Père Bruno et Hermès ont déjà compris et affichent un sourire approbateur. Aussi, Son Éminence poursuit-elle, déjà assurée du succès que recueilleront ses propos.

— Comme nous venons d'en avoir la confirmation, le duc de Buckingham prépare un nouvel armement pour sauver La Rochelle. Il pourrait, en très peu de temps, rendre inutile tous les efforts du roi de France et les nôtres. Mais Anne d'Autriche va le prier de différer l'embarquement, ou même de feindre une assistance aux Rochelais. Je suis à peu près certain que Buckingham y consentira : sa faiblesse l'emportera sur son honneur et sur sa gloire.

Le Père Bruno en tremble d'aise.

— Et c'est ici qu'intervient Anna Le Halper. Elle me paraît toute désignée pour nous renseigner, par l'entremise de son fiancé, sur les effets d'une telle demande de la reine de France auprès de Buckingham.

En proie à d'intolérables douleurs d'estomac, le cardinal fait un pas vers la porte, se retourne ; c'est sa façon d'indiquer que l'entretien est terminé, qu'il n'admettra aucune réplique.

— Bien, dit-il, le temps presse, inutile de le perdre. Dès ce matin, j'enverrai au Louvre un homme de confiance susceptible de convaincre la reine.

Il faut également, par courrier spécial, informer de nos intentions, à l'égard d'Anna Le Halper, ce « député rochelais » à notre solde que nous avons infiltré à Portsmouth. Et prions pour que Dieu garde en vie cette enfant ! Messieurs, je vous souhaite de retrouver le sommeil.

En bons courtisans, Hermès et le Père Bruno s'inclinent.

Un nouveau coup de grêle heurte les carreaux du château de Pont-de-la-Pierre. Il annonce un printemps précoce.

Prostrée, dans le froid, sur un grabat de paille humide, Anna délire depuis plusieurs jours dans un bout de cave qui lui sert de prison. Elle ne s'alimente plus et son souffle est brûlant comme celui d'un dragon. Dans son délire, elle ressasse indéfiniment les mêmes thèmes, son amour fou pour Michipe (qui est Michipe ? le député Thomas donnerait cher pour le savoir !), son attachement à l'île de Ré où son amie Lucette doit se languir d'elle, et le Père Bruno, et Jérémie de la Bible, et les huîtres qui commencent à être grasses à cette époque de l'année et Le Halper, et les anguilles, et Lord Horse, tout cela pêle-mêle dans les cris, les larmes et la sueur.

Qu'Anna est belle ainsi allongée, presque offerte, le feu aux joues, les yeux illuminés par la fièvre et le désir de vivre. Le député Thomas n'en est pas ému.

— Lord Horse ! divague Anna.

Ainsi il avait bien entendu, bien compris.

Impatient, il interroge.

— Où et comment avez-vous connu Lord Horse ?

— Je lui ai vendu Chantal, répond Anna dans un éclat de rire inattendu qui souligne son état fébrile.

— Qui est Chantal ?

— Un cheval.

— Essayez d'être plus précise.

— M'a rempli d'or un plein pot d'étain.

— Et... Lord Horse vous a parlé.

— Et comment !

— Qu'est-ce qu'il vous a dit ?

— Il m'a dit : on va mélanger les races. Anglais, français, arabe, je suis certain que le croisement donnera les plus beaux chevaux du monde.

— Je comprends.

— On ne dirait pas.

— Où l'avez-vous connu ?

— Sur l'île. C'est un vieux fou... m'a baisé les mains et il m'a dit : « Si un jour vous allez en Angleterre, venez me voir... »

Anna tousse. De longues quintes l'épuisent. Elle a pris froid. Peut-être a-t-elle contracté des fièvres et va-t-elle en mourir ?

Ce qui serait dommage, car elle vaut de l'argent, cette petite

Rhétaise malade... Sa chance, c'est d'avoir prononcé le nom de Lord Horse, sans doute la clef de sa liberté. Car le député Thomas connaît bien Lord Horse pour lui avoir vendu, outre des chevaux, des renseignements sur les tractations entre les députés rochelais et l'amirauté britannique. Pourquoi ce vieil original est-il entiché de tout ce qui est français et disposé à le payer à prix d'or ? Le député Thomas ne se pose pas la question. Il se contente d'empocher le prix de ses trahisons.

« Oui, pense-t-il en regardant Anna, ce bout de fille peut valoir une fortune ! »

Il s'empresse de lui trouver une couverture, un peu de paille fraîche et veille à ce qu'elle ait à boire autre chose que de l'eau croupie ou saumâtre.

C'est en allant remplir une cruche à la pompe de la cuisine qu'il est mis au courant de l'arrestation de nouveaux espions. Dans sa colère, le président de la délégation, l'homme à la tête de vipère, décide l'expulsion de toute cette racaille. Une voiture cellulaire doit partir pour Londres. Si le député Thomas veut négocier Anna, il n'a plus une seconde à perdre : sous prétexte d'aller faire des courses en ville, il se rend chez Lord Horse.

Lord Horse, la plupart du temps, délaisse son château de Cornouailles pour vivre, au fond de la baie, dans son cottage de Porchester : une maison longue, basse, blanchie à la chaux avec un toit de chaume et des fleurs qui surgissent d'un peu partout, violettes en cette saison.

Lord Horse n'aime pas être dérangé. Surtout quand il se passionne pour un livre qui traite des mérites comparés des chevaux de carrosse. Les hollandais de bonne réputation ne sont pas pour autant les meilleurs. Il en a déjà fait l'expérience en remplaçant tous ses équipages d'origine flamande aux jambes fragiles, aux têtes trop grosses et peu plaisantes. D'après cet ouvrage, écrit en français et qui paraît bien documenté, le cheval de Basse-Normandie et du Cotentin serait supérieur au hollandais. Voilà qui ramène à la guerre. Les produits français sont vraiment excellents. Les chevaux de carrosse, les femmes... Même si l'on ne s'y intéresse pas, comme c'est son cas, on ne peut s'empêcher de trouver aussi délicieuse qu'avenante la petite Marie-Henriette, sœur de Louis XIII et épouse de Charles Ier.

Décidément, ces Français ont bien des qualités, qu'ils soient catholiques ou protestants. Quoi de plus absurde que de s'entre-déchirer pour des questions de théologie !

— Quel est ce tapage, Djorge ? demande-t-il à son valet de chambre. J'entends parler français, fais donc entrer. Je me trouve dans les meilleurs dispositions vis-à-vis de ces gens-là !

Djorge introduit le député Thomas. Lord Horse fait la grimace. Il était convenu que le député ne se présenterait jamais à son domicile. Pour braver ainsi les consignes de prudence, l'enjeu doit être sérieux.

— Ne vous embarrassez pas d'inutiles formules de politesse, dit-il. Qu'est-ce qui vous amène ?

— Mylord, vous souvenez-vous d'une jeune fille du nom d'Anna Le Halper qui vous aurait vendu un cheval ?

— Chantal !

— Précisément.

Lord Horse rêve.

— Chantal, une bête splendide, comment vous exprimer mon enthousiasme, c'est un cheval de guerre tout en légèreté, si vous voyez ce que je veux dire...

— Parfaitement, mylord, répond le député Thomas qui ne s'est jamais soucié des qualités du cheval de guerre et souhaiterait revenir à l'objet de sa visite.

— Anna Le Halper... hasarda-t-il.

Lord Horse s'enthousiasme.

— Une fille merveilleuse, je l'adore, je lui serai toute ma vie reconnaissant de m'avoir vendu Chantal. Savez-vous combien elle me l'a vendu ?

Le député Thomas le sait, mais feint de s'intéresser.

Mylord en glousse d'aise.

— Un pot d'étain plein d'or. *It was a bargain*[1]. Et apprenez, monsieur, que je ne me sépare jamais de ce cheval. Voulez-vous le voir ? Je lui ai fait aménager en écurie-boudoir un ancien salon de musique. Moi, la musique me porte sur les nerfs. Et vous ?

— Moi, mylord, dit le député Thomas avec une autorité qui l'étonne, je voudrais vous faire comprendre que la vie d'Anna Le Halper est en danger.

— Expliquez-vous, au lieu de raconter des fadaises.

— Elle est prisonnière des Rochelais.

— Où ça ?

— A Portsmouth. Dans la maison des ambassades.

— Y a-t-il un moyen de la tirer de là ?

— Une voiture cellulaire doit la conduire à Londres pour y être exécutée.

— Quand ?

— Dans les heures qui viennent.

Soudain Lord Horse se dresse ; il se mord les lèvres ; il enrage.

— C'est tout de même incroyable d'avoir toujours des affaires importantes à traiter au moment où un clystère doit donner ses effets. Veuillez vous éloigner un moment, monsieur.

L'attention que Lord Horse manifeste dépasse toutes les espérances du député, chez qui l'exercice de la trahison est devenu une seconde nature : on est indicateur comme on est équarrisseur ou palefrenier.

Lord Horse le rappelle.

— Si je ne craignais de vous choquer, monsieur, mais je crois que nous sommes aussi athée l'un que l'autre, je dirais que la recette de ce clystère est tout simplement divine. Je ne résiste pas. La voici : une pinte d'ale forte, quatre onces de sucre et deux onces de beurre. La trouvaille, c'est le beurre !

1. Ce fut une affaire.

Et, sans transition, il revient à leur affaire.

— Vous disiez qu'un fourgon cellulaire...

— Oui, mylord ; on doit conduire la jeune fille à Londres. A ce qu'on prétend, l'exécution sera publique, devant des milliers de Londoniens. Pour l'exemple.

Dans son énervement, Lord Horse déchire la culotte de soie vert Nil que son valet Djorge tentait de faire glisser le long de sa jambe arquée de cavalier.

Il s'impatiente.

— Mettez un peu d'ordre dans vos actes, monsieur, et chargez-vous de rattraper cette voiture cellulaire. Voici un ordre écrit avec le sceau de la Chambre des Lords. Si on vous résiste, menacez. Vous avez des couilles ?

— A n'en pas douter, mylord.

— Eh bien, servez-vous de ce que la providence met à votre disposition... et vous serez récompensé au-delà de tous vos espoirs.

Pour que Lord Horse réagisse ainsi, pense le député, c'est qu'Anna Le Halper doit être du gibier de haut vol, pour le moins une créature de Richelieu.

— La générosité de mylord est bien connue, dit-il.

— Alors, ne restez pas planté les deux pieds dans le même escarpin. Je vous attendrai au pub du *White Swann.*

Anna, gardée par deux marins mal embouchés, bringueballe dans une voiture dont l'unique fenêtre est munie de solides barreaux.

Elle n'a pas mangé depuis plusieurs jours et la fièvre, après une brève rémission, vient de la reprendre. Elle roule vers Londres dans cette espèce de boîte surchauffée et sans air. D'autres condamnés l'accompagnent. Pour la plupart, des repris de justice. Ils parlent haut et sentent mauvais. Ce n'est pas ainsi qu'elle comptait pénétrer dans cette ville, mais plutôt au bras de Michipe.

Michipe ! L'adoration. Elle sait, comme dans les plus belles histoires de la Bible, que Dieu ne l'abandonnera pas ; ni Dieu, ni Michipe, ni le Père Bruno, ni même Richelieu...

Un député rochelais la tient en garde. Pervers, il lui rappelle qu'elle sera exécutée à la Tour de Londres, que le bourreau portera une cagoule, que sa délicieuse petite tête de Rhétaise tombera dans un sac. Ou sur un plat, c'est selon ! Aussi aurait-elle intérêt à lui dire la vérité sur ses activités...

Anna se contente de lui tirer la langue.

— Bernique, dit-elle, bernique. Michipe ne laissera pas faire. Et quand Boucquingam apprendra l'histoire, c'est à vous qu'il coupera la tête.

Des chevaux galopent autour de la voiture cellulaire. Est-ce une attaque ? Non. Le voiturier retient son attelage, l'immobilise. Le député Thomas se présente. Il est porteur d'un ordre de mise en liberté immédiate.

L'affaire paraît louche.

— Qui vous a signé ça ? demande le gardien en charge d'Anna.

— Lord Horse.

— Cette vieille fripouille !

— Peut-être ! Mais il a le bras assez long pour aller jusqu'au roi, insinue Thomas.

— Sale affaire, maugrée le responsable. Je n'ai pas d'ordres.

Le député Thomas élève la voix.

— Excusez-moi, dit-il : qui commande en Angleterre, sinon les Anglais ?

Comme la plupart des arguments simplistes, celui-ci est de poids.

C'est une Anna presque évanouie que l'on sort du fourgon.

— Mademoiselle, serez-vous capable de monter à cheval ?

— Va sans dire, monsieur le député.

L'air vif, l'air si rafraîchissant des matinées anglaises, la ranime un peu. Ça sent bon l'herbe écrasée et le vent de la mer.

— Je mangerai bien quelque chose, indique Anna qui vient de remarquer une auberge sur le bord de la route.

Aux délicatesses de l'air printanier, s'ajoutent celles de la bière brune et de grosses tranches de jambon cru. Avec bienveillance, l'aubergiste plonge des jaunes d'œuf dans un bouillon qui donne des couleurs à Anna.

C'est dans une espèce d'inconscience qu'elle parcourt au petit trot la distance qui la sépare du *White Swann,* le pub où l'attend Lord Horse.

Elle s'y présente, selon son expression, « ronde comme une boule de billard » et se jette dans les bras du vieil original. « Dommage, dommage, se dit-elle, qu'il ne s'intéresse pas aux femmes, cela m'aurait bien amusée de cajoler ce monsieur d'un certain âge. »

Leurs retrouvailles n'en sont pas moins déchaînées.

Bien que flatté, Lord Horse se tient sur la réserve. D'ailleurs, Djorge, son valet de chambre, n'admettrait pas qu'il se commette avec un individu du sexe féminin.

— Expliquez-moi calmement et franchement ce que vous êtes venue faire en Angleterre.

— Me marier. Épouser Michipe.

— Je vous crois.

— C'est pas trop tôt.

Anna vide un petit verre de genièvre, l'éteint avec de la bière brune, reprend :

— Vous devez le connaître.

— Non.

— Un grand ami de Boucquingam.

— Oh ! s'extasie Lord Horse. Un garçon ravissant, très jeune, très blond.

— C'est bien lui ! affirme Anna, dans un grand sentiment d'exaltation.

— En ce moment votre *midship* est à Londres... D'une façon plus précise, il se trouve en compagnie de Sa Majesté, à Hampton Court, à quelques miles de la capitale où sévit toujours la peste...

— Mon Dieu ! s'exclame Anna.

Furtivement, elle va se signer. A peine a-t-elle amorcé le geste que Lord Horse lui saisit le bras.

— Évitez de vous compromettre, mademoiselle Le Halper.

— Bernique, je suis comme je suis.

— Et c'est bien ce qui me plaît en vous. N'oubliez pas que vous prétendez épouser un protestant.

— Je ne prétends pas : je l'épouse.

— Et je m'en réjouis, poursuit Lord Horse qui, derrière ses airs de vieil original mariné dans la bière et le genièvre, s'efforce de tenir Anna sous son influence. Il pressent en elle une grande dame d'Angleterre.

— Une grande dame d'Angleterre ! s'étonne-t-elle.

Lord Horse ménage ses effets.

— A Hampton Court, en ce moment même, un nouveau lord fait allégeance à son souverain.

— Racontez...

— Notre lord grand amiral duc de Buckingham est affublé d'un sobriquet. Ses amis — et j'en suis — l'appellent Steenie. Steenie est aussi le favori du roi qui ne lui a jamais rien refusé. Aussi, quand il a exprimé son désir que le *midship* John Barrow soit fait lord pour services rendus pendant le siège de Saint-Martin-de-Ré, le roi y a immédiatement consenti.

Le cœur d'Anna bat à lui faire éclater la poitrine.

— Alors, Michipe est lord ?

— Il est lord.

Après un long silence, il ajoute :

— Et savez-vous quel nom il a choisi ? Le jour où je vous ai acheté Chantal, je crois vous l'avoir raconté : quand on est fait lord, on peut choisir son nom. Devinez celui qu'il adopte.

— ... Donne ma langue au chat.

— Anna.

— Pas possible !

— Si : Lord Anna. Il est Lord Anna, par amour de vous.

Un nouveau silence donne la mesure de l'émotion qui bouleverse Anna, et qu'étrangement semble partager Lord Horse.

— Ainsi, constate-t-il, vous serez un jour Lady Anna.

Elle pouffe.

— C'est la Lucette qui va faire une drôle de tête. Et le Père Bruno.

— Le Père Bruno ?

— Mon confesseur.

— Encore une fois, ayez la bonté de vous abstenir de toute allusion religieuse. La moindre des prudences l'exige. Croyez-moi, la situation politique est déjà assez complexe en Angleterre, pour ne pas dire désastreuse. Maintenant, apprenez à tenir votre rang.

Il est décidé qu'une escorte accompagnera Anna jusqu'au cottage où elle prendra du repos jusqu'à ses retrouvailles avec Michipe.

— Avec Lord Anna, rectifie Lord Horse.

— Je préfère l'appeler Michipe. Michipe est un sobriquet, tout comme Steenie est celui de notre cher Boucquingam, dit Anna, soudain devenue mondaine l'espace d'un instant.

Lord Horse jouit d'une parfaite organisation. Des hommes armés, un majordome et une femme de chambre sont mis à la disposition d'Anna. Dès demain, elle pourra compter sur les services d'un homme de culture qui lui enseignera les rudiments de la langue anglaise et les subtilités du français.

— Et le calcul ? Je suis nulle en calcul.

— Ainsi que du calcul et d'autres sciences, si tel est votre désir. Mr. Hickock est un grand esprit.

De gratitude, elle embrasse mylord qui, avant de la quitter, précise.

— Je vous ferai connaître dès que possible le jour et l'heure où vous pourrez rencontrer Lord Anna. Je lui fais parvenir un message à Londres.

— Michipe, murmure Anna dans un sourire.

Elle croit rêver.

L'amour qu'elle éprouve pour Michipe jaillit en elle. Sera-t-elle capable de ne pas crier de joie en le revoyant ?

— Anna !

— C'est mon nom mais ça ne se prononce pas comme ça.

— Anna !

— Bernique !

— *What does that mean, « bernique »* [1] ? rouspète la femme de chambre.

— Me revoilà dans les queues de poires. Je comprends rien à vos affaires. Je veux voir Lord Horse et je veux pas prendre de bain.

— *Lord Horse is not at home and you are going to take that bath because you are dirty* [2].

La femme de chambre est âgée, laide, sèche, avec une bouche de jument, et ni seins ni fesses. Anna la déteste. Elle lui rappelle la Véronique de Martin Calas, monstre autoritaire et cruel.

— Et par-dessus le marché, tu t'appelles Virginia !

Virginia devine l'insulte.

— *Yes, my name is Virginia. What's wrong about it* [3] ?

— Y a rien de « rongue », dit Anna qui commence vaguement à se faire une idée du langage des *plum-puddings.*

Le bain — un baquet — refroidit. Des petites servantes amusées le vident régulièrement pour le remplir d'eau chaude.

— Anna, tente Virginia, Anna, *please, your bath is ready* [4].

— Je le vois bien que mon bain, il est *ready.* Mais, c'est comme ça, je ne montre pas mes fesses.

— Fesses ? demande Virginia.

Anna voit rouge.

1. Qu'est-ce que ça veut dire, « bernique » ?
2. Lord Horse est absent et vous allez prendre ce bain parce que vous êtes sale.
3. Oui, mon nom est Virginia. Qu'est-ce qu'il y a de mal à ça ?
4. Anna, je vous en prie, votre bain est prêt.

— Oui, comme à Trousse Chemise, dit-elle.

Elle fait volte-face, change d'idée et les lui montre, ses fesses. Virginia tombe des nues.

— Vous, pas culotte ?

— Moi, pas culotte. Jamais culotte.

— *But, it's dirty*[1].

— *Dirty*, c'est quoi ?

— Dégoûtant.

— Ça dépend à quel point de vue on se place. Non, mais ils se prennent pour qui, ces *plum-puddings* ? Écoute-moi bien, Virginia, j'ai l'habitude de me laver dans la mer. Ça, j'aime. Et pendant le bain, je pouvais pêcher. Qu'est-ce qu'on attrape, chez toi ?

Virginia doit comprendre le sens général des revendications d'Anna car elle se place devant la porte de la chambre.

— *Try to understand, Anna. It's dangerous for you to go outside*[2]. Dehors, dangereux.

On frappe.

— Entrez, crie Anna.

Lord Horse paraît, recule aussitôt.

— *Oh ! Sorry*[3] !

— Ça ne fait rien, mylord, ça ne me gêne pas de me montrer toute nue.

— Oui, mais moi, ça me gêne horriblement.

Il regarde le plafond.

— J'ai une surprise pour vous : Lord Anna sera notre invité dimanche soir à dîner.

Anna bondit du baquet. Brosse et savon échappent des mains de Virginia. Le beau vêtement de soie rose de Lord Horse en est éclaboussé.

1. Mais, c'est sale.
2. Essayez de comprendre, Anna. C'est dangereux pour vous de sortir.
3. Oh ! Désolé.

Les petites servantes sont prises de fou rire à la vue de leur maître tenant une fille dans ses bras.

Il en bafouille.

— Aussi, faut-il que vous soyez belle. Très belle. Encore plus belle et instruite. A ce propos, êtes-vous satisfaite de votre précepteur, Mr. Hickock ?

— Il n'a pas encore commencé ses leçons.

En faisant semblant de ne pas avoir écouté sa réponse, Lord Horse prouve, une fois de plus, qu'il lui plaît de jouer les hurluberlus.

— Eh bien, c'est magnifique, dit-il, j'en suis fort aise. Virginia va s'occuper de vous trouver une couturière. Je compte aussi sur vous pour ne pas vous éloigner du cottage. Je suis à peu près certain que votre tête est mise à prix... et Lord Anna ne me pardonnerait pas d'avoir relâché ma surveillance.

Lord Horse quitte la chambre. C'est l'effervescence ! La maisonnée est sens dessus dessous : il faut trouver des ouvrières capables de confectionner en quelques jours une robe de gala.

Anna laisse faire, émerveillée à l'idée de revoir Michipe. Mais dimanche, c'est encore loin !

Ça bourdonne autour d'elle.

L'horrible sensation de froid de l'évanouissement l'envahit. A peine remise des mauvais traitements subis en prison, elle supporte mal le choc émotionnel de ses prochaines retrouvailles avec Michipe. De toute façon, il est difficile de passer sans transition de l'état de petite paysanne au luxe fou dont elle jouit au cottage.

Le lendemain, Virginia lui présente sa couturière.

— Moi, je sais parler du français, dit une petite main qui lui propose un tissu myosotis pour mettre en valeur le noir de ses cheveux et le bleu de ses yeux.

— Va pour le myosotis, consent Anna.

Sa chambre est transformée en atelier de couture.

Les essayages ne s'interrompent que pour laisser à Anna le temps de se livrer à la pédagogie de Mr. Hickock. L'homme est laid, très laid et sans âge. Des verres épais lui font des yeux de grenouille. Quand il lit, il doit poser le livre contre son gros nez. Il donne le fou rire à Anna, contrainte à d'immenses efforts pour suivre la dictée du maître, un texte de son invention : « Moi, Anna, je me prépare à devenir une lady et déclare être disposée à servir loyalement mon Dieu, mon roi et mon mari, le très honorable et bien-aimé Lord Anna. »

Mr. Hickock pousse des cris, se hasarde même à donner des coups de règle sur les doigts d'Anna. Elle a encore fait vingt fautes. Elle connaît le tarif. Elle recopiera vingt fois le texte :

« Moi, Anna, je me prépare à devenir une lady... »

Le cardinal de Richelieu en sa résidence vendéenne de Pont-de-la-Pierre, s'en remet à son « second », le Père Joseph, pour négocier l'intervention de la reine de France auprès de Buckingham afin qu'il renonce à ses projets sur La Rochelle.

L'entreprise portera le nom de code : opération « Cheval de Troie ». La reine sera désignée par l'appelation « l'Étrangère », Buckingham par « l'Étranger ».

L'affaire est traitée par l'un des mousquetaires du Père Joseph, un homme jeune, viril, entreprenant, d'une fidélité à toute épreuve et la coqueluche des femmes. Il est aussi l'amant d'une des femmes de chambre de la reine, ce qui est une façon d'avoir secrètement ses petites et ses grandes entrées au palais du Louvre et, de ce fait, aux appartements d'Anne d'Autriche.

Le mousquetaire court déjà sur la route de Paris à en épuiser monture sur monture. Parvenu aux portes de la capitale, il s'habille en batelier et remonte la Seine jusqu'au Louvre.

Autour du palais, il se trouve toujours quelque commissionnaire qui se charge, moyennant pourboire, de délivrer un billet ou un message.

— Tu connais les femmes de chambre de la reine ?

— Ça dépend laquelle ? s'incline le commissionnaire.

— Donne-moi leurs noms.

— Marion, Joséphine, Adeline...

— Adeline ! voilà ! Fais-lui savoir que je l'attends ici, sur ce ponton.

— Qui êtes-vous, Monseigneur ?

— Son amant.

— Monseigneur a de la chance, elle est belle fille.

Adeline vient d'achever la cérémonie du petit coucher de la reine et accourt. Depuis des mois, elle perd la tête pour ce mousquetaire et la voici déjà allongée au fond d'une barge à réclamer son dû.

Le mousquetaire, lui, ne pense qu'à son devoir.

— Je suis chargé d'une mission secrète auprès de la reine. Il faut absolument que je la rencontre.

— Tu n'y penses pas ! Un homme dans la chambre de la reine, et puis quoi encore...

— Ça va, ça va, j'ai compris.

— Et les convenances ? s'insurge encore la péronnelle.

— J'ai compris, te dis-je.

Elle se fait de nouveau caressante.

— Je me charge de ta mission et on se retrouve sur le coup de minuit ?

— Si tu veux.

Il se penche vers la femme de chambre et lui dit à l'oreille :

— La reine consentirait-elle à...

... La reine n'y consent point, mais hésite.

— « Informez l'émissaire du cardinal — car l'idée ne peut venir que de lui, je reconnais là son style et ses façons —, a-t-elle dit en substance, que je suis disposée à réfléchir... que le cardinal tente encore une action sur La Rochelle et nous verrons à faire diligence auprès de la personne invoquée. »

— C'est tout ?

— C'est tout.

— Je pars et je reviens, dit le mousquetaire. Ça me prendra la semaine.

— Au moins, fais provision de plaisir pour la route, dit la fille.

Dans la nuit du 11 au 12 mars 1628, d'épais nuages occultent la lune. C'est à peine si l'on distingue, dans l'obscurité, les remparts de La Rochelle. Les almanachs ayant annoncé cette circonstance favorable, Richelieu décide le coup de force sur la ville. Une façon d'essayer d'en finir puisque la reine ajourne sa mission conciliatrice auprès de Buckingham.

Le Père Bruno a beaucoup insisté pour que l'opération prenne le nom de code « Anna », mais Richelieu lui a sèchement répondu : « Votre Le Halper n'est pas Jeanne d'Arc ! »

Cette nuit le dispositif est en place. Un hibou ulule sur une ville endormie, étrangement calme.

Des mousquetaires s'introduisent dans le souterrain découvert par Anna Le Halper, espèce d'égout grouillant de rats, qui débouche à la fois hors de la ville et dans la ville, juste derrière les fortifications, à la hauteur d'un poste de garde facile à neutraliser. Par ailleurs, renseignements pris, la porte de la ville elle-même est à peine gardée. Ils tombent par surprise sous le nez de sentinelles qu'ils transpercent de leurs rapières avant qu'elles aient le temps de se réveiller.

Un chien hurlant trois fois à la mort — le signal convenu — informe les artificiers qu'ils peuvent approcher de la Grande Porte en toute sécurité et la faire sauter. Mais ils s'enlisent dans les fossés vaseux qui ceinturent la ville et s'égarent dans la nuit.

De nouveau, le pseudo-chien hurle trois fois à la mort.

Rien ne se produit.

Richelieu, au milieu de ses dix mille hommes d'armes, piaffe d'impatience. Il envoie des émissaires qui ne trouvent pas la trace des artificiers.

Soudain, du haut des remparts, un coup de mousquet. L'alerte est donnée. Le piège n'a pas fonctionné.

Dans sa colère, le cardinal tient la reine pour responsable de cet échec. Il se jure de ne plus tergiverser. Ou Anne d'Autriche lui obéit et intervient auprès de Buckingham dès réception de son courrier, ou il n'hésitera pas à la perdre auprès du roi.

Il en a les moyens, preuves à l'appui.

Michipe applaudit.

Il applaudit comme à un spectacle. Il ne connaît rien d'aussi beau, d'aussi séduisant qu'Anna sanglée dans une robe de cour myosotis, une coiffure comme on en voit aux vierges de Botticelli, exquise, discrète, aérienne, pudique, avec, dans le regard, par contraste, un rien d'une perversité bouleversante.

Comment ne pas être ébloui ?

Sous le prétexte d'aller donner à Chantal sa caresse vespérale, Lord Horse s'éclipse.

Michipe et Anna sont l'un en face de l'autre. Ils n'ont pas encore échangé un mot et ils se sont tout dit. Ils ne se lassent pas de se regarder. Michipe, lui aussi, est beau, hâlé (les yeux du bleu de la mer quand il fait beau, pense Anna), et cet habit fauve avec des boutons en émeraude lui donne une allure... de quoi ?... de prince, de roi, d'un dieu à la portée d'une femme.

Quand Anna deviendra son épouse, elle sera, elle aussi, couverte de bijoux.

— Bernique, proteste-t-elle, ça ne sert à rien et ça se perd. Avec ces choses-là, on ne peut pas aller à la pêche. Elles encombrent.

Enthousiaste, Michipe enlève son pourpoint, fait cadeau des émeraudes aux femmes de chambre extasiées, apparaît en chemise de dentelle et jure que, de sa vie, il ne portera plus de bijoux ; exception faite d'une bague : son alliance.

Anna sourit. La générosité de Michipe l'enchante. Sa générosité, et la joie des petites femmes de chambre.

— Maintenant, je vais te dire, Michipe, quand on sera en société, je porterai tout de même des bijoux, pour t'honorer.

Voilà qui lui convient : sa femme (sa future femme) saura tenir son rang.

Ils ont tant de choses à se dire qu'ils ne savent par où commencer.

— Comment as-tu fait pour me retrouver ? C'est incroyable. Moi, j'attendais la fin de la guerre pour aller te chercher à l'île de Ré. Raconte : comment as-tu fait ?

— J'ai eu de la chance, Michipe, beaucoup de chance. D'abord, j'étais naïve. Je ne voyais pas l'Angleterre aussi grande. Je me disais : Michipe, il est si formidable, tout le monde doit le connaître...

Michipe rit.

— Et alors, et alors ?

— Et alors, je me suis habillée en petit marin anglais et, larguée en pleine mer, j'ai gouverné sur Portesmoufe et pendant que j'y étais, jusqu'au fond de la baie...

— A quelle heure ?

— Dans les six heures du matin.

— Quand ?

— Le 21 février.

Ému, Michipe prend Anna dans ses bras.

— Tu imagines, j'étais de quart sur le pont du *Triumph*. Je me souviens très bien avoir vu passer un jeune homme seul dans une embarcation française. Je me suis même fait la réflexion : cette chaloupe est une prise de guerre.

— C'était moi ! se réjouit Anna, c'était moi !

Discrète, une petite cloche les appelle à dîner.

Pour Michipe, Anna est un nouveau sujet d'étonnement. A son bras, elle marche comme une reine, elle est de ces filles sur lesquelles les vêtements prennent une allure folle ; il ne lui reste qu'à apprendre les bonnes manières à table, l'usage des couverts, de la verrerie, mais, surtout, à ne pas engloutir les coquillages avec un bruit de succion, comme si elle lapait une soupe.

Lord Horse s'amuse des attitudes de ce jeune animal déchaîné, trop heureux de vivre pour ne pas déconcerter. Lui qui a toujours vécu sans tenir aucun compte de l'opinion d'autrui ne peut qu'admirer Anna de vouloir, coûte que coûte, rester elle-même.

— Gardez-la telle qu'elle est, dit-il à Michipe. Cette enfant est un régal. Et si elle ne veut pas porter de culotte, eh bien, qu'on la laisse libre de ses décisions. En plus, ça ne gêne personne ! Le détail, quand il sera connu à la cour (où je suppose que vous la présenterez), ne fera qu'ajouter à sa réputation !

Michipe est heureux. L'opinion de Lord Horse est capitale, même s'il passe pour un vieil original. Il est riche, il est puissant, il compte des amis dans tous les milieux et ses sentiments pour Anna — bien qu'inexplicables aux yeux de certains — sont parfaitement clairs.

Lord Horse partage avec la future Lady Anna, entre autres points communs, une admiration sans bornes pour la France et tout ce qui est français.

Ils sont aussi les deux plus gros propriétaires de Cornouailles. Leurs propriétés s'étendent sur des milliers d'hectares.

Dès la fin du dîner, dont le menu ne comportait que des plats français, Lord Horse s'éclipse laissant les amoureux tête à tête.

— Quand la guerre sera finie, propose Michipe, nous irons à l'île de Ré et nous achèterons le bois de Trousse-Chemise.

— Le bois de Trousse-Chemise ? s'étonne Anna. On peut acheter le bois de Trousse-Chemise ?

— Bien sûr.

Anna rêve.

Elle se souvient de sa nuit exaltante sur la plage chaude de l'île, juste avant que Michipe n'attrape le dernier bateau pour l'Angleterre sous le feu des mousquets français.

Peut-être cette nuit qu'elle est en train de vivre est-elle encore plus belle. Michipe est là. Michipe sera bientôt son mari…

La terrasse du cottage jouit du privilège d'une brise marine. Elle trimbale des odeurs de coquillages et de goudron.

La baie de Portchester miroite sous la lune.

D'autres odeurs, plus neuves pour Anna, viennent des milliers de fleurs du jardin, mélange incroyable d'espèces inconnues pour une fille de l'île de Ré où la rose trémière domine.

— Pour célébrer nos fiançailles, dit soudain Michipe, Lord Horse met à notre disposition son château de Lyndhead à une journée de carrosse.

Subjuguée par la façon dont Michipe s'exprime en français, elle n'a pas écouté. Elle a honte d'avoir fait si peu de progrès en anglais. Elle doit être une rien du tout (Mr. Hickock dans un accès de colère le lui a laissé entendre), indigne des chances que lui offre la vie.

Ils marchent en silence.

Anna s'est déchaussée. Le gazon, bien qu'un peu frais, est doux à ses pieds. Ils passent devant sa chambre. Elle sait que son lit est ouvert, profond, bassiné à la lavande ; elle rêve de s'y glisser avec lui.

Ce qui provoque sa question.

— On se marie quand ?

— Dès que la guerre le permettra.

Le visage d'Anna s'assombrit.

— C'est dur, la guerre ; je connais.

— Maintenant elle ne durera plus longtemps, affirme Michipe.

Anna remercie le ciel de se trouver dans l'obscurité : elle vient de tressaillir et, probablement, de rougir. Si la guerre ne doit plus durer longtemps, cela peut vouloir dire deux choses. Que la date de son mariage est proche. Mais aussi qu'il y a du nouveau à l'amirauté.

Que se passe-t-il ?

Elle ne peut s'empêcher de le demander. Michipe hésite. Et puis, Anna n'est-elle pas la femme de sa vie, celle qui connaîtra ses secrets ?

— Il est question, dit-il en baissant le nez, de ne pas confier à Steenie le commandement de la flotte d'intervention à La Rochelle...

— Et c'est grave ?

— Politiquement catastrophique.

— Qu'est-ce que ça veut dire, « politiquement catastrophique » ?

— Ça veut dire que, si on ne croit plus au savoir-faire de Steenie, le pouvoir du roi s'effondrera avec celui de son favori.

— Qu'est-ce qu'il a fait, Steenie, pour en arriver là ?

Michipe ne répond pas. Il souffre dans son amitié pour Buckingham.

— Il a fait des bêtises ? insiste Anna, assise en tailleur dans l'herbe et, comme souvent, indécente.

— Il a d'abord perdu la bataille de l'île de Ré : ça, tu le sais... mais ce n'est pas une bêtise.

Michipe marche de long en large dans un rayon de lune. Il est superbe, attirant, Anna voudrait ne lui parler que d'amour, elle s'oblige à obtenir plus de renseignements. Tout à la fois honteuse et fière de sa décision, elle pense au Père Bruno, à Richelieu, à Louis XIII, à la France et fait une courte prière : « Mon Dieu, pardonnez-moi... »

Puis, sur le ton de la conversation la plus banale, elle ajoute :

— Mais, qu'est-ce qu'on peut lui reprocher, à Steenie ?

— Mille choses, se révolte Michipe. En attendant, le Parlement se refuse à lui voter les crédits dont il a besoin.

— Il n'a pas d'argent, quoi ?

— Il manque d'argent pour ses vaisseaux et ses soldats.

— Alors, comment se débrouille-t-il ?

Il coûte à Michipe de dire la vérité.

Il coûte tout autant à Anna de la lui demander.

— Il force les gens à lui prêter de l'argent, il fait enlever des hommes pour les enrôler de force sur ses navires, il achète des soldats à l'étranger et, ce qui est le plus grave — mais il ne s'en rend même pas compte —, il jette en prison ceux qui lui résistent, tant à la Chambre des Lords qu'aux Communes. Voilà comment il se rend antipathique à tout le monde...

Soudain il se tait ; il ne veut plus rien dire. Alors Anna l'embrasse.

— Ce ne sont pas des histoires pour les petites filles, s'excuse-t-il, désolé de s'être laissé aller à confier les problèmes de la Couronne d'Angleterre qui sont aussi les siens, puisqu'il est un intime de Steenie.

— Non, répond Anna avec tristesse, en effet, ce ne sont pas des histoires pour les petites filles.

Michipe se reprend. Il change de ton, s'épanouit.

— Pour notre mariage, dit-il, puisque tu deviens anglaise, il me semble que le problème religieux [1] devrait...

Anna l'interrompt.

— Il n'y a pas d'inquiétude. J'en ai parlé à Lord Horse. Il est formidable. Il sait tout. Il m'a dit, j'ai appris par cœur, je répète, écoute bien. Il m'a dit : « Ma chère enfant, si vous consultez saint Augustin, il vous dira que de son temps on ne regardait pas comme illicites les mariages des fidèles avec les infidèles... » Tu sais pourquoi ? Parce qu'aucun texte de l'Évangile ne les condamne. Ce n'est pas une bonne nouvelle ?

C'est une nouvelle qui le comble. Ainsi, dès leurs fiançailles au château de Lyndhead, choisiront-ils la date de leur mariage qui sera célébré en la propriété des Barrow, à Falmouth.

— C'est où, Falmoufe ?

Michipe renonce à améliorer sa prononciation.

— Au bout de la Cornouailles. Avec nos invités, ça prendra bien cinq à six jours de carrosse pour y arriver.

— C'est comment, Falmoufe ?

— Un château sur une falaise.

— On voit la mer ?

— De toutes les fenêtres, sauf au nord.

1. Anna, en effet, est catholique, et lui protestant. Ce qui tombe mal en pleine guerre de religion !

— Ça doit être magnifique.

— Ça devrait te plaire.

— Et le jardin, tout autour ?

— C'est de la lande, puis des bois.

— Grand comment ?

— A peu près comme l'île de Ré.

Anna se rebiffe.

— Tu te moques !

— Pas du tout.

— Mais... c'est bien trop grand.

Pour la première fois, Michipe éprouve de l'embarras face à ses richesses.

— Tu aimeras la rivière, dit-il.

— Je l'adorerai.

Un coq chante.

Comme lors de leur première séparation sur la plage de Trousse-Chemise, ils ont l'impression de n'avoir rien dit, de ne pas avoir profité de leur amour.

Michipe doit rejoindre sans délai le *Triumph*, bâtiment amiral mouillé en rade de Portsmouth. Il est en retard. Une escorte l'accompagne — il règne dans les ports et dans les environs un tel climat d'insécurité ! Les officiers sont attaqués et les habitants, rançonnés, se verrouillent chez eux.

Insomniaque, Lord Horse a passé la nuit derrière sa fenêtre ouverte à épier les amoureux.

Il est temps, pour lui, de se manifester.

— Courez à vos affaires, dit-il à Michipe, *and don't worry, I'll keep an eye on her*[1].

Lord Anna émet un léger claquement de bottes et disparaît

1. ...et ne vous tracassez pas, je veillerai sur elle.

derrière un bosquet de fleurs. Déjà il ne reste plus de lui qu'un peu de poussière sur la route.

— *Let's have breakfast together, yes?*

— J'ai compris. On prend le petit déjeuner ensemble.

— Vous voyez, Anna, que l'anglais, ce n'est pas si difficile que ça !

Peut-être, pense-t-elle. Mais ce qui est plus compliqué, c'est de comprendre Lord Horse, à la fois homme aux manières exquises, vieil original d'une générosité excessive et fieffé menteur car, de toute évidence, son véritable personnage ne doit pas montrer souvent le bout du nez.

Anna s'habitue à cette bouillie d'avoine qu'elle agrémente de bon lait cru. Viennent ensuite de grosses miches d'un pain doré à la flamme, des œufs frits aux lardons, des truites fumées, des tranches de jambon, si fines qu'elles frisent dans l'assiette, comme des copeaux.

Djorge fait irruption dans la salle à manger pour annoncer que Chantal vient de se réveiller.

— Oh ! se réjouit Lord Horse, je vais aller embrasser mon cheval, mon cheval préféré.

— Merveilleux, votre petit déjeuner, mylord, conclut Anna.

Après une nuit blanche, elle décide de faire un petit somme avant d'attaquer la fameuse dictée de Mr. Hickock : « Moi, Anna Le Halper, je me prépare à devenir une lady... »

Elle pense qu'aujourd'hui, elle fera un zéro faute.

Lord Horse organise les fiançailles d'Anna.

Il en profite pour mettre à l'épreuve ses chevaux du Cotentin et de Basse-Normandie.

Entre son cottage de Portchester et son château de Lyndhead, il procède à des essais de vitesse et d'endurance dont les résultats l'enthousiasment.

Mais les choses n'avancent pas. Michipe est constamment en

manœuvres, ou retenu à son bord, et la date, plusieurs fois remise, est finalement fixée au début d'avril.

Anna se consume.

L'abstinence l'atteint au plus profond de sa vitalité et l'interdiction qui lui est faite de quitter le cottage l'enrage au point qu'elle en perd l'appétit. Elle ne se nourrit plus que de coquillages.

Soudain un événement inattendu rompt la monotonie de sa vie. Une couturière, qui vient, comme chaque jour, essayer l'une des robes que la future lady portera à ses fiançailles, lui remet une lettre.

Elle est du Père Bruno. Anna reconnaît aussitôt son écriture minuscule, typique de celle des ecclésiastiques. Elle attend l'après-souper et la solitude de la nuit pour découvrir le texte en toute tranquillité. Elle se félicite de ses progrès et lit d'une seule coulée :

« Mon enfant, tu sauras qui je suis en te souvenant de Jérémie. Tu peux avoir confiance en celui qui viendra te voir de ma part.

Que Dieu te garde.

Détruis cette lettre.

B. »

Deux, trois fois, Anna, le cœur battant, relit cette information du père Bruno avant de la brûler à la flamme d'une lampe à huile qu'elle éteint malencontreusement.

Fébrile, elle passe une partie de la nuit à effacer toute trace de cette lettre. Sans qu'elle en ait conscience, ne s'était-elle pas préparée à reprendre du service pour le roi de France ? Et voici, plus tôt qu'elle n'aurait pu l'imaginer, qu'il fait appel à ses dons. Car elle est douée. Elle le sent à la façon dont elle s'arrange avec sa conscience, adorant, idolâtrant Michipe et dissimulant, tout à la fois, une part d'elle-même.

Elle a chaud. Elle a froid. Il lui est impossible de trouver le sommeil. La situation devient exaltante.

Dès le lendemain matin qui s'ouvre sur un soleil resplendissant, plus rien ne se ressemble plus. L'impression de vie n'est plus la même, ni le blanc cru du cottage, ni les fleurs, ni les bateaux qui pêchent au fond de la baie…

Lord Horse lui-même a une autre tête, les veinules de son gros nez rouge sont plus apparentes, mais c'est surtout le regard qui est changé. Moins noyé, moins lointain, plus malin. Sait-il qu'Anna reçoit des messages de France ? Difficile à croire. Il siège à la Chambre des Lords et n'a pas une tête à trahir ses pairs.

Pour la première fois de sa vie, Anna souffre de la solitude. Elle serait à l'île de Ré qu'après avoir ramassé quelques crabes, fouiné à marée basse dans les varechs à la recherche d'elle ne pourrait dire quoi — on trouve toujours des choses intéressantes dans la mer —, elle irait, tête au vent, trouver le père Bruno pour lui demander conseil. Il est certain qu'il lui dirait : « Obéis à ton roi sans te poser de questions. » Elle sera docile, attentive, appliquée, comme autrefois au catéchisme.

Ils sont plus de deux cents à avoir répondu favorablement à l'aimable invitation de Lord Horse.

Son château, d'un aspect généralement austère, bruit ce matin de la folle animation qu'y apportent les invités, pour la plupart venus avec leurs chiens. Ils ont l'intention de chasser, ou, à la rigueur, battre la campagne en cueillant les milliards de jonquilles qui illuminent bâtiments et prairies.

Les chiens attaquent les chevaux ou jouent entre eux, à l'image de leurs propriétaires qui se divertissent de tout et de rien, ou poursuivent des buts égrillards.

Dans les fourrés, on entend plus d'une fillette pousser des cris de joie ou de terreur.

L'atmosphère est à la démence. Il fait un soleil exceptionnel pour la saison et les plus affamés des invités, incapables d'attendre l'heure des repas, font allumer des feux de bois et rôtir des en-cas, dindes, canards ou chapons.

Michipe est introuvable.

Anna, lourde dans une robe de voyage en grosse laine d'Écosse

— il paraît qu'en voyage on est davantage sensible aux refroidissements —, voudrait revêtir sa robe bleu myosotis, bien coupée, légère, et dont Michipe lui a fait mille compliments. Mais où se trouve-t-elle ? Dans une des malles que des porteurs montent dans ses appartements. Dans quelle malle ?

— Moi, craindre, la robe myosotis pas emballée, répond Virginia.

— Moi craindre être colère, s'irrite Anna.

— Impossible porter deux fois la même robe.

Une couturière, celle qui parle bien français (elle s'est occupée de la garde-robe de la reine Marie-Henriette [1]), accourt.

— Nous avons prévu, pour Mademoiselle, le plus grand choix. Cinquante robes plus seyantes les unes que les autres.

— C'est de l'argent jeté par les fenêtres. Je n'en veux qu'une.

Contrariée, elle se retire dans un petit salon curieusement encombré de jeunes filles qui lui font la révérence.

— Qu'est-ce qu'elles font là ?

La couturière s'empresse.

— Elles attendent vos ordres, Mademoiselle. Il y a là une empeseuse.

— Ça sert à quoi, une empeseuse ?

— Que Mademoiselle ne trouve à ma réponse aucune intention malveillante, mais une empeseuse, ça sert à empeser...

Anna préfère ne pas relever l'insolence. Mais, à l'avenir, il faudra qu'elle se méfie, qu'elle comprenne plus vite ce monde insolite qui va devenir le sien.

— ... ça empèse des plastrons, des cols, des chemises...

— J'avais compris ! cingle Anna. Eh bien ! qu'elle empèse !

La plus âgée des femmes de chambre s'avance, déférente.

— Votre suite comprend également, Mademoiselle, trois femmes de chambre. C'est peu, très peu. La reine en dispose de six à

1. Sœur de Louis XIII et épouse de Charles Ier, roi d'Angleterre.

Hampton Court. Voici la joueuse de luth, la lingère, la pâtissière, la boulangère, un écuyer du gobelet…

Il faut attendre le dîner pour qu'Anna retrouve Michipe.

Il a passé son après-midi en mondanités, à tenter de défendre Steenie, de plus en plus vacillant sur son piédestal.

Il prend la main d'Anna.

Il paraît préoccupé. Étrange comme les grands de ce monde ne prennent pas le temps de vivre. A cela aussi, il faudra qu'elle s'habitue.

Elle se souvient de noces rhétaises où le promis et la promise ne pensaient qu'à eux, ne se préoccupaient que de leur plaisir.

Elle a envie de parler d'amour, elle parle de Steenie.

— Tu as peur pour Steenie, lui dit-elle doucement.

— Très, très peur.

Il la regarde tendrement avant d'ajouter.

— Maintenant que tu le sais, je me sens déjà mieux. C'est terrible de tout garder pour soi.

— C'est fini ce temps-là, dit-elle, adorable, puisqu'on va tout partager.

Il l'embrasse.

Elle l'adore.

Puisqu'ils sont fiancés, elle pense que, cette nuit, il partagera son lit à l'exemple de ces invités, éméchés au terme d'une longue journée passée à boire de la bière noire et dont les mains s'égarent sous les habits.

A un coude de la rivière, Anna est fascinée.

Dans une espèce de brume de moucherons, en contre-jour, des centaines de truites bondissent dans leurs reflets arc-en-ciel.

Du plus haut de la tour de Lyndhead, un sonneur bat le rappel pour le dîner. Dans la gigantesque salle à manger médiévale, Lord Horse a composé un menu dont pratiquement aucun convive ne pourra se souvenir tant il est copieux : venaisons, rôtis, volailles, poissons, crèmes, coquillages, choucroutes importées, entremets, crustacés, bouillons, truffes, écrevisses, pâtisseries, tous ces mets servis dans le désordre le plus exquis.

Il a imaginé plus étonnant. Une équipe de sommeliers met en perce une dizaine de tonneaux disposés autour d'immenses tables où ripaillent les deux cents invités. Dans ces tonneaux, les plus grands crus du Bordelais saisis sur des bateaux marchands français. Le but de ces opérations de contrebande consistant à alimenter les caisses de l'amirauté britannique, Lord Horse en avait acheté pour un prix astronomique une pleine cargaison.

Et le vin coule à flots, des vins d'une saveur à se pâmer. Maintenant, les convives, tous pris de boisson, se vident de pleins verres à la figure les uns des autres.

Dans cette atmosphère frénétique, une magnifique pièce montée portée avec peine par quatre valets fait son apparition sous les applaudissements frénétiques.

A l'instant où chacun est prié d'aller se servir lui-même, la pièce montée éclate et un nain, couvert de crème fouettée, surgit des profondeurs du gâteau dans lequel il était dissimulé et commence à gambader, voltiger, exécuter des pirouettes. A chacun de ses gestes, il asperge son entourage d'œufs à la neige, déclenchant des acclamations, des fous rires qui l'invitent à oser toujours davantage.

La salle brûle de curiosité.

— *Who are you*[1] ?

Il répond, avec un parfait accent d'Oxford, l'un des meilleurs :

— *I am just a fool*[2].

— *What is your name ? What is your name*[3] ?

— *My name is Shoou-Shoou*[4].

1. Qui êtes-vous ?
2. Je ne suis qu'un bouffon.
3. Quel est votre nom ? Quel est votre nom ?
4. Mon nom est Shoou-Shoou.

— *Oh ! lovely, so funny ! Hello Shoou-Shoou*[1] *!*

Se dégageant des crèmes pâtissières, Shoou-Shoou apparaît tel qu'il se présente dans la vie courante, petit, vraiment petit ; même dans la catégorie des nains, il fait gringalet. Il est vêtu de noir, son cou est pris dans une collerette démodée. Le visage est sympathique, l'œil vif, brillant d'intelligence.

— *Are you still hungry*[2] *?* demande-t-il.

— *Yes !* hurle l'assistance, d'un seul souffle.

Alors, dans un mouvement apparemment improvisé (il est évident que tout a été réglé), un cortège de valets fait son entrée. Ils présentent des plats fumants où baignent des homards dans une sauce rousse piquetée de crevettes.

La salle trépigne de contentement et d'allégresse.

De toutes ses forces, Anna tape sur la table. Elle ne s'est jamais autant amusée de sa vie. Michipe, plus retenu de tempérament, jouit du spectacle de sa fiancée heureuse. Lord Horse, son voisin, en parfait maître de maison, se félicite du succès de sa réception.

Anna demande à Michipe si c'est ça, du théâtre ? Comme il est affirmatif, elle est passionnée.

— Du Shakespeare, quoi !

— Pas tout à fait.

— Tu m'en montreras ?

— Il faut aller à Londres.

— Pourquoi tu ne m'emmènes pas ?

Il reste évasif.

— Le travail, les dangers de la peste, et puis, Shakespeare, ce n'est pas toujours drôle ; il y a des tragédies dans son œuvre.

— C'est quoi une tragédie ?

Lord Horse intervient.

— Ce ne sont pas des histoires pour les petites filles.

1. Oh ! délicieux, amusant ! Hello Shoou-Shoou !
2. Avez-vous encore faim ?

Et, pour faire diversion, il appelle Shoou-Shoou qui accourt, se saisit d'une énorme pince de homard, l'introduit dans une espèce d'étau de bois, serre ; la pince éclate et en gicle un jus délicieux qui inonde et tache le pourpoint de mylord. L'assistance est au comble de la joie.

Comme on a distribué ces instruments qui rappellent, en plus petit mais à bien des égards, ceux qui servent au supplice de la question, du jus de homard jaillit dans tous les sens, dégouline sur les perruques, s'introduit dans les corsages, poisse et barbouille tout autant les visages que les vêtements.

— *Lobster ! Lobster ! Lobster*[1] *!* crie Shoou-Shoou pour encourager les plus déchaînés à aller plus loin encore.

Un orchestre de crincrins se met en place.

Après avoir exécuté une révérence de cour, Shoou-Shoou invite Anna à danser.

Elle accepte.

La tête de Shoou-Shoou arrive à la hauteur de son nombril. On rit. On les encourage à danser plus vite. Les crincrins accélèrent le rythme.

Le nain tente de s'approcher aussi près que possible de l'oreille d'Anna, il lève la tête à la décrocher et lui chuchote dans un français sans accent :

— Jérémie, ça vous dit quelque chose ?

Anna frémit.

— Jérémie, c'est toute mon enfance, toutes mes années de cathéchisme…

— Tout à l'heure, poursuit Shoou-Shoou, je mettrai devant vous un genou en terre, faisant ainsi acte d'allégeance. Je me proposerai d'entrer à votre service, comme votre très humble et très obéissant serviteur. Et vous m'engagerez.

« Tiens donc, pense Anna, élevée par son père dans la

1. Homard ! Homard ! Homard !

méfiance. Un engagement ne se fait pas à tort et à travers ! »

— Je suis de mère anglaise et de père poitevin, insiste Shoou-Shoou. Comment et pourquoi a-t-il épousé ma mère ? Cela ne me regarde pas. Je suis nain, je fais rire ; s'ils savaient qui je suis, les imbéciles qui me regardent, ils fuiraient épouvantés.

— Qui es-tu ?

— Je viens de vous le dire. La danse va s'achever. Vous devez me faire confiance.

Anna se fait violence.

— Soit ! dit-elle d'une voix incertaine.

— Alors, vous m'engagez ?

— Si tu me dis comment va le Père Bruno.

Le nain se crispe.

— Si vous prononcez encore une fois un nom, en dépit du respect que je vous dois, je n'hésiterai pas à vous dénoncer comme incapable de remplir une mission et...

Un couple se rapproche d'eux. Parler français devient dangereux pour Shoou-Shoou. Mais Anna a compris que, si elle ne l'écoutait pas, il serait implacable.

Maintenant il la raccompagne jusqu'à sa table et la rend à Michipe à qui Anna tend les bras. Ils s'embrassent et sont acclamés.

Les crincrins s'alanguissent et prennent doucement un rythme lent et sentimental.

A cet instant précis, Anna est heureuse comme elle ne l'a jamais été.

Les invités tombent comme des masses, s'endorment les uns après les autres. Il reste cependant assez de monde pour assister au spectacle touchant du nain prosterné devant Anna et qui demande à la servir. Et elle, les larmes aux yeux, lui tend sa main et le relève.

— *Thank you, miss Anna,* dit Shoou-Shoou, qui bafouille un texte anglais auquel elle ne comprend rien.

— Il veut dire, traduit Michipe, qu'il vous servira jusqu'à son dernier souffle.

Il s'éloigne en marchant sur les mains.

Anna et Michipe sortent prendre l'air. La nuit est claire, mais fraîche. Anna recherche la chaleur de Michipe.

Dans la cour des écuries qui sent le cuir, le crottin et la bonne sueur animale, Lord Horse veille personnellement à ce que six de ses meilleurs chevaux du Cotentin soient attelés à un carrosse léger qui devrait battre tous les records de vitesse sur la distance Lyndhead-Portsmouth.

Anna comprend que Michipe doit rejoindre son unité.

Il pense que la date de leur mariage devrait être proche. Il s'en est entretenu avec Steenie et il a bon espoir.

— Quand ? Ça veut dire quoi « date proche » ? s'indigne soudain Anna. Sinon... bernique, je m'en retourne dans mon île.

— Les temps sont difficiles, Anna.

Michipe se montre plus précis.

— Il me faut organiser les cérémonies de mariage à Falmouth, prévenir la Cour, à Londres. Ça me prendra... de une à deux semaines. Le programme sera arrêté d'ici après-demain ; je te le promets. Je passerai te voir au cottage de Portchester pour t'en informer.

Un marin se met au garde-à-vous : il est temps de partir.

Les chevaux du Cotentin, queues et crinières tressées, piaffent d'impatience dans la rosée des premiers rayons de soleil. Ils frappent le sol de leurs sabots vernis au goudron. Ils vont galoper dans l'allégresse. Le cocher ne les tient plus. Michipe saute dans la voiture, passe la tête à la portière, agite un mouchoir, sourit à Anna de tout son amour avant de disparaître derrière l'une des vingt tours du château.

Une telle masse de pierres fait sourdre en Anna une angoisse certaine. Et si le château de Falmouth, son château à elle, Anna, était aussi terrifiant, que dira-t-elle à Michipe ? Qu'elle rêve d'un moulin tout simple, comme celui de son père à La Couarde, île de Ré !

Et ces fenêtres, hautes, étroites, interminables avec des vitraux en guise de carreaux. Et l'intérieur, sombre, triste, précisément par la faute de ces vitraux qui retiennent la lumière. Lord Horse dit lui-même qu'à notre époque, il est impossible d'entretenir des bâtisses comme Lyndhead faites pour se défendre contre les invasions et les pillards. D'autant qu'aujourd'hui, les fossés qui cernent les bâtiments sont comblés, en dehors de quelques flaques où barbotent cygnes et canards.

C'est l'heure où les chiens vont pisser. Ils en profitent pour terroriser poules et lapins encore ensommeillés.

Machinalement, Anna marche sur les traces de la voiture de Michipe. Elle traverse un bout de rivière à gué ; au-delà, elle effraie des chevaux sauvages ; des oiseaux se déchaînent, des cerfs passent à l'horizon dans une langue de brume.

Elle écoute glisser sur les pierres l'eau de la rivière : c'est pour elle un bruit inconnu. Elle voit des écrevisses, va s'émerveiller quand elle sent, dans son dos, une présence insolite. Shoou-Shoou est là, démaquillé pourrait-on dire, avec son vrai visage. Il n'est plus tout jeune et paraît grave pour un bouffon, pense Anna. Il sautille sur les pierres sèches du gué et s'assied auprès d'elle.

— Il est regrettable que vous ne parliez pas anglais. Il est, en effet, indispensable que vous compreniez ce qui se dit autour de vous.

— Je vais essayer.

— Non, répond le nain. Vous allez agir. Et vite. Vous seule tenez en main la filière qui nous permettra de connaître les décisions du roi.

— Quel roi ?

— Charles Ier, bien sûr, l'ami de Steenie, lui-même ami de Lord Anna. Quand devez-vous revoir votre amoureux ?

— Après-demain.

— Ça nous laisse du temps. Vous l'interrogez — habilement, bien entendu ! — sur les dernières décisions de l'amirauté... qui devraient nous être favorables.

— Et si je dis : bernique, je n'en ferai rien.

— Je me verrai dans la douloureuse obligation de vous supprimer. Ne me poussez pas à la menace. Vous êtes déjà la cible de tant de personnes.

— Pourquoi ?

— Sans la protection de Lord Horse sans doute connaîtriez-vous les barreaux de la Tour de Londres. Sans ma vigilance, peut-être, n'échapperiez-vous pas à vos ennemis.

— Comment le sais-tu ?

— Miss Anna, bientôt Lady Anna, je sais lire sur les lèvres ce que disent les gens. Plus d'un invité à vos fiançailles souhaiterait vous voir au bout d'une corde. Notre compatriote, Marie-Henriette de France et reine d'Angleterre, est détestée, y compris par Buckingham, il faut que vous le sachiez. Pourquoi une catholique serait-elle appréciée dans ce pays de protestants ?

— Lord Horse m'aime bien.

Un petit rire agite la poitrine du nain, une poitrine anormalement bombée sous la collerette.

— Peut-être, dit-il, ambigu, mais Lord Horse n'est pas un Anglais comme les autres.

Anna éprouve des difficultés à comprendre. Elle a cependant peu bu, trop mangé, peut-être. Pour dissiper un début de migraine qui la gêne pour réfléchir elle se met à l'aise. Souliers et bas verts s'éloignent dans le courant (qu'a-t-elle besoin de ces accessoires en pleine nature ?). Ses pieds prennent le frais dans la rivière. Un immense bien-être l'envahit. Ses idées retrouvent leur limpidité.

— Qui es-tu, Shoou-Shoou ?

— Un Français. Fidèle à mon roi et passionné par le métier que j'exerce. Tout le monde me croit anglais mais je suis de père vendéen. Je suis ce qu'on appelle, dans le nouveau langage des espions, un agent implanté. Et qui se méfierait de moi ? Je fais rire, je joue les imbéciles, je suis aussi comédien. Personne ne connaît mon âge, mais je suis vieux. Si je porte une collerette, c'est pour dissimuler mon cou. Je suis heureux, parfaitement heureux et très équilibré. Ne m'adressez jamais la parole en français. Je ferais semblant de ne pas comprendre. Je ne vous parlerai plus jamais de moi. Plus tard, si vous réussissez, je vous apprendrai à lire sur les lèvres. Il n'existe pas de moyen plus efficace pour percer les secrets. Les résultats vous étonneront. En attendant, prenez vos dispositions pour vous trouver au plus tard dans deux jours au cottage de Portchester. Je veux connaître avec un maximum de précisions les réactions de Steenie à une lettre qu'il vient sans doute de recevoir d'Anne d'Autriche, notre reine...

Anna voudrait l'interrompre pour mieux comprendre mais il poursuit.

— Une manœuvre est en cours, une superbe machine de guerre inventée par notre grand politique...

Il sourit, brusquement charmant :

— Je ne vous dirai pas de qui il s'agit. Vous savez qu'il ne faut jamais citer le nom de ceux dont on parle... Permettez-moi de prendre congé. Je tombe de sommeil. Je compte me reposer quelques petites heures. Ne partez pas sans moi.

— C'est promis.

Le nain s'efface.

La rivière bruit.

Assise sur une pierre, les pieds dans l'eau, au milieu d'un gué, Anna réfléchit aux ambiguïtés qui pèsent sur son avenir.

Anna sursaute.

Sa plume fait un écart, un hibou vient d'ululer, un gros pâté s'abat sur la lettre qu'elle écrit au Père Bruno. Avec acharnement, elle combine des signes qui forment des syllabes, débouchent sur des mots et des images. Dans une espèce d'illumination, elle façonne le premier texte de sa vie.

« Petit Père Bruno adoré, me voilà fiancée ; Lord Anna sera bientôt mon mari mais avec tous les périls, y a du oui et y a du non. Vous voyez ce que je veux dire avec la visite d'un petit nain, il faut vous prévenir, il connaît peut-être Jérémie, mais l'est point facile rapport à ce que vous devinez.

« Je vous embrasse comme une folle. Votre Anna Le Halper.

« Et j'ai décidé d'écrire une belle lettre à notre ami Richelieu. »

Dans le courrier du Père Bruno en provenance d'Angleterre, un billet le surprend. Exception faite des fautes d'orthographe de syntaxe, des lettres mal formées et des taches d'encre, elle est en *clair*.

Il s'applique à la déchiffrer et c'est avec peine qu'il en établit le texte ci-dessus.

Il est à la fois ravi et consterné. Ému, bien sûr, d'apprendre que sa protégée est en vie et qu'elle se trouve sous la bonne garde du nain. Consterné tant par la mauvaise tenue du message d'Anna que par les risques courus. Adresser une telle lettre non codée, quelle imprudence ! Tombée aux mains de l'ennemi, elle pouvait provoquer la perte du nain, un atout essentiel.

Précisément, à propos de ce nain, n'a-t-il pas répété cent fois à Anna qu'on ne disait pas un petit nain, que c'était un pléonasme aussi grave que celui de *monter en haut*.

Le pire, peut-être, tient dans la dernière phrase. Le Père Bruno est malade à l'idée de la « belle lettre » au cardinal de Richelieu dont sa petite élève a le projet.

Il fait orageux. La mer devient violette dans le petit matin. Les moustiques envahissent la chambre du Père, au quatrième étage du château de Pont-de-la-Pierre. « Ce sera une année à insectes », pense-t-il, en écrasant entre ses paumes certains de ces diptères déjà chargés de sang.

On frappe à sa porte.

— Entrez.

C'est Petit-Pierre, l'un de ses hommes de confiance. A l'affût de renseignements, il a passé sa nuit dans un cabaret où les mousquetaires tuent le temps en attendant que s'achève l'interminable siège de La Rochelle.

— Qu'est-ce que tu as à me dire ? Sois bref, j'ai du travail.

— Hier soir, à marée basse, là où vous tolérez qu' les Rochelais viennent ramasser les coquillages, des filles d' la ville avec pelles et paniers sont v'nues à la cueillette... Dans l'eau, elles avaient la jupe retroussée haut. Comme des mousquetaires passaient par là, ni une ni deux qu'y z'ont fait, comme on dit chez nous, se sont précipités sur les dames et en avant la musique, fallait voir comme y z'y allaient, y z'ont pris leur content les mousquetaires, y s'en vantaient encore au lever du soleil dans les cabarets d' La Repentie.

— A quelle heure est le bas d'eau ? demande le Père Bruno.

— On en est pas loin.

— Tu as un cheval ?

— Sellé et tout, mon Père, j'avais prévu qu' vous désireriez vous mêler d' l'affaire.

Régler ce genre d'incidents fait partie des attributions du Père Bruno. Ils relèvent et de la morale et de l'administration, très particulière, d'hommes et de femmes en état de guerre civile. Le Père serait contrarié d'avoir à interdire les zones tampons entre les deux partis en présence. Bien que le but ait, depuis le début, été d'affamer La Rochelle, il avait plaidé auprès du cardinal pour obtenir une tolérance de culture maraîchère et de pêche... Et voici qu'une poignée de mousquetaires cédant à leurs pulsions sexuelles vient tout gâcher !

Dès son arrivée sur les lieux, le Père Bruno décide de l'ouverture d'une enquête.

Les femmes, combien étaient-elles ?

D'après l'estimation de Petit-Pierre, pas plus d'une dizaine ; elles sont venues par la grève, elles commençaient à pêcher quand les mousquetaires — ils étaient deux fois plus nombreux — se sont précipités sur elles.

— Et d'où venaient les mousquetaires ?

— Du bastion, là, juste au-d'ssus, à l'orée du p'tit bois.

Tandis que le Père Bruno reconstitue la scène dans son imagination, voici qu'elle se reproduit à l'image près. Venant de la ville par un banc de vase que vient de découvrir la marée, une vingtaine de femmes approche lentement.

— Y a pas d' doutance à la chose, remarque Petit-Pierre, les mâtines doivent apprécier l' mousquetaire...

Des mousquetaires, en voici précisément, toute une section, au pas de charge, et à sauter les demoiselles ! Les robes tombent et laissent apparaître de solides gaillards qui taillent en pièces les mousquetaires désarmés. En quelques instants, dans une eau rougie de sang, ce ne sont plus que cadavres. Ayant accompli leur vengeance, les fausses femmes s'en retournent vers La Rochelle où sévissent désespoir et famine.

Après une brève prière des morts, le Père Bruno prend un arrêté interdisant à quiconque l'accès à cette zone neutre.

De retour au château de Pont-de-la-Pierre, il est encore sous le choc de ce qu'il vient de voir quand Hermès entre dans sa chambre sans s'être fait annoncer. Il est dans un incroyable état d'agitation. Le Père ne l'a jamais vu ainsi, le feu aux joues, décoiffé, haletant.

— Mon Père, dit-il, je vous prie de bien vouloir accepter mes excuses. Anna Le Halper est une fille d'audace et de caractère. Je viens d'en avoir la preuve la plus formelle et, avant même de vous informer d'une nouvelle de la plus haute importance qu'elle vient de nous transmettre, je tenais à faire amende honorable.

Le Père Bruno joue un peu de la rancune. Avec un personnage comme Hermès, toujours à l'affût de l'erreur chez autrui, il ne faut pas hésiter à rudoyer.

— Permettez-moi de vous rappeler — en dépit du respect que je vous dois dans notre hiérarchie ! — que vous n'avez pas hésité à condamner à mort ma protégée d'une façon aussi inconsidérée qu'inqualifiable.

Hermès relève la tête.

— Heureux que vous ne soyez pas mon confesseur.

Puis, retrouvant un ton professionnel :

— Son Éminence est chez le roi. Je brûle de lui transmettre le message que je viens de déchiffrer... mais, comme vous ne l'ignorez pas, Sa Majesté n'est pas au courant de la correspondance secrète que son épouse, Anne d'Autriche, la reine, entretient avec Buckingham.

Discret, le Père Bruno n'insiste pas pour connaître la teneur des informations parvenues d'Angleterre.

Une longue attente commence. Quand Richelieu est avec Louis XIII, il arrive que leur entretien n'en finisse pas. Le roi, revenu en sa résidence d'Aytré avec les premiers beaux jours, commence à se lasser d'un siège interminable et de la médiocrité des chasses en pays aunisois.

Devant un immense feu de bois, Hermès et le Père Bruno jouent aux échecs. Ils sont de force égale, ce qui privilégie leurs rencontres.

Hermès tire les blancs. Quel est l'enjeu de la partie ?

Le roi blanc, Louis XIII, contre le roi noir, Charles Ier d'Angleterre.

En dix coups, Hermès fait échec et mat.

— Le roi d'Angleterre aura la tête tranchée, plaisante-t-il.

— Qui sait ? répond le Père Bruno. Pour celui qui est un peu informé de la politique anglaise, on peut imaginer que le roi d'Angleterre subisse un tel sort.

— Quel sort réservez-vous à Sa Très Gracieuse Majesté Charles Ier d'Angleterre ? demande Richelieu qui, d'excellente humeur, vient se réchauffer, lui toujours frileux, à l'agréable feu de bois qui crépite dans la cheminée.

— L'échafaud, Votre Éminence, répond Hermès, et j'en apporte sinon une preuve, du moins un signe. Comme le confirme le rapport que je brûle de lire à Votre Éminence, Anna Le Halper a fait du bon travail en Angleterre.

— Curieuse fillette, constate le cardinal en se passant sur les lèvres un petit coup de langue gourmand.

Sans ton, à froid, s'interdisant toute nuance, Hermès déroule un parchemin dont il donne lecture :

« Message reçu ce jour 29 avril 1628. Origine : Portsmouth (Angleterre). Agent : Petit Vendéen », comme vous le savez, il s'agit du nain qui...

D'un geste agacé le cardinal écarte la remarque.

Hermès poursuit.

— « Opération cheval de Troie.

« Il semble que l'agent récemment implanté ait obtenu les meilleurs résultats.

« Il apparaît que l'intervention de l'Étrangère auprès de l'Étranger nous permette d'espérer un simulacre d'attaque d'une flotte fantôme commandée par un incapable [1]. »

Le cardinal sourit. Le Père Bruno, plus expansif, se frotte les mains.

— « La manœuvre, prévue dans la première quinzaine de mai, comprendrait dans les soixante vaisseaux, pour la plupart en mauvais état. A bord, il y aura plus de porc salé que de canons, de viande de bœuf que de munitions, de biscuits et de sacs de blé que d'équipage en état de combattre... »

Debout, le cardinal vitupère.

— Je ne supporte pas ce style de rapport. Les ordres sont stricts. Pas de littérature, des faits.

— L'essentiel, reprend le Père Bruno qui ne voudrait pas voir gâchées d'aussi bonnes nouvelles pour des vétilles, l'essentiel, c'est que vous ayez vu juste, Monseigneur. Vous avez porté un coup

1. Rappelons qu'il s'agit de la reine de France et du duc de Buckingham.

mortel à Buckingham, et à travers lui à Charles Ier et au peuple anglais tout entier.

— Le rapport n'est pas terminé, remarque Hermès d'une voix neutre. D'ailleurs, la suite souligne ce que vient de dire le Père Bruno.

« Celui-là, pense le Père, je ne l'ai jamais vu aussi aimable ! »

— Pas de commentaires, s'impatiente le cardinal.

Hermès lit :

— « La révolution couve en Angleterre et il est certain qu'un nouvel échec de la flotte ne ferait qu'envenimer la haine qui se développe, tant au Parlement que dans le peuple, contre le roi et son favori Buckingham.

« Un coup d'État est peu probable mais possible tant le climat insurrectionnel se développe rapidement : mutinerie, banditisme, crimes et violences. Signalons encore le découragement certain des Rochelais, exprimé par l'intermédiaire de leurs députés à Londres et dans les ports de la côte sud. signé : P. V. »

Curieusement, ces excellentes nouvelles et la réussite de son coup de maître dans la trahison de Buckingham ne mettent pas le cardinal de bonne humeur. Un orage subit gronde en lui. Il doit souffrir de l'estomac.

Anna et Michipe roulent déjà depuis près d'une journée sur la route de Falmouth quand elle s'avise d'ouvrir les rideaux qui occultent la vitre arrière de son carrosse. Derrière eux, dans des nuages de poussière, les ors et les vernis des équipages londoniens rivalisent de luxe et de vitesse.

Avec ses chevaux du Cotentin et de Basse-Normandie, Lord Horse a pris de l'avance. Il veut arriver le premier à Falmouth et régler lui-même les derniers détails du mariage.

Le député Thomas l'accompagne. Lord Horse lui ayant, comme il le dit familièrement, « pressé le citron », il en a fait une espèce de souffre-douleur-homme-à-tout-faire.

Anna avait compris bien des choses.

— Comment ! s'était étonné Shoou-Shoou, vous ne vous étiez pas rendu compte que le député Thomas est un indicateur, et Lord Horse un homme d'opposition ?

« Shoou-Shoou est bien gentil, avait-elle pensé, mais il commence à m'ennuyer avec sa politique. »

Elle lui avait dit très nettement :

— Ça me fait deuil de tout le temps questionner mon Michipe. J'en ai assez. Laisse-moi me marier tranquillement...

Aussi Shoou-Shoou s'était-il embarqué de mauvaise humeur dans la voiture des femmes de chambre. Il pourra les faire rire pendant la randonnée.

Le voyage de Portsmouth à Falmouth, une bonne semaine de carrosse, s'annonce exaltant.

Anna, passant outre à toutes les recommandations, exigences et conseils de son entourage, n'en fait qu'à sa tête. Elle s'habille comme il lui plaît, d'une blouse et d'une jupe paysannes — ce qu'elle est encore.

Michipe lui a enseigné l'art de conduire. Debout en poussant des petits cris de joie et d'encouragement, c'est au grand galop qu'elle mène les huit chevaux de leur équipage.

Ils traversent des plaines où fourmillent genêts et jonquilles.

Déjà, de Salisbury, de Bournemouth sur la côte, un peu de tous les coins du Dorset, affluent cavaliers et voitures. Michipe les salue au passage, ce sont des amis.

— Comment connais-tu tant de monde ? s'étonne Anna. Moi, à part la Lucette, l'Yves, deux, trois personnes, ça ne va pas loin.

— Ils seront tous tes amis.

— Ça va faire trop, Michipe.

Comment lui sera-t-il possible, aussi entourée, de s'occuper de l'homme qu'elle aime ? Au milieu des fêtes, des hommages, des cadeaux (il paraît qu'il y en a plus de mille), comment profiter d'une présence et d'un lit ? Anna imagine le sien au château de Falmouth, immense, douillet, profond, avec des oreillers de dentelle (elle tient le détail d'une femme de chambre), des rideaux épais tout autour et Michipe enfin irrespectueux, enfin à sa merci...

— On passera au moins trois jours au lit sans se quitter ! dit-elle soudain. Ce sera formidable.

Michipe rougit. Il ne lui est pas désagréable, loin de là, que sa femme le bouscule. Sa femme ! Pas encore. Il reste dix jours à attendre, dont neuf de voyage. Falmouth est au bout du bout de la Cornouailles et du monde, et le cortège roule, et même à grande vitesse, ça n'en finit pas ; à chaque croisement se joignent de nouveaux inscrits sur les interminables listes d'invitation. Tous s'amusent et bavardent ; les plus âgés s'arrêtent pour manger et boire sur les bords des chemins, d'autres aperçoivent une mignonne et, tandis qu'ils font leur cour, retardent la colonne, que bloque aussi parfois le passage d'une rivière.

Des cavaliers partent en reconnaissance, aperçoivent un renard, galopent à sa poursuite et en oublient de revenir informer la noce qu'ils ont trouvé un gué praticable.

On se disperse.

Michipe, qui connaît bien la route de Falmouth, choisit un passage plus au sud ; il veut faire plaisir à Anna, lui offrir un peu de solitude.

Le carrosse roule au pas. Les écuyers qui l'accompagnent s'éloignent discrètement.

Anna se glisse dans les bras de Michipe, s'étonne de sa réserve mais comprend enfin que toute son attitude, depuis qu'ils se connaissent, est dictée par le respect qu'il éprouve à l'égard de sa future femme. Voilà ce que le Père Bruno aurait dû lui expliquer au lieu d'allumer, au moindre péché, les flammes de l'enfer. Merveilleux Michipe qui veut faire de son épouse une idole !

— *Lord Anna, I love you.*

Michipe exprime son contentement.

— Ça y est, *you speak english.*

— Ça y est pas du tout, je *speak* pas du tout anglais. Mais je travaille. Mr. Hickock est bien bon professeur... Oui, dit encore Anna, *I love you, mylord, I love you,* Michipe, et plus encore que tu ne le penses...

Elle l'embrasse, furtive, juste pour les sentiments et, s'approchant de son oreille comme pour lui faire une confidence exceptionnelle :

— Je viens de découvrir ce que j'admire le plus en toi. Je te le dirai un jour...

— Maintenant.

— Non : je n'ai pas les mots.

Elle fronce les sourcils, cherche une expression qui corresponde à sa pensée, la trouve dans un prêche du Père Bruno.

— Voilà, j'ai connu un ecclésiastique qui parlait du respect des règles de la raison et de la morale.

Un coup de feu l'interrompt.

L'écuyer qui chevauche en tête pour prévenir d'un danger éventuel vient d'abattre en plein vol une magnifique oie sauvage.

— Beau coup de fusil, le félicite Michipe.

L'un des valets de pied, qui est aussi marmiton, s'assied sur un rocher, l'oie entre ses jambes et commence à la plumer. Un gâte-sauce allume un feu.

Michipe et Anna viennent en effet de prendre la décision de camper cette nuit au bord de la rivière. Les chevaux sont fatigués, la nuit sera étoilée, mais surtout, avec le détour occasionné par la traversée de la rivière, ils ont manqué le relais. Deux brochets et trois lapins viennent compléter un repas délicieux entièrement cuisiné au feu de bois. Une brise venue de la mer, invisible mais proche, donne envie de vivre.

Un valet astucieux dresse autour d'eux un dai de velours écarlate.

Anna et Michipe achèvent de dîner en tête à tête quand, soudain, Anna pose une question qui la tracasse depuis longtemps :

— Pourquoi m'aimes-tu, Michipe ?

Elle éclate de rire.

— Tu ne sais pas quoi répondre !

Michipe n'est pas embarrassé.

— Oh ! si !

— Pour bien comprendre les raisons de mon amour pour toi, il faut d'abord savoir qui je suis.

— Qui es-tu, Michipe ?

— Je suis un enfant de riche, un gâté, un pourri par la vie. Et puis, il y a eu la guerre. Facile, la guerre dans un beau costume, sur un navire amiral, avec du bon vin à chaque repas et l'amitié d'un des plus prestigieux personnage d'Angleterre, tout de suite après le roi. Et puis, en débarquant à l'île de Ré, il y a eu la vraie guerre, la guerre comme on ne l'imagine pas quand on est un petit jeune homme prétentieux et irréfléchi. Ce que j'étais, Anna. Je me souviens de mon premier mort : c'était un Français. Je l'ai vu entrer dans la mer en courant armé d'un seul sabre et de tout son courage. Il devait avoir à peu près mon âge. J'allais éprouver de la sympathie pour lui quand son visage a littéralement éclaté sous l'effet d'un coup de mousquet tiré à bout portant. Il s'est effondré dans la mer. Maintenant qu'il est mort, j'éprouve pour lui une grande tendresse. Bien sûr, Anna, je sais que tu peux comprendre cela.

Anna est devant lui, incapable de parler, son beau visage couvert de larmes.

— Et puis, poursuit Michipe, il y a eu des morts partout. Tu t'en souviens, c'était à Sablanceaux, la plage choisie par Steenie pour y effectuer notre débarquement... Et, au milieu des horreurs de la guerre, une apparition. Il n'y a pas d'autre mot : c'était une apparition. Une merveilleuse petite Rhétaise nous offrait, à nous, Anglais, du vin de la province de Champagne. Je suis tout de suite tombé fou de toi : tu étais... tu étais la vie. Et je me suis alors rendu compte qu'il n'y avait rien de plus beau dans la vie que la rencontre entre une fille et un garçon. Avant de te connaître, quand je rencontrais une jeune fille, je me posais des questions :

est-ce que je lui plais, est-ce qu'elle s'intéresse à ma fortune, à mes relations, à mes propriétés, à mon rang ? Mille bêtises. Toi, j'ai tout de suite su que tu m'aimais. Comment ? Je ne sais pas.

— Moi, c'est pareil, s'enthousiasme Anna.

Michipe la prend dans ses bras.

— Et, toi, Anna, pourquoi m'aimes-tu ?

— Je suis pas assez instruite pour l'expliquer. Je le sais par la sensation. Mais c'est pareil.

Ils veillent tard dans la nuit.

Aussi la journée du lendemain se passe-t-elle à somnoler dans les cahots du carrosse.

Ils arrivent tôt au relais du *Pirate* où les invités sont déjà nombreux à les avoir devancés.

Tandis qu'on se fait mille courbettes dans la cour, Anna admire l'enseigne, une belle gueule de marin hirsute, mal rasé, avec des cicatrices, un bandeau sur l'œil et une jambe de bois. Elle lui trouve des ressemblances avec le capitaine Jeannot.

— Qui est le capitaine Jeannot ?

— Un de mes amis huguenots, répond Anna avec désinvolture.

L'aubergiste vient à la rencontre de Michipe. Il le connaît depuis l'enfance, Michipe s'arrêtait toujours avec ses parents au *Pirate*. Ils s'embrassent.

— Et c'est là votre fiancée ! Dieu qu'elle est belle !

Il essuie à son tablier une patte grasse de cuisinier avant de prendre celle d'Anna et de la serrer longtemps. Ont-ils faim ? Ils meurent de faim.

L'aubergiste a préparé le plat préféré du petit John [1], le poulet à la crème. Et, au fond du puits, rafraîchissent quelques bouteilles de sancerre ! Décidément, depuis la déclaration des hostilités avec la France, on ne manque pas de bon vin en Angleterre !

1. Michipe est un sobriquet. Son vrai nom est John Barrow.

Dans la grande salle du *Pirate,* la fête est commencée. Il règne un laisser-aller rigolard dû en partie à la pénombre. Une délicate odeur de poulet à la crème prend aux narines et émeut les papilles gustatives. Anna et Michipe sont installés à une petite table de coin, un peu isolés, éclairée par une seule chandelle ; entre eux fume une pleine jarre de poulets coulés dans un roux de belle couleur constellé de champignons. On se sert à la louche. L'aubergiste, empressé, verse le sancerre dans des verres de cristal en faisant remarquer la délicate transpiration de fraîcheur qui couvre les bouteilles.

Avec une discrétion toute britannique, personne ne songe à déranger les fiancés. Si ce n'est l'aubergiste qui s'enquiert de la température des plats — ce sera un plaisir de réchauffer quatre, cinq ailes et deux trois cuisses ! Quant aux vins, sont-ils à leur convenance ? Tout est parfait, trop parfait.

Anna rêve d'une paire de ciseaux qui lui permettrait de faire sauter l'étau de certaines coutures qui l'étouffent. Michipe ne paraît pas mieux à son aise. Pour faire plaisir à l'aubergiste — il ne peut pas le lui refuser —, il ingurgite encore un petit alcool de sa confection.

Demain la route sera longue et difficile, il faudra avancer jusqu'à Lyme Regis, sur la côte.

— On va voir la mer ? se réjouit Anna.

— Nous allons la voir si nous nous décidons à aller nous coucher pour être, dès l'aurore, en bon état de voyager.

Dès l'aurore, Anna se trouve en bon état de voyager. Elle se lève, toilette vite faite toilette bien faite à ce qu'elle prétend ; elle passe un bout de nez à la fenêtre, le temps est une gloire, mais, dans la cour, pas le moindre signe de vie.

Dans les écuries, face à l'auberge, les chevaux passent leurs têtes aux lucarnes des portes dans l'attente du bon vouloir des palefreniers. Des chiens rôdent. Curieusement, la cour elle-même sent encore le poulet à la crème, bien évidemment responsable de ce tardif engourdissement collectif.

Anna s'ennuie. Elle irait bien faire un tour, vagabonder dans la campagne à la façon d'un animal qui découvre toujours quelque chose d'intéressant, ou aller voir Michipe.

C'est une idée ! Elle sait où se trouve sa chambre : au fond d'un couloir, on monte deux marches, c'est là. Des ronflements résonnent un peu partout, Michipe lui-même concourt à ce tintamarre, il est allongé sur son lit, tout nu, les bras en croix. Anna écarquille les yeux. Qu'il est beau, et bien fait ! Elle n'a jamais vu une musculature aussi harmonieuse, des cuisses aussi fermes, une couleur de peau qui lui plaise autant ; elle savoure son examen de chaque détail.

Michipe bouge, bougonne, ronchonne dans son sommeil. Terrorisée, Anna s'enfuit comme une souris effrayée : elle détale.

La tête pleine d'images du corps tant attendu de Michipe, elle s'assied sur son lit et attend avec patience l'heure du départ.

Ça monte et ça descend ! Dans les montées, on saute du carrosse et des valets poussent ; dans les descentes, ça va trop vite, il faut freiner.

Pour la fille d'une île plate comme la main, ces creux et ces bosses sont un sujet de réjouissance.

En fin d'après-midi, alors que les relents du poulet à la crème se dissipent enfin, on aperçoit, à l'horizon, quelque chose comme un miroir. Anna regarde, étonnée : pour elle, c'est du jamais vu ! D'en haut, la mer a des reflets d'étain bien astiqué.

— Et à Falmoufe, ce sera pareil ?

— Pareil !

C'est à cet instant qu'elle commence à aimer Falmouth. Michipe en est ému. Ce domaine, cette terre où des générations de Barrow dorment au cimetière, c'est tout ce qu'il aime. C'est là qu'il a ses attaches, là qu'il est né, là qu'il désire reposer...

Tout ce qui touche à son pays l'émeut : cette borne, gros bloc de granit qui marque l'entrée en Cornouailles. Et cette bannière plantée là tout exprès en son honneur et en celui de sa future compagne.

— Cornwall [1] ! dit Michipe avec émotion, ton nouveau pays.

Étrangement, comme si c'était pour marquer la frontière entre une certaine civilisation et un comté rude, sauvage, battu par les vents, les chemins deviennent mauvais, à peine tracés. Les genêts couvrent une lande aride parsemée de rochers. A cogner contre ces obstacles, plus d'une roue se détache ou éclate. On n'a pas le temps de réparer. On abandonne des carrosses, épaves de luxe couvertes d'armoiries...

Dans ce désert que sont les *moors* [2], ils ont le choix entre deux routes. La plupart des invités empruntent celle du sud, plus facile. Anna choisit celle du nord pour ses accidents de terrain dont elle ne se lasse pas.

Elle s'émerveille aussi de ces moutons qui errent sans la moindre surveillance. Elle les connaît bien, les moutons, et elle les a toujours vus, soit sous la garde d'un chien, soit derrière des clôtures. Là, c'est à peine s'ils se dérangent pour laisser passer le carrosse.

— Si c'est ça la Cornouailles, j'aime, dit-elle en embrassant Michipe.

Alors qu'ils pénètrent dans une espèce de défilé rocheux, ils se séparent brusquement et dressent l'oreille. Ce qu'ils viennent d'entendre provient-il d'un cahot particulièrement sec, d'une branche cassée ou d'un coup de feu ?

Le fouet du cocher claque.

Les chevaux prennent le galop, le grand galop.

Anna et Michipe sont en état d'alerte.

---

1. La Cornouailles !
2. Landes.

Un nouveau coup de feu. Il n'y a plus de doute, ils sont attaqués. Michipe se précipite sur un coffret de bois précieux dans lequel s'insèrent deux pistolets avec leurs accessoires. Tandis qu'il en charge un, celui dont s'est emparé Anna est déjà en état de fonctionner. Il était temps. Un cavalier masqué arrive à la hauteur de la fenêtre du carrosse, son arme résolument dirigée sur le cocher.

Anna tire.

Il s'écroule.

Mais sur la droite du carrosse, du côté de Michipe, trois autres cavaliers attaquent. Michipe en blesse un qui s'éloigne en hurlant sur sa monture, le pied pris dans son étrier ; sa tête rebondit sur les cailloux. Deux coups de feu retentissent. Le carrosse fait une embardée. Le cocher doit être blessé. Mais que font les écuyers ? Que font les valets ?

Un autre coup de feu, difficile à localiser, est suivi d'un démarrage foudroyant des chevaux. Ils ont pris peur et, assurément plus rien ne les retiendra. Ils s'engagent à folle allure dans une pente d'autant plus dangereuse que le chemin, de plus en plus étroit, s'étrangle entre des murs à moitié démolis.

Aussi les écuyers ne parviennent-ils pas à s'approcher suffisamment des chevaux de tête pour les maîtriser. Michipe risque une tête hors de la portière. Le cocher n'est plus sur son siège et le valet gît, la tête en sang. Avec l'agilité bien connue des marins qui circulent dans les agrès comme d'autres grimpent dans leur lit, Michipe se hisse sur le toit et s'installe, tant bien que mal, sur la banquette. Anna, presque aussi habile, le rejoint avec, dans les mains, les deux pistolets et une arme extraordinaire, un pistolet à crosse de mousquet.

Michipe, arc-bouté sur les rênes comme sur une manœuvre de navire, parvient à ralentir la voiture. La pente est trop raide pour l'arrêter et les freins fonctionnent mal.

La situation n'est pas brillante. En contrebas, là où dans quelques instants l'équipage devrait se présenter, cinq cavaliers masqués attendent, l'arme au poing.

Les écuyers, ils sont encore quatre à galoper de part et d'autre du carrosse, semblent déconcertés — sans doute n'avaient-ils pas prévu ce piège —, s'éloignent et opèrent un mouvement tournant de façon à les attaquer par l'arrière.

Acte de banditisme ou manœuvre politique ? a le temps de se demander Michipe. A travers lui, c'est le duc de Buckingham que l'on vise ! A moins qu'il ne s'agisse que d'une opération de détroussage ou qu'on veuille les prendre en otages !

Le carrosse est lancé à découvert sur un bout de lande plate et sablonneuse. Michipe excite les chevaux. Il a choisi de fuir. Entre ses poings devenus durs comme du métal, les bêtes font un magnifique travail. Totalement à ses ordres, elles ont évité les rochers sur lesquels le carrosse était menacé de se fracasser.

Michipe fait signe aux écuyers de s'écarter pour recharger leurs armes. Il regrette le temps des arcs et des arbalètes. Comme il eût été plus efficace de décocher des flèches à ces criminels qui se rapprochent dangeureusement.

Anna tire un coup de pistolet à crosse de mousquet. Le coup part, merveilleusement précis : un des poursuivants culbute dans la lande. Il en reste quatre. Seule, elle n'en viendra jamais à bout ; et Michipe est trop occupé à mener ses chevaux pour l'aider. Une balle siffle à ses oreilles et, aussitôt, deux autres balles s'encastrent dans le siège dont elle se sert comme d'un gabion.

Les trois tireurs ne sont plus dangereux, en dépit de leurs airs menaçants, puisqu'ils ne disposent que d'une balle et qu'ils ont déjà fait feu. Encore convenait-il de le remarquer ! A l'attitude du quatrième homme, un peu en retrait des autres, Anna avait tout de suite compris que c'était le meilleur fusil, celui qu'on tenait en réserve.

Elle est à genoux, le pistolet bien posé sur le toit du carrosse, et elle vise cet homme. Sa tête peu amène, prise dans une espèce de cagoule, sautille au bout de la ligne de mire.

Elle ne doit pas manquer son coup. Les nerfs tendus, elle

concentre ses forces sur la cible, sur la façon de l'atteindre avec certitude. Elle a une idée.

— Ralentis ! hurle-t-elle à Michipe.

Michipe lui fait confiance.

Comme dans un rêve, Anna sent le carrosse prendre de la lenteur, les cahots de la souplesse.

Pris au dépourvu, le quatrième homme réagit avec un temps de retard et dépasse le carrosse. Anna dispose d'une fraction de seconde pour agir. Elle tire. La tête de l'homme éclate. Les criminels n'en demandent pas davantage. Ils prennent la fuite.

Michipe s'interroge : attentat politique ? vulgaires bandits de grand chemin ?

Couverts d'écume comme après une tempête, les chevaux du carrosse retrouvent leur souffle avec peine.

On les dételle.

Certains se couchent, d'autres, hagards, s'immobilisent. Anna remarque une fente qui court tout au long de l'un des brancards. Il était sur le point de céder. Quelques instants de plus et l'accident était inévitable. Pour montrer la cassure à Michipe, Anna tend le bras et pousse un cri. Elle souffre brutalement d'une balle qu'elle a reçue dans le feu de l'action sans même s'en rendre compte. Mais il est urgent de porter secours aux blessés. Michipe voudrait la soigner. Elle s'y refuse. Elle retrouve l'atmosphère chaude du champ de bataille de Sablanceaux.

— Il était beau, commente Anna en fermant les paupières d'un de leurs assaillants, un gamin d'à peine vingt ans.

« Il faudra, pense Michipe, que je m'habitue à ce qu'elle aime les hommes ! »

Ailleurs, plus loin, beaucoup plus loin, le petit valet, blessé sur son siège, gémit doucement. Sans doute avait-il peur de mourir seul, perdu dans l'immensité de la lande. Il est tombé, c'est une chance, pas loin d'un bout de ruisseau qui court entre les rochers. Anna déchire sa chemise ; paraît un sein, puis l'autre, cette vision frappe Michipe de pâleur, il aide à soigner la blessure du valet. La balle n'a fait qu'érafler le cuir chevelu. Ça a beaucoup saigné. Plus de peur que de mal. Maintenant, c'est Anna qui recommence à souffrir. Michipe envoie deux écuyers à la recherche de secours. Ils devraient en trouver à Exeter, qui est une agglomération importante.

Le cocher est mort ainsi qu'un écuyer. Sans doute avait-il tenté de lui porter secours.

— Il faudrait un pasteur, dit Anna, les larmes aux yeux, pour recevoir tout ce monde dans l'au-delà.

— Occupons-nous des vivants, répond Michipe. Je prendrai toutes dispositions pour que les morts soient enterrés dignement et selon leurs convictions.

Docile, un cheval attend. Toujours pendu par un pied à son étrier, le criminel, sur lequel Michipe a tiré, gît, disloqué, sur la lande.

Quant à la victime d'Anna, le cavalier qui, tout au début de l'attaque, avait tenté de dépasser le carrosse avec l'intention d'abattre le cocher, il a l'air de s'en tirer.

Il est assis, pâle, la tête renversée en arrière contre un rocher, mais l'œil est vif, aux aguets.

— Attention, la bête peut être dangereuse, fait remarquer Michipe qui avance prudemment, couvert par les écuyers, mousquet braqué, prêts à tirer.

Soudain, Anna fait une grimace. La balle qu'elle a reçue dans l'épaule élance. Elle a l'impression qu'on lui plonge un couteau dans le bras et gémit. Chacun retient son souffle.

L'homme se méprend sur ce bruit insolite. Sans doute croit-il à un signal. Sa bouche se contracte et, dans un immense effort, il braque une carabine qu'il tenait dissimulée sous une cape le long de sa jambe.

Il vise Michipe.

Les écuyers ne lui laissent pas le temps de tirer. Ils l'abattent.

De toute évidence, l'homme ne voulait pas être fait prisonnier ; il était décidé à mourir pour ne pas parler.

Michipe conclut, logiquement, à l'attentat politique. Haine envers un ami de Buckingham ? Faire obstacle à un mariage avec une catholique, opposition à une Française ? Michipe ramasse l'arme qui aurait pu lui donner la mort. Elle est extraordinaire d'équilibre et de légèreté. C'est une carabine avec platine à silex sans doute d'origine suédoise. La crosse est toute simple, avec, en son milieu, une sculpture représentant un edelweiss. A n'en pas douter, l'arme d'un noble.

La nuit paraît interminable. Michipe est allé chercher de l'eau et Anna boit sans arrêt pour calmer sa fièvre.

Le petit valet dort, allongé sur la banquette du carrosse.

Les deux écuyers montent la garde.

Soudain, on entend chanter à tue-tête dans la montagne. Un convoi approche, flambeaux en tête. On présente à Michipe un petit homme tout rond, au ventre énorme, aux jambes courtes. Il est en sueur et pousse des cris plutôt qu'il ne chante. Il est barbier-chirurgien. Les écuyers l'ont trouvé dans un pub d'Exeter, ivre mort, ronflant sous une table, une bouteille d'alcool à la main. Cette bouteille, il ne s'en est pas séparé, et le premier travail de Michipe consiste à la lui retirer. Un seau d'eau en pleine figure le calme un peu. Il sourit, débite quelques inepties sur la soif avant de tomber en arrêt devant la blessure d'Anna. La balle est restée plantée dans l'épaule et il convient de l'extraire.

Le barbier-chirurgien va chercher un autre seau d'eau dans lequel il plonge sa tête, se secoue comme un chien, revient à Anna. Il sort un rasoir d'un étui de cuir, l'affûte, examine la blessure, recule, quémande le secours d'une nouvelle douche froide, s'ébroue de nouveau, incise avec une précision de peintre traçant une horizontale. La balle tombe dans un petit plat d'étain.

Le barbier court à sa bouteille, pas pour en boire. Il en fait profiter sa malade qui émerge. Le goût de l'alcool, son odeur, lui rappellent les soins qu'elle prodiguait au capitaine Jeannot. Elle aussi veut éviter le risque de petites bêtes sur sa plaie et y verse elle-même le liquide qui brûle à devenir fou. Michipe ne comprend rien à son geste.

Inquiet, il demande :

— Anna chérie, comment te sens-tu ?

Elle dort.

Sur l'autre banquette, avec un long crin arraché à la queue d'un cheval, le barbier-chirurgien recoud le cuir chevelu du valet.

Dans une ferme abandonnée de la côte nord, au milieu d'un dédale de rochers frappés par les tempêtes venues de la mer d'Irlande, les rescapés des attaquants du carrosse sont au rapport. L'échec de leur entreprise a coûté quatre morts.

La petite Française est un personnage redoutable : audace, détermination et grande expérience du pistolet.

La prise d'otage est manquée. Car c'est ce qu'ils visaient.

Dommage, il eût été satisfaisant de faire chanter ce monstre de Buckingham, cet ami du diable qui mène l'Angleterre au désastre...

Le responsable de l'opération, un opposant à la monarchie, prend ses dispositions pour une action prévue au lendemain des noces.

Anna se sent mieux.

Le voyage tire à sa fin.

La Cornouailles et les abords de Falmouth l'enchantent.

Michipe est aux petits soins pour elle.

On a mis à leur disposition une voiture de campagne, plus légère et bonne routière ; ce qui leur permet de longer la mer sur la ligne de crête des falaises. Tout au long de la côte, de minuscules bateaux de pêche pavoisés aux couleurs de la famille de Michipe font des signes de bienvenue à la noce.

On reconnaît Michipe. On l'acclame. Les paysans et les marins, le chapeau bas, s'inclinent devant Anna. Des embruns mouillent le carrosse. Anna s'amuse de tout. Elle a encore trop mangé. Depuis deux, trois jours, on la gave de ces moutons qui errent en liberté dans les landes.

Anna se trouve énorme. Entrera-t-elle dans sa robe de mariée, blanche, toute de dentelles, avec une traîne qui n'en finit pas ?

Le carrosse s'arrête.

Michipe explique.

— L'entrée de Falmouth est un incroyable dédale de bras de mer qui se confondent avec des embouchures et forment des anses, des criques et des baies. Pour rejoindre notre château en voiture, nous devrions remonter très au nord ce qui prendrait des heures et des heures...

Anna commence à bien le connaître ; à sa façon de s'exprimer dans un sourire, il lui réserve une surprise. Celle-ci se présente sous la forme d'un ravissant bateau d'environ quarante-cinq pieds [1], noir, on le dirait laqué tant il a été peint avec soin, étincelant de mille cuivres. En lettres d'or, un nom se détache : *Lady Anna.* C'est le cadeau de mariage de l'Amirauté.

— Il te plaît ?

— C'est fou !

— Il est à toi.

Anna saute à bord ; elle est déjà pieds nus, le nez à la recherche « d'où vient le vent ». Elle se trouve devant le mât, un peu sur tribord, le côté noble, et salue le bateau.

L'équipage apprécie. Voilà une femme qui a des manières et qui doit savoir commander. Elle fait un signe et on la comprend. Une belle voile brune rêche, toute neuve, prend le vent. *Lady Anna* s'incline dans les embruns.

Admiratifs mais dépités, les invités reprennent la route qui les obligera à embarquer leurs carrosses sur de nombreux bacs avant d'atteindre la propriété de Lord Anna sur la rive ouest de River Fall.

---

1. Environ quinze mètres.

— Jamais reçu un aussi beau cadeau de ma vie, dit-elle.

— L'idée, dit Michipe, c'est que tu profites tout de suite de ton cadeau. Et quand, du large, tu verras ton château, nous reviendrons vers la terre en louvoyant dans Falmouth Bay.

De son bras valide, Anna tient la barre : une barre douce, ce n'est pas croyable que l'on soit capable de construire des bateaux aussi rapides et aussi maniables.

Sur la côte, au sommet d'une colline, d'un grand feu d'herbes, monte une colonne de fumée tordue par le vent.

— Gouverne droit dessus, indique Michipe, et bientôt tu verras ton château...

Elle est partagée entre la folle envie de continuer vers le large, d'éprouver les qualités de son bateau et le sentiment qu'il faut rentrer, que Michipe brûle de lui montrer leur demeure, que des centaines d'invités les attendent.

Elle tient le cap sur la fumée. La mer se creuse.

— Ton épaule ne te fait pas trop mal ?

— Non, non, non, répond Anna, tendue, appliquée, profondément satisfaite.

— Tu ne veux vraiment pas que je t'aide à tenir la barre ?

— Je ne me débrouille pas bien ?

— Tu te débrouilles merveilleusement bien.

Soudain il s'engage dans un discours grave, sinon triste.

— Quand nous aurons débordé cette falaise, Anthony Head, tu verras le château et l'entrée de Falmouth, l'un des plus grands ports du monde, un véritable lac intérieur... C'est au large d'Anthony Head, à peu près à l'endroit où nous nous trouvons, que mon frère aîné et sa fiancée ont fait naufrage. On a retrouvé leur embarcation, la quille en l'air...

Michipe baisse le ton pour ajouter.

— Ils se sont suicidés.

Anna est-elle certaine d'avoir bien entendu avec le bruit de la mer, les éclats de l'étrave contre les vagues, le vent ?

Michipe confirme.

— Ils se sont suicidés.

Les mains crispées sur la barre, Anna fait une faute d'inattention, prend mal une vague, le *Lady Anna* embarque.

Ils sont trempés. Michipe ne bronche pas.

— Oui, poursuit-il, et il faut que tu saches comment les choses se sont passées. Ce que nous sommes en train de réussir tous les deux, eux l'ont manqué. Comme je le suis de toi, mon frère était follement amoureux d'une jeune fille, comme nous, originaire de Cornouailles. Ils n'ont pas résisté à la tentation de passer des nuits ensemble, en cachette, bien sûr...

Anna joue l'indifférence, mais, au fond d'elle-même, les approuve.

— Ils ont passé ensemble toutes les nuits d'un été dans un grenier à foin... et ma future belle-sœur s'est trouvée enceinte, chassée de sa famille, maudite par son père.

Anna aimerait commenter, mais s'abstient. Il faudra bien qu'un jour elle confesse à Michipe que ce n'est pas à elle que ça arriverait ! Ses petits loups — comme on dit sur l'île — sont toujours là quand il faut qu'ils le soient.

— ... Maudite par son père, reniée par sa mère, reprend Michipe. De désespoir, ils se sont suicidés. Un soir de grosse mer, ils sont partis en canot. De la côte, on les a vus chavirer. On ne les a jamais retrouvés. Mes parents sont morts de chagrin. Il fallait que tu le saches. Je suis donc le seul héritier du domaine de Falmouth... et dans quelques instants, sur bâbord, tu vas voir ta maison.

Anna est très émue. Cette confidence de Michipe semble le bouleverser. Comme elle l'aime, quand il lui paraît si fragile...

Si Anna en juge par rapport à la dimension des bâtiments qu'elle connaît tant à La Rochelle que sur l'île de Ré, on doit facilement pouvoir loger à plus de cinq cents personnes, là-dedans !

Michipe rit. Il oublie ses deuils. Falmouth, de loin, semble plaire à Anna et c'est l'important. La grande tour centrale, carrée, fortifiée, l'étonne. Qui songerait à les attaquer ?

— Des pirates !

Les habitations, la chapelle, les écuries et les dépendances s'appuient contre la tour. L'ensemble dégage une impression de douceur et d'harmonie due tant au dessin de l'architecte qu'à la couleur sable des pierres et rose des toits. Anna voit des massifs de fleurs rouges dégringoler jusqu'à la mer, jusqu'aux plages abritées où le *Lady Anna* vient de mouiller son ancre.

Sur le rivage, circulent des serviteurs dans la nouvelle livrée de Lord Anna, espèce de veste courte vert acide à boutons d'or, pantalon blanc pris dans des bas d'un même vert que celui de la veste, souliers noirs à boucle d'or. Déférents, ils s'inclinent sur leur passage.

— Qu'est-ce que font tous ces gens ?

— Ils nous servent, répond Michipe.

— Ils sont tous à Falmoufe ?

— Tous.

Si le Père Bruno la voyait ! Elle regrette qu'il ne soit pas présent, ainsi que la Lucette, sa meilleure amie, et l'Yves son mari, et papa Le Halper qui serait bien embarrassé parmi tout ce monde.

Shoou-Shoou vient à leur rencontre en marchant sur les mains. Elle l'avait un peu oublié, celui-là ! Et Lord Horse, l'exquis Lord Horse, le nez plus rouge que jamais, dandine de la fesse et embrasse Anna comme du bon pain. Elle l'aime vraiment bien, Lord Horse, il se dépense sans compter. Mais, pour Anna, chaque minute est trop pleine, elle n'a le temps de rien. Elle voudrait s'arrêter, contempler son bateau, l'admirer, se réjouir des promenades qu'elle fera à son bord ; une foule déjà dense et bruyante le dissimule à sa vue. Et Michipe, comme elle serait plus heureuse s'ils étaient seuls. Depuis qu'ils se sont retrouvés, lui a-t-on seulement laissé le temps de profiter de lui ?

Des visages passent, inconnus, à part Shoou-Shoou qui paraît inquiet ou de mauvaise humeur, Djorge, le valet de chambre de Lord Horse, et le député Thomas. Pourquoi l'avoir invité ? Qu'est-ce qu'un Rochelais vient faire ici ? Anna en est contrariée.

Elle est happée, subjuguée, épuisée. On attend encore plus de cent carrosses, de deux à trois cents cavaliers. Pour accueillir ces voyageurs, d'immenses tentes au-dessus desquelles flottent des oriflammes sont installées près du château, à l'abri des vents dominants. A l'intérieur, ce ne sont déjà que ripailles, musiques et cris.

Juste avant de pénétrer dans sa nouvelle maison, qu'Anna meurt d'envie de visiter, un premier cadeau de mariage, ou plutôt le second après le bateau, lui est présenté : c'est un carrosse, petit, maniable, d'une forme toute nouvelle, le train avant pivote sur lui-même ; les roues sont à la fois petites et résistantes ; la timonerie est d'un bois souple, la carrosserie légère, les sièges rouges en cuir de Russie odorant. Quatre chevaux suffisent pour battre des records de vitesse. Demain, dans l'après-midi, Lord Horse a organisé une course avec des paris ! Ce carrosse partira favori. Lord Horse se frotte les mains. Shoou-Shoou ne quitte pas le député Thomas. Pour quelles raisons ? Dans la salle d'armes — qui a des airs de salon avec des fauteuils, des tapisseries au sol et sur les murs, et une cheminée où se consume un arbre entier —, une gigantesque table de réfectoire est couverte de cadeaux. Des glaces, des cristaux, des bijoux, des nécessaires, des statuettes, des jeux en ivoire, des inutilités serties de nacre, des épées, des pistolets, un coffret pour la pêche au gros poisson — voilà un cadeau intelligent (c'est de moi, se flatte Shoou-Shoou) —, des vases, des couverts, des pots de cuisine et de nuit, des peignes, des harnais. Leur énumération donne le vertige.

Lord Horse intervient.

— Demain, la journée sera aussi belle que rude. Le service religieux est prévu pour huit heures. C'est la seule façon d'éviter la cohue, puisque la plupart des invités seront encore endormis. Je vous conseille de dîner léger et d'aller vous coucher le plus tôt possible.

En l'absence de Michipe, occupé à donner ses ordres, Shoou-Shoou tient compagnie à Anna. Elle le tolère à peine. Ses facéties l'ennuient d'autant plus qu'elle n'a aucun renseignement à lui communiquer.

Comme le lui a conseillé Lord Horse, elle mange légèrement, un bouillon dans lequel baignent des queues d'écrevisses : délicieux. Shoou-Shoou relance.

— Je sens que je vous importune.

Le moment est en effet mal choisi, mais Anna reste aimable.

— Absolument pas, Shoou-Shoou. Seulement, il faut comprendre qu'après ce long voyage je sois fatiguée...

— Vous avez été attaquée.

— Oui, c'est du passé !

— Ce serait de la légèreté que de ne pas prendre cette attaque au sérieux. Elle peut se renouveler.

— Ici ! s'étonne Anna. Avec tout ce monde ! Et pourquoi ?

— L'Angleterre est en crise. Mon devoir est de vous le rappeler.

— Michipe veille sur moi.

— Lord Anna est aussi menacé que vous.

Elle s'entête.

— Il sait se défendre et...

Le nain sautille sur ses petites jambes.

— Excusez-moi de vous interrompre. Je vous ai dit que je savais lire sur les lèvres. Permettez-moi de vous révéler l'opinion que cette dame se fait de vous — oui, celle qui se gave de poulet ! Elle s'appelle Violaine, elle est comtesse, ou duchesse, ou princesse, peu importe ; elle fait partie de la suite française de la reine Marie-Henriette. Elle vient de dire : « Qui est Anna Le Halper ? Elle rote quand ça lui vient, elle couche quand ça lui chante. »

— Eh bien, voilà un avis qui me plaît.

— C'est une impertinence.

— Peu importe ! A demain, Shoou-Shoou.

Anna se retire. Des femmes de chambre la prennent en charge. Le lit est profond, bien bassiné, elle s'y endort.

Shoou-Shoou circule parmi les invités à l'écoute d'informations éventuelles. En effet, deux cavaliers, frais débarqués, se renseignent sur les horaires des cérémonies, sur les habitudes de Lord Anna quand il réside à Falmouth ; ils souhaiteraient lui présenter leurs hommages ainsi qu'à son heureuse fiancée.

Leur allure est peu plaisante. Un œil exercé comme celui de Shoou-Shoou y décèle un manque de naturel qui ne trompe pas. Ces hommes ont une idée derrière la tête. Tout les trahit, ainsi cette façon dont ils prennent du recul pour soi-disant admirer l'architecture du château, en fait pour parler à leur aise. Le nain lit alors sur leurs lèvres, et c'est dramatique ; il comprend qu'ils faisaient partie du groupe chargé de prendre en otages Anna et Michipe. Aujourd'hui, ils ont des ordres impératifs. L'enlèvement est prévu pour le lendemain après le festin du déjeuner. Les jeunes époux profiteront vraisemblablement de la somnolence des convives pour s'isoler. Il existe, à environ un mile, une cabane où les propriétaires du château sont toujours allés prendre un moment de repos dans les grandes occasions — une superstition familiale. Les bandits surprendront aisément les époux en plein échange amoureux. En venir à bout sera un jeu d'enfant. Lorsqu'on s'apercevra de leur disparition, ils seront déjà montés loin vers le nord.

— Et s'ils résistent ? interroge le cavalier d'un grade inférieur.

— Il ne faudra pas hésiter. Un coup de poignard dans le cœur. J'en donnerai l'ordre. Venez. Allons voir la cabane.

Le nain s'apprête à les prendre en filature.

Puis il change d'idée : trouver la cabane lui sera facile. Ce qu'il lui faut, c'est de l'aide. Il pense au député Thomas, le seul invité susceptible de lui rendre un service. Il le trouve en train de flâner dans le jardin, un cruchon de bière à la main ; il l'aborde aussitôt.

— *Excuse me, Sir, I should like to talk to you in private*[1].

— Je pense avoir compris que vous souhaitiez m'entretenir en privé.

— *Exactly, Sir. Thank you, Sir*[2].

Le nain l'entraîne dans la direction de la cabane.

— Désolé, dit-il en français, mais nous n'avons pas un instant à perdre.

— Mais, seriez-vous français ?

— Peu importe.

Le député s'arrête, soudain effrayé.

— Que me voulez-vous ?

— Rien. Sinon que je vous conseille de me suivre si vous ne voulez pas que je vous dénonce.

— Enfin ! Que veut dire tout ceci ?

— Je résume, dit le nain. Vous avez rendu des services à Lord Horse. Il est dans l'opposition. Vous voilà compromis. Maintenant, si vous préférez que je vous livre à vos amis les députés de La Rochelle, libre à vous…

Inconsciemment, le député Thomas se remet à marcher. Signe de soumission ?

— Je ne comprends pas grand-chose à vos histoires…

— Vous comprenez très bien, interrompt le nain.

Il ajoute sans transition :

— Êtes-vous armé ?

— Bien sûr que non.

— Mais vous savez tirer ?

— Je suis même très bon tireur.

— C'est tout ce qu'on vous demande.

Déjà, le député Thomas se repent d'avoir avoué ses dispositions pour les armes à feu.

1. Excusez-moi, monsieur, j'aimerais vous parler seul à seul.
2. Exactement, monsieur. Merci, monsieur.

— Vous n'allez pas m'obliger à tuer quelqu'un !

— Si ! Il y a deux hommes à abattre dans cette cabane. L'un par vous, l'autre par moi. C'est un ordre.

La cabane surplombe la falaise.

— Prenez ce pistolet. Méfiez-vous, il est chargé. Tenez-le derrière votre dos et souriez. Dès que j'engagerai la conversation, vous ferez mouche sur le plus grand, moi sur le plus petit, ainsi nous ne pourrons pas nous tromper.

Les cavaliers ne se méfient pas. Au contraire, ce nain grimaçant paraît les amuser. Ailleurs, sur la lande, on tire des lapins et des lièvres.

Une balle à bout portant ne suffit pas à les éliminer. Comme les lapins et les lièvres, ils ont encore des réflexes. Haineux, Shoou-Shoou leur donne un coup de pied dans la tête. Le député Thomas est au bord de l'évanouissement. Shoou-Shoou en profite pour recharger tranquillement son pistolet, l'appliquer contre la tempe du député et faire feu. C'était une fripouille ; et un indicateur devenu inutile, comme l'était le député Thomas, ne peut être que dangereux. Il lui reste trois gros galets à trouver avant de précipiter, à la faveur de la nuit, trois corps dans la mer.

Avec la pleine lune, les chasseurs traquent le gibier toute la nuit et, toute la nuit, arrivent encore des carrosses et des voitures. Dans cette excitation, avec le brouhaha des chants, des musiques, des raconteurs d'histoires drôles, Anna ne parvient pas à trouver le sommeil.

Avant de se coucher, elle a vu la chambre nuptiale ; elle est exactement comme elle la souhaitait, sobre, chaude, avec un lit immense, profond, clos par d'épaisses tentures où, dans quelques heures seulement, après une attente qui lui aura paru interminable, elle s'enfermera avec Michipe.

Michipe, lui, a décidé de passer sa dernière nuit de garçon en compagnie de sa famille ; de tous ceux qui depuis des générations règnent sur le domaine de Falmouth, dont il est l'unique survivant.

Il leur présente Anna en espérant qu'elle leur plaira et qu'elle sera digne d'eux, digne des terres merveilleuses de son enfance.

Shoou-Shoou n'a eu aucun mal à se débarrasser des trois cadavres. Les circonstances et le terrain s'y prêtaient. Des grosses pierres un peu partout, des liens dans la cabane, une falaise à pic sur un bras de mer profond. Quand les crabes auront fait leur travail, il ne restera plus grand-chose des trois individus.

Shoou-Shoou éprouve des regrets pour le député Thomas. Il n'y avait pas moyen de faire autrement. L'homme était, comme on dit familièrement, « grillé ». Et Lord Horse, bien qu'adversaire de Sa Majesté Charles Ier d'Angleterre et surtout de son favori Buckingham, a toujours prôné les solutions pacifiques aux problèmes politiques. Sans doute déplorera-t-il la disparition de Thomas dont il avait su faire un agent double et qui lui fournissait les renseignements nécessaires à l'évolution de cette guerre de religion tant il était convaincu de son absurdité.

Face aux complications et aux chinoiseries de la politique, Shoou-Shoou estime qu'il n'est pas inutile, de temps en temps, de faire le point : Lord Horse est-il au courant de ses activités ? Probablement pas. Il doit le considérer comme un garde du corps d'Anna Le Halper. Le plus étonnant, peut-être, c'est qu'il tolère Michipe, alors qu'il devrait le juger, en vertu de son amitié pour Buckingham, comme faisant partie de la coalition de ceux qui ruinent l'Angleterre. A moins qu'il n'estime profitable pour la cause de la réconciliation des peuples un mariage entre protestant et catholique ! Un personnage intéressant, Lord Horse. Au-delà de sa passion immodérée pour les chevaux, peut-être aussi de ses mœurs, l'homme est d'une générosité exceptionnelle. Sa fortune — immense —, ses relations et son intelligence servent la cause d'une humanité aux prises avec les pires contradictions. « Un peu grandiloquentes, mes réflexions, pense Shoou-Shoou, mais nécessaires... »

Il n'a aucun remords de ses actes. Y a-t-il rien de plus beau que de bien exercer son métier ? Il est même à ce point satisfait de son travail qu'il en oublie sa condition de nain. La nuit est agitée... N'est-ce pas particulièrement favorable aux rencontres éphémères ?

Dès son réveil, Anna déjoue toute surveillance et s'en va vers la côte. Durant la nuit, le vent a forci et la mer s'est faite, trimbalant des odeurs bouleversantes.

— Je me plais à Falmoufe, dit-elle à haute voix.

Dans une crique, le *Lady Anna* se balance dans le clapotis.

Elle soulève ses jupes et entre dans l'eau. Elle n'a pas l'habitude de faire des histoires mais la mer anglaise est glacée en comparaison de celle de Ré ; en revanche, elle grouille de crevettes grises. Comme elle regrette de ne pas être venue avec un filet ! On l'appelle : « Milady ! milady ! » La petite troupe des couturières et des femmes de chambre s'agite en haut de la falaise.

Dommage ! Qu'y a-t-il de plus beau que le réveil de la mer ?

La robe de mariée est arrivée de Londres *in extremis*. Elle est toute de dentelles représentant des roses trémières (douce allusion à l'île d'Anna) sur réseau de mailles régulières. Le fond est une soie chatoyante. La traîne n'en finit pas, elle est en valenciennes, mais sans fond, légère et mousseuse. On peut encore l'allonger, si tel est le désir de milady. Non, non, un petit nain la portera, elle sera déjà assez encombrante comme ça.

Deux coiffeurs s'emparent d'Anna, lui tirent les cheveux, les enduisent de vinaigre et de parfums qu'elle déteste ; un Italien, en exil à Londres, a été convoqué ; il bleuit les paupières de la mariée, souligne la rangée inférieure des cils, sans omettre une touche de rose sur les pommettes. Anna ne s'aime guère ainsi peinturlurée, mais il paraît que cela se fait, que son mari appréciera. Alors !

On frappe à la porte.

Shoou-Shoou est introduit en costume d'apparat.

— Bonjour, tu vas bien ? dit Anna.

Shoou-Shoou lève un sourcil perplexe, comme s'il n'avait pas compris. On lui traduit la phrase de bienvenue de milady et il se confond en remerciements. Il joue divinement bien la comédie, ce nain.

La chapelle, minuscule, est déjà bondée. Des courtisans font antichambre à l'extérieur. Des musiciens jouent de la trompette. Un roulement de tambour, lent, sourd, annonce la mariée qui s'avance au bras de Lord Horse parfait dans le rôle du père digne.

Magnifique en grand uniforme de la marine, couvert de décorations, Michipe, un peu raide, attend sa fiancée. Elle s'assied à côté de lui, dégage le voile de dentelles qui lui dissimulait le visage et ajoutait du mystère à son tempérament de petite Française égarée en Cornouailles et l'embrasse sur la bouche.

Avec grandeur, d'un geste ample, le pasteur s'interpose.

— *I am sorry, but you must not do that during the office*[1].

Anna comprend.

— Ce n'est pas mon mari ?

— *Not yet, not yet*[2] !

Elle pousse un gros soupir de collégienne déçue. Pour se venger du pasteur, elle se tourne vers Shoou-Shoou perdu dans la traîne et lui cligne de l'œil. Heureux de cette connivence, Shoou-Shoou esquisse une révérence, la rate, manque de tomber, se rattrape le plus discrètement possible, mais c'est un nain ; ses gestes font rire. Une espèce de dissipation larvée s'installe dans la chapelle. On se croirait à une séance de catéchisme du Père Bruno.

Michipe trouve la main d'Anna, serre un peu, ce qui doit vouloir dire : « Un peu de tenue ! » Elle baisse le nez : « Voilà un homme qui a plus d'autorité que je ne le croyais », pense-t-elle.

Après cet incident, le mariage est célébré en toute sérénité selon le rite anglican. En recevant son alliance, Anna est contrariée. Cet

---

1. Je suis désolé, mais vous ne pouvez pas agir ainsi pendant un office.

2. Pas encore, pas encore !

anneau la chipote. C'est le genre de cadeau qui se perd comme un rien à la pêche.

Le pasteur est très gentil, très gentil et beau garçon. A la fin de la cérémonie, il embrasse la nouvelle lady et la prie de l'excuser de son observation pendant le service. Anna voudrait répondre : « Bernique, faut pas vous en faire, pasteur », mais n'en fait rien.

Elle éprouve pour la première fois le pouvoir que l'on peut exercer sur autrui. On lui baise la main. On l'entoure de prévenances, de compliments, d'hommages. Elle est Lady Anna, propriétaire d'un des plus importants domaines de Cornouailles. Elle est belle, resplendissante, Michipe l'aime plus que jamais.

— Maintenant que tu es ma femme, lui dit-il, il faut que je te montre un lieu où, depuis des générations, les membres de ma famille se rendent dans les grandes circonstances. En fait, chacun y a célébré le jour le plus heureux de sa vie ! C'est une tradition, ou une superstition, peu importe ! C'est une cabane, dix fois, vingt fois réparée, reconstruite, consolidée...

Elle le suit.

Michipe s'étonne.

Quelqu'un a pénétré dans la cabane. Tout prouve le viol : la position du loquet, des traces de pas sur le sol meuble, le vol de liens qui pendaient à un crochet, et cette tache, ne dirait-on pas du sang ? A vivre en pleine nature depuis son adolescence, il a acquis un flair de chien de chasse. Un homme au moins, sinon plusieurs sont venus ici récemment. Il croit même reconnaître l'odeur très singulière du nain qui se parfume à la citronnelle, odeur peu prisée en Angleterre. Mais quel intérêt Shoou-Shoou pourrait-il trouver à cette cabane ?

Quelque chose le gêne dans la présence de ce petit être censé divertir Anna alors qu'il ne la fait pas rire. Pourquoi et comment s'est-il imposé ? Quand, déjà ? Il n'y a pas si longtemps, c'était à Lyndhead lors des fiançailles dans le château médiéval de Lord Horse. Sans doute le moment est-il mal choisi pour en parler avec

Anna. Il faudra cependant en avoir le cœur net. Ils ne vont pas traîner ce nain avec eux partout où ils iront. C'est un pique-assiette, voilà exactement ce qu'il est, un pique-assiette !

— Qu'est-ce qui ne va pas ? demande Anna.

Tout va très bien. La mauvaise opinion qu'il a de Shoou-Shoou n'est qu'un détail. Il prend Anna dans ses bras.

— Il est impossible d'être plus heureux, dit-il simplement.

Ils observent un long silence ému.

En fin d'après-midi, ils doivent encore assister à une course de chevaux entre les garçons du pays. Même si Michipe dispose d'une excellente monture, il n'a pas gagné pour autant.

Anna pense que la journée n'en finit pas, qu'à part Michipe rien ne l'intéresse, que, depuis des semaines et des semaines, elle est frustrée de sa présence et de sa réalité d'homme.

Lord Horse s'assied auprès d'elle. Il sent le genièvre, l'alcool de genièvre, bien sûr !

— Votre mari, dit-il, va arriver le premier. Il dispose d'une monture fabuleuse capable d'un effort en fin de parcours. Une espèce de Pégase, si vous voyez ce que je veux dire.

— Va de soi, répond Anna qui, bien sûr, n'a jamais entendu parler de Pégase.

— Il a de la réserve et, au dernier moment, il crache le feu et dépasse tous les autres concurrents.

Une rumeur, mélange d'acclamations et d'encouragements, annonce l'arrivée des chevaux. A plus d'un mile, ils débouchent de la forêt sur la ligne droite qui mène au château et devant les tribunes où ils couperont la ligne d'arrivée. Shoou-Shoou trépigne déjà. Un ami de Lord Anna, *midship* comme lui à bord du *Triumph,* met une longue vue à la disposition de la jeune mariée.

Incroyable ! A ce qu'elle voit, sur les six ou sept chevaux de tête, pas de Michipe.

— Très normal, rassure Lord Horse. Dès que Pégase paraîtra, il ne fera qu'une bouchée de ces minables épuisés qui caracolent comme des imbéciles en pensant qu'ils sont les premiers.

— Je ne vois toujours pas Michipe, dit Anna, un œil à la longue vue, l'autre fermé dans une horrible grimace.

— *It's not possible,* commente Shoou-Shoou, *your husband is the best one*[1] !

— Qu'est-ce qu'il dit ?

Lord Horse traduit :

— Il dit que ce n'est pas possible, que votre mari est le meilleur.

— En attendant, commence à s'inquiéter Anna, de Michipe, point.

— C'est que vous n'avez pas l'habitude des longues vues, intervient le *midship* du *Triumph.*

— Voyez par vous-même, s'énerve Anna.

— Il va surgir et dépasser tout le monde, ajoute une nouvelle fois Lord Horse avant de se rendre à l'évidence : Michipe n'est pas à l'arrivée, Michipe n'est même pas en vue.

Dans l'excitation générale, un petit paysan, compagnon de jeux de l'enfant châtelain, vient de remporter le premier prix. Il est acclamé, ainsi que le second et le troisième. Michipe n'apparaît toujours pas à l'horizon.

Anna se lève. Elle constate que Shoou-Shoou est blême. Elle ne comprend rien. Les chevaux arrivent les uns après les autres.

La course est terminée.

On interroge les cavaliers. Oui, ils ont dépassé Lord Anna, rapportent-ils, haletants, mais il y a longtemps, les uns pendant la traversée du bras de mer, les autres dans la forêt, un peu avant la ligne droite.

Soudain, dans un silence lourd de désolation, au bout du chemin, un cheval se présente, au trot et sans cavalier, les étriers

1. C'est impossible, votre mari est le meilleur.

lui battent les flancs. On se précipite. Prenant peur, il disparaît au galop dans la lande.

Shoou-Shoou, affolé, ne parvient pas à rattraper Anna qui court à la rencontre de l'accident.

Et là, dans la forêt, étendu sur la mousse, les yeux ouverts, souriant, Michipe. Sous ses cheveux blonds en désordre, il y a comme une fêlure d'où perle du sang. Une écume rouge apparaît dans les narines. Il est d'une étonnante pâleur. C'est peut-être à sa beauté surnaturelle dans le bleu et or de son uniforme qu'Anna reconnaît la mort. Elle possède cet instinct, elle ne s'est jamais trompée, Michipe est mort.

Anna observe un long silence. Elle est digne. Elle est ailleurs, nulle part, sous le choc. Que pourrait-elle dire ? Que pourrait-elle faire ? Elle n'en a même pas conscience. Elle a vu des morts, beaucoup de morts, elle n'avait jamais compris la mort. Devant ce corps inanimé, ce corps tant désiré, elle ne la comprend pas davantage. Elle sait seulement que cette mort est différente des autres ; elle éprouve une immense envie de hurler sa douleur ; comme dans les cauchemars, elle hurle en silence. Étrangement, comme un rappel cruel des jours heureux, sa blessure à l'épaule lui fait mal. Peut-être cette souffrance l'aide-t-elle à ne pas crier, à ne pas pleurer.

Michipe est beau comme il ne l'a jamais été, elle tente de retenir dans sa mémoire chaque ligne de son visage. Déjà, il se décolore.

Elle sent une pression sur son bras. C'est Lord Horse. Son intervention est une espèce de rappel à l'ordre de sa noblesse : elle est lady ; Lady Anna, l'héritière du domaine de Falmouth. Chacun attend de la femme de Lord Anna un comportement à la hauteur de son importance dans la société.

Debout près de Michipe, elle ne supporte pas qu'on l'approche.

Le jeune officier de marine, l'ami, est au garde-à-vous.

Lord Horse écarte les importuns.

Djorge fait circuler une consigne selon laquelle les invités sont priés de comprendre qu'en raison des douloureuses circonstances les fêtes du mariage sont annulées et qu'avec tous ses regrets, Lady Anna ne pourra les recevoir plus longtemps en son château de Falmouth.

Alors commence l'odieux remue-ménage qui accompagne la mort. On feint la tristesse, on cherche à se faire valoir, on fait ses bagages dans la mauvaise humeur, on tente d'obtenir quelque avantage, on va jusqu'à voler parmi ces mille cadeaux de mariage devenus inutiles, certains n'hésitent pas à piller le château. Ceux que touchent la mort d'un être aimé sont à ce point indifférents aux biens matériels qu'il faut profiter de leur douleur. Heureusement, c'est dans un état de totale inconscience qu'Anna passe à travers cette ignominie.

L'enterrement se déroulera dans la plus stricte intimité. Il est prévu d'inhumer Michipe sous une dalle de la chapelle en compagnie de ses ancêtres. Anna préférerait qu'une tombe soit aménagée devant la cabane.

Il sera fait selon ses vœux.

Michipe a trouvé la mort, dit-on, en heurtant une branche basse. Son front présente une longue fêlure, constate un barbier-chirurgien.

L'avis de Shoou-Shoou (qu'il tiendra secret) est plus nuancé. Qu'une branche soit à l'origine de la blessure mortelle est une version acceptable de l'accident. Mais, si la branche avait été un bâton et un bâton manipulé par un bras humain, les conclusions médicales de l'enquête seraient identiques. Certes, il subsiste, il subsistera toujours un doute. Raison de plus pour redoubler de vigilance auprès de Lady Anna. Ce ne sera pas commode. Jamais elle n'admettra sa fragilité de petite Française perdue en plein pays étranger, portant le poids insupportable de son deuil, la responsabilité du domaine dont elle a maintenant la charge ; combien d'hommes, de femmes, d'enfants et d'animaux répartis sur les centaines d'hectares de la propriété dépendent maintenant de ses décisions !

On dirait qu'une tempête a soufflé sur le château : nourritures très vite avariées, malles oubliées, vêtements abandonnés ainsi que des chiens, des chats et même un perroquet. Anna donne des ordres pour qu'ils soient adoptés et bien nourris. Les serviteurs et les intendants commencent à accepter cette enfant de France. D'ailleurs Lord Horse la leur a confiée avec une forte somme qui devrait suffire aux dépenses de première nécessité. Qu'elle n'ait à s'occuper de rien pendant un temps.

Quant au nain, il n'est pas gênant. Au contraire, il veille nuit et jour devant la porte de la chambre où Lady Anna est enfermée avec son angoisse.

Plus d'un superstitieux verrait dans cette date du 13 mai 1628 d'étranges avertissements du destin.

Le 13 mai, un orage s'abat sur Falmouth, brise les fenêtres de la chambre de Lady Anna, ravage la tombe fraîche de Michipe.

Le 13 mai, Marie-Henriette de France, reine d'Angleterre, enceinte, lourde, énorme, vit comme chaque année, avec appréhension, la date anniversaire du couronnement de sa mère, Marie de Médicis, le 13 mai 1610. Une prédiction de l'époque disait qu'Henri IV, père de Marie-Henriette, trouverait la mort s'il consentait à ce que son épouse fût reine.

Le lendemain, 14 mai 1610, il était assassiné par Ravaillac...

En ce matin du 13 mai 1628, la reine Marie-Henriette croise un chien dans son palais de Londres : elle prend peur, le chien l'attaque et la mord. Elle accouche prématurément d'un garçon. Quelques heures plus tard, l'enfant meurt...

Le 13 mai 1628, le Père Bruno et Hermès, en visite à La Couarde, île de Ré, rassurent Le Halper, Delphin, Cyprien, père de Lady Anna, sur les rumeurs inquiétantes annonçant une nouvelle occupation anglaise de l'île.

Soixante voiles, sinon davantage, sont signalées au large des Portes.

— Ne vous inquiétez pas, Le Halper, nous avons de quoi riposter.

— Si c'est vous qui l' dites, mon Père, y a pas à discuter.

Comme il est devenu sourd, il ne se rend pas compte qu'il hurle en désignant Hermès.

— Qui c'est c'lui-là ? demande-t-il.

— Un ami de votre fille, Le Halper.

— Tiens donc ! L'est assez beau garçon pour ça ! ricane-t-il.

Et, après avoir craché et essuyé cette incongruité de sa semelle :

— Et qu'est-ce qu'elle devient, la drôlesse ?

— A ce que nous savons, la drôlesse va bien, croit bon d'intervenir Hermès.

— Qu'est-ce qu'y dit ? interroge Le Halper en tendant l'oreille.

— Anna va bien, rassure le Père Bruno.

— Nous l'aimons beaucoup, ajoute Hermès en forçant la voix.

— Tiens donc ! L'est pas fou, l' gaillard !

Sans transition, il devient grave.

— Faudrait pas qu'el' tarde trop à r'venir, l'Anna. Depuis qu' sommes tombé d' l'échelle, j' deviens comme mort.

Hermès vient d'écraser un gros moustique sur son front, ce qui amuse Le Halper.

— Ah ! y mordent sec, c't' année.

Il ajoute, changeant encore de sujet :

— Alors, pas d' danger qu' les *plum-puddings* y viennent encore nous tracasser, Père Bruno ?

— Aucun danger, Le Halper, rassurez-vous.

Le Père bénit Le Halper. Le pauvre homme a bien baissé en quelques mois. Il aimerait passer un moment avec cet homme devenu vieux mais il est pressé. Il veut rassurer les habitants de l'île sur l'inefficacité de la flotte britannique. Il « fait » donc, selon son expression, « les principaux bavards ». Il en existe au moins un par village qui s'empresse de diffuser les nouvelles. Hermès admire l'ingéniosité du système et, accompagnant le Père Bruno, vérifie les installations militaires de l'île.

Le Père retrouve avec émotion ses amis, croise Lucette qui lui saute au cou : « Comment va Anna ? Comment va Anna ? — Hélas, nous n'avons pas de nouvelles ! » C'est dur de mentir, surtout en soutane ; même si le cardinal de Richelieu ne s'en prive pas !

La Lucette attend un drôle. Elle est d'une grosseur anormale et répond déjà au sobriquet de « la Bonbonne ». Le Père Bruno, qui connaît bien les insulaires, sait qu'elle s'appellera ainsi jusqu'à la fin de sa vie.

L'Yves sert à bord d'un bâtiment du roi. Aux dernières nouvelles, il croisait en mer du Nord. La Bonbonne espère qu'il sera de retour pour le baptême.

— Je m'arrangerai pour le célébrer.

Il est heureux de retrouver son île, la transparence de l'air (seule, la peinture italienne en donne une idée), les ajoncs, les haies de marguerites, les marais ras bord d'eau à évaporer qui donnent du sel, le vent de noroît, les moulins, les landes fleuries, le sable chaud, la mer...

De bavard en bavard, le soir même, l'île sait que la flotte anglaise est commandée par un incapable, Lord Denbigh, sans la moindre expérience navale ou militaire. Il ne doit son commandement qu'à ses liens familiaux, étant le beau-frère de « Boucquingam ».

— L'opération « Cheval de Troie » est une réussite totale, commente Hermès. Nous ne rendrons jamais assez hommage au dévouement, au courage et à la perspicacité d'Anna Le Halper.

Tout en dégustant, sur les remparts du fort de La Prée, huîtres, palourdes, coques et praires arrosées de vin blanc, l'ecclésiastique et le militaire observent les manœuvres des Anglais. Ces imbéciles ne savent même pas profiter du vent.

— N'oublions pas que l'amiral — si l'on peut parler d'amiral — le fait exprès.

— Juste, reprend Hermès.

Les coquillages — à moins que ce ne soit le climat de l'île — lui rappellent Anna.

— Pensez-vous qu'elle se soit mariée ?

— Mon fils, répond le prêtre, mon fils, je sais qu'elle en avait l'idée. Cela dit, n'oublions jamais que les voies du Seigneur sont impénétrables.

Il s'agit bien d'une flotte fantôme. Elle passe au large de Saint-Martin sans la moindre intention d'attaquer. Bien sûr, La Rochelle reste l'objectif : il faut délivrer cette ville, tout au moins la ravitailler, les affamés y meurent comme des mouches, mais comment l'atteindre ?

Les dernières tempêtes de printemps ont partiellement détruit la digue, encore faudrait-il avoir le courage de forcer les barrages sous le feu des batteries royales.

Soudain, dans le couchant, les Anglais mettent en panne. Il se dégage de cette incroyable situation une immense tristesse. Les Anglais sont bernés, les Rochelais floués, Anna Le Halper mérite des éloges...

— N'exagérons pas, Hermès, comme le souligne Son Éminence le cardinal de Richelieu, Anna Le Halper n'est pas Jeanne d'Arc. Elle nous a renseignés. Le mérite de l'entreprise revient tout entier à l'ingéniosité du cardinal qui a su profiter des relations ambiguës entre Anne d'Autriche et Buckingham.

Du côté français, il n'a jamais été question de prendre le moindre risque. Les provinces protestantes, des Cévennes au Béarn, du Languedoc au Dauphiné, profiteraient d'un succès à La Rochelle pour s'enflammer comme autant de pailles sèches.

Mais, comme chacun le sait maintenant, Lord Denbigh a reçu des ordres. Il baisse les bras. A La Rochelle, c'est la consternation.

On frappe à la porte de la chambre d'Anna. Vêtue de noir, les cheveux tirés en arrière, étonnamment belle, assise devant sa fenêtre, elle étudie un livre de vocabulaire anglais.

— Qui est là ?

— *It's Shoou-Shoou. Is it possible to see you*[1] ?

— *Come in*[2], répond Anna en anglais.

Généralement, Shoou-Shoou ne se fait pas annoncer. Il a ses grandes et ses petites entrées. C'est lui qui procure à Anna des livres qui lui permettent de s'initier à l'anglais. Le personnel de Falmouth, comme d'ailleurs la plupart des Anglais, se rebiffe à l'idée d'apprendre une langue étrangère.

Shoou-Shoou est, lui aussi, vêtu de noir. Il s'assied sur un tabouret auprès d'Anna et annonce d'une voix très douce.

— J'ai des nouvelles pour vous, milady.

— Ah ! dit-elle, indifférente.

— Des nouvelles de votre île.

— Du père Bruno, de Lucette, de mon père ?

— Pas précisément. De tous les habitants de l'île de Ré, en général. Ils sont sauvés. La flotte anglaise est rentrée à Portsmouth sans attaquer...

— C'est donc que nous sommes redoutables, dit-elle, exprimant par cette simple constatation son intention d'interrompre une conversation qui pourrait lui être pénible.

Dans ses cauchemars, au long de ses interminables nuits de solitude dans cet immense château, elle se reproche d'avoir soutiré des renseignements à Michipe. Il est vrai qu'ainsi elle a servi son roi, sa famille et ses amis...

Terrassée par la souffrance, Anna découvre un autre monde, celui de la difficulté d'être.

— Désirez-vous recevoir l'homme qui vient spécialement de France et de Portsmouth pour nous informer ?

De nouveau, Anna fait une réponse énigmatique :

— Je déteste Portesmoufe... Donne des ordres pour que ce

1. C'est Shoou-Shoou. Est-il possible de vous voir ?
2. Entre.

courrier soit bien traité. Et qu'il ne quitte pas le château sans que je lui remette une lettre pour la France.

Cette lettre, elle passe une partie de sa journée à la composer, puis à la recopier indéfiniment jusqu'à ce qu'elle donne toutes les apparences d'une correspondance banale :

« Falmouth, 2 juin 1628

Petit Père Bruno adoré,
J'ai l'âme toute glacée
Michipe est mort.

Anna. »

Un délicieux printemps anglais passe dans la tristesse. Anna prend l'habitude d'aller plusieurs fois par jour rendre visite à la tombe de Michipe. Elle a aussi fait aménager la cabane. Elle y rêve pendant des heures, y lit et relit les lettres d'un merveilleux ami. Lord Horse lui écrit presque tous les jours et lui promet de lui rendre visite quand elle le souhaitera, il ne veut, sous aucun prétexte, l'importuner. Il lui conseille aussi, à elle qui aime tant la mer, de sortir avec le *Lady Anna.* Elle n'en a pas l'envie. Plus rien ne l'intéresse et Shoou-Shoou est rappelé à Londres où la situation politique est grave, l'Angleterre s'achemine vers le désastre : la couronne est menacée. Bien sûr, Shoou-Shoou a promis de revenir au moindre appel. Il a aussi organisé la protection rapprochée de la personne d'Anna. Deux gardes du corps, parfaitement discrets, veillent sur elle, nuit et jour.

Ils ne la dérangent pas.

Un matin, sur la demande insistante de l'intendant-économe-gérant, Mr. Money qui baragouine vaguement le français, elle se décide à recevoir le personnel du château et des dépendances. Devant leur nombre impressionnant — ils sont plus de cent —, elle prend conscience de ses responsabilités. Pour chacun, elle a fait préparer un petit sac de peau contenant dix pièces d'or. Et le défilé commence. « *What is your name*[1] *?* » questionna-t-elle, « Jonathan, *thank you, milady ;* Mr. Pym, *thank you, Milady,* Moll, *thank you, milady;* Ann Mary, *thank you, milady...* » et ainsi de suite, jusqu'à une heure avancée de la matinée.

Anna a atteint le pas de la porte de sa chambre quand Mr. Money lui annonce qu'une des servantes de Sa Grandeur particulièrement timide, n'ose pas se présenter.

— Elle s'appelle Mad, ajoute l'intendant.

Anna va au-devant d'elle.

Mad doit avoir à peine quinze ans. C'est peu de dire qu'elle est petite, elle est minuscule, blonde, a des yeux bleus, paraît à la fois effrontée, gauche et gênée. Elle ne tient ni de l'enfant ni de l'adolescente, mais plutôt de l'animal. Elle se balance d'un pied sur l'autre en regardant le plafond. Elle est adorablement jolie et plaît tout de suite à milady.

— Mad, dit-elle.

Mad ne répond pas, pince les lèvres, se gratte le nez et hoche la tête.

— Mad ! répète Anna.

Nouveau silence. Comme Mr. Money a l'air de s'impatienter, Anna lui fait signe qu'il peut se retirer. Pensez-vous ! Les gêneurs insistent toujours pour s'imposer même s'ils savent que leur présence peut gâcher une situation.

Anna se souvient d'une scène presque similaire au moulin Le Halper.

Elle était assise dans le moulin en train de réparer un panier quand elle avait fait la connaissance d'un canard.

Il s'encadrait dans la porte du moulin, exactement comme Mad

---

1. Comment t'appelles-tu ?

dans la porte de sa chambre : « Viens, avait-elle dit au canard, entre. »

— Viens, dit-elle à Mad, entre.

Le canard n'avait pas bougé. Mad pas davantage. Bien entendu, ni l'un ni l'autre ne parlent français, mais il y avait, il y a dans le ton d'Anna une invitation à pénétrer dans la maison.

Le canard s'était éloigné, pour revenir. Un comportement en tous points similaire à celui qu'adopte Mad.

— Tu peux venir.

Comme le canard, Mad avance une patte hésitante.

Alors Anna, jouant le jeu de ses souvenirs, force la voix et fait :

— Coin-coin !

Mad éclate de rire et entre dans la chambre.

— Mad ! dit Anna.

— *Yes.*

— Tu ne dis pas un mot de français ?

— *Yes,* répond Mad.

— Quel âge as-tu ?

— *Yes.*

— Tu ne sais dire que « *yes* » ?

De nouveau, Mad éclate de rire.

— *Yes.*

Elle regarde le plafond, rit encore, se dandine, toujours sur place.

— Bon, dit Anna, il faut que je travaille.

— *Yes,* s'enthousiasme Mad, à contretemps.

Anna s'amuse. Elle veut voir ce qui va se passer si elle s'installe à sa table devant un livre. Eh bien, il ne se passe rien. Mad ne bouge pas.

— Coin-coin, fait encore Anna, pour tenter de débloquer la situation.

De rire, Mad en a les larmes aux yeux.

Et Anna se surprend à rire : pour la première fois depuis la mort de Michipe. Elle se surprend aussi à rêver d'elle enfant aussi sauvage, aussi animale que Mad.

Elles savent déjà qu'elles seront inséparables.

Avec l'été il n'y a plus que la cabane où il soit agréable de vivre.

Anna y passe ses journées, coupées de fréquentes visites à la tombe de Michipe.

Le matin, Mr. Hickock, qu'elle a fait venir de Portsmouth et qu'elle paie royalement (elle en a les moyens), lui donne des leçons de français, d'anglais, de calcul, d'astronomie appliquée à la navigation et d'écriture ; l'écriture c'est son pensum quotidien, elle n'est pourtant pas maladroite, loin de là, mais ses lettres ressemblent à des pâtés.

L'après-midi, il lui arrive d'aller faire un tour en mer, pas trop long, juste le temps de pêcher et d'éprouver la qualité de son équipage, des hommes venus d'un peu partout, pour la plupart des mercenaires. Un jour, elle partira. Elle en est convaincue. Quand ? Impossible de prévoir la montée précise d'un désir. « Si j'en ai vraiment envie, se dit-elle, oui, ce jour-là, je partirai. Je n'ai plus grand-chose à faire en Cornouailles et, si je m'intéresse au gigantesque domaine de Falmoufe, c'est par respect pour Michipe, c'est pour lui faire plaisir. »

Comme cette éventualité risque de se présenter un jour ou l'autre, elle convoque Shoou-Shoou pour lui demander de communiquer aux autorités françaises les caractéristiques de son bateau. Qu'on ne s'avise pas de lui tirer dessus quand elle pénétrera dans les eaux normandes, bretonnes et vendéennes.

Le nain est déçu. Il espérait qu'Anna serait disposée à profiter de son titre et de sa fortune pour se mêler à la haute société londonienne.

Il n'en est pas question.

Shoou-Shoou repart le soir même, intrigué par l'influence qu'une petite paysanne semble avoir pris sur Milady. Car Mad ne quitte plus Anna, l'accompagne partout, assiste aux leçons de

Mr. Hickock et dort, quand il fait beau, devant la cabane ; ou, quand il pleut, soit au pied du lit d'Anna, soit carrément sur son lit. Elle est d'ailleurs si petite qu'elle ne prend pas de place.

Très tôt, un matin, Mad, follement excitée, tire Anna hors du lit. Pour la première fois, depuis qu'elle est à son service, Mad dit autre chose que « *yes* ». Elle répète : « *Salmon's wind ! Salmon's wind*[1] *!* » Elle entraîne Anna en courant jusqu'à la mer ; elles en remontent essoufflées. « *Salmon's wind ! Salmon's wind !* » Anna voudrait comprendre, elle doit attendre que Mr. Hickock lui traduise ces mots : « *Salmon's wind* ».

Mad s'impatiente tant qu'Anna la suit vers le bras de mer qui remonte vers Flushing et Penryn. Un vent violent souffle du sud.

Anna est fille de la mer et de l'eau. Elle a vite saisi le phénomène rare auquel elle assiste. Le vent, soufflant dans le sens de la marée montante, accentue la force du courant. Des milliers de vaguelettes frissonnent en surface.

Anna et Mad avancent jusqu'à ce que la mer devienne rivière. Elles se couchent sur la berge, à même des herbes grasses.

Elles attendent.

Bientôt une espèce de grondement sourd, un coup de tonnerre interminable et lointain vient de la rivière et approche. L'eau se ride, bruit, bouge, grouille et clapote.

Anna regarde, fascinée. Au milieu de l'eau, presque en surface, des dizaines, des centaines de saumons poussés par le vent et la marée s'en vont vers le nord à des vitesses foudroyantes.

Mad se déshabille. Elle est toute nue, la peau un peu luisante, des seins provoquants comme on en voit à la figure de proue des navires. Elle plonge, silhouette incertaine dans l'eau transparente, reparaît au milieu des saumons, en attrape un par les ouïes, nage vers la rive en le chevauchant et en battant des pieds.

A peine l'a-t-elle déposé dans l'herbe, bien au sec, qu'elle court

1. Le vent du saumon.

de nouveau à la rivière et que ses petites fesses rondes disparaissent dans les profondeurs.

Anna est éblouie.

Avec une violence accrue, le vent pousse l'eau à contre-courant : de plus en plus nombreux, les saumons remontent la rivière. Mad attrape les poissons à la main comme d'autres avec des hameçons ou des filets, son savoir est extraordinaire. Elle se mêle aux saumons qui, très vite, ne s'étonnent plus de sa présence. Alors, tranquillement, elle choisit sa proie, l'attrape par les ouïes, parfois même par la queue.

Il semble qu'elle n'ait pas froid.

Par curiosité, Anna éprouve la température de l'eau : à ne pas y tremper un phoque ! Et elle s'y connaît en eau froide : l'hiver, à pêcher le homard aux Baleines-de-Ré, dans l'eau jusqu'au minet, on est glacé.

À son septième saumon, elle est toute violacée, la Mad, avec des marbrures sur tout le corps. Anna la frictionne vigoureusement. Mad n'a pas fini de la surprendre.

Les sept saumons embrochés sur un bâton, elle la conduit vers un minuscule cottage où d'autres saumons sont accrochés dans l'âtre.

Deux vieilles personnes touillent une soupe de pommes de terre. Anna croit comprendre que ce sont les parents de Mad, ou ses grands-parents, ou un oncle et une tante ; ils ne sont pas plus bavards qu'elle et répondent également « *yes* » à toute question, qu'elle soit posée en anglais ou en français. Mais manifestement, ils savent qu'ils reçoivent une lady, même si celle-ci est couverte de vase, a le cheveu en désordre et sent le poisson.

En bons paysans, ils offrent la petite goutte d'alcool et la refuser serait le pire des affronts. Anna en sait quelque chose. Le Halper s'est brouillé avec de vieux amis parce qu'ils avaient refusé de trinquer. L'alcool blanc emporte la bouche mais laisse un goût délicat de genièvre.

Mad détache de la cheminée un saumon dont la chair est devenue orange. Il est fumé, comme à l'île de Ré les jambons et les anguilles.

Anna se régale et fait sentir qu'elle n'a rien mangé d'aussi bon depuis longtemps. Qu'à cela ne tienne, Mad détache une douzaine de saumons : des provisions pour la cabane.

Il est difficile pour Anna d'accepter.

Devant la chaumière, une vieille barque réparée de partout doit encore souvent prendre la mer au mépris du danger qu'elle représente. Dans un anglais très incertain, Anna fait comprendre à ces pauvres gens qu'elle leur fera cadeau d'une barque neuve.

Ils en pleurent de joie.

En la quittant, Mad n'embrasse pas sa famille. Ainsi se détachent les jeunes animaux jusqu'à ne plus reconnaître leurs parents.

Mad, les chiens et les chats oubliés par les invités du mariage, le bateau, sont autant de distractions. Anna joue ; le jeu n'a jamais distrait d'un grand deuil. Elle joue, elle ne s'amuse pas.

Elle réfléchit sur son avenir, se demande ce qui compte vraiment pour elle. Elle n'aime pas assez Falmouth pour y consacrer sa vie. Qu'aime-t-elle ? Son île de Ré à l'égale d'une personne ; en fait, l'île résume toutes ses tendresses. Et puis il y a Mad dont elle ne peut plus se passer : Mad la drôlerie, Mad le dévouement, Mad la tiédeur quand les nuits sont fraîches, Mad la liberté, Mad qui sait attraper les poissons à main nue !

La solution alors lui apparaît très simple. Puisque Mr. Money gère si bien le domaine, que Lord Horse se fera un plaisir de jeter un coup d'œil sur les comptes d'exploitation et que plus rien d'essentiel ne la retient ici, pourquoi ne mettrait-elle pas à la voile ?

Sa décision prise, pourquoi traîner ?

Elle convoque Mr. Money, le flatte, le rassure, décide que lui et sa famille occuperont dans le château même un appartement autrefois réservé au capitaine des gardes, le couvre de louanges et de bienfaits.

Quant à ceux qui vivent du domaine, et sur le domaine, elle va les voir chacun en particulier, leur remet un pécule afin qu'ils puissent parer à un imprévu avant que Lord Horse ne s'occupe de les secourir.

Elle reviendra, elle s'y engage, car elle les aime déjà. On lui promet de veiller à ce que la tombe de Michipe soit toujours fleurie.

L'équipage du *Lady Anna* est enchanté à l'idée de rompre avec une longue période d'inactivité. On embarque à la hâte de l'eau douce, des galettes, quelques produits frais de la ferme, des saumons fumés et Mad, à laquelle les marins font une ovation.

Anna commandera elle-même son navire.

On lèvera l'ancre dès que les vents seront favorables. Provisoirement, le *Lady Anna* battra pavillon de l'Amirauté britannique. Dès que l'on quittera les eaux anglaises, on avisera...

Le vent vient de passer au nord.

A bord du *Lady Anna,* on frappe sur la cloche de brume. C'est le signal convenu pour indiquer que le navire est prêt à appareiller. Il dérape sur son ancre, prend aussitôt de la vitesse, cap sur la France.

Anna, le cœur gros, mais satisfaite, regarde s'éloigner Falmouth.

2.

La Rochelle étranglée

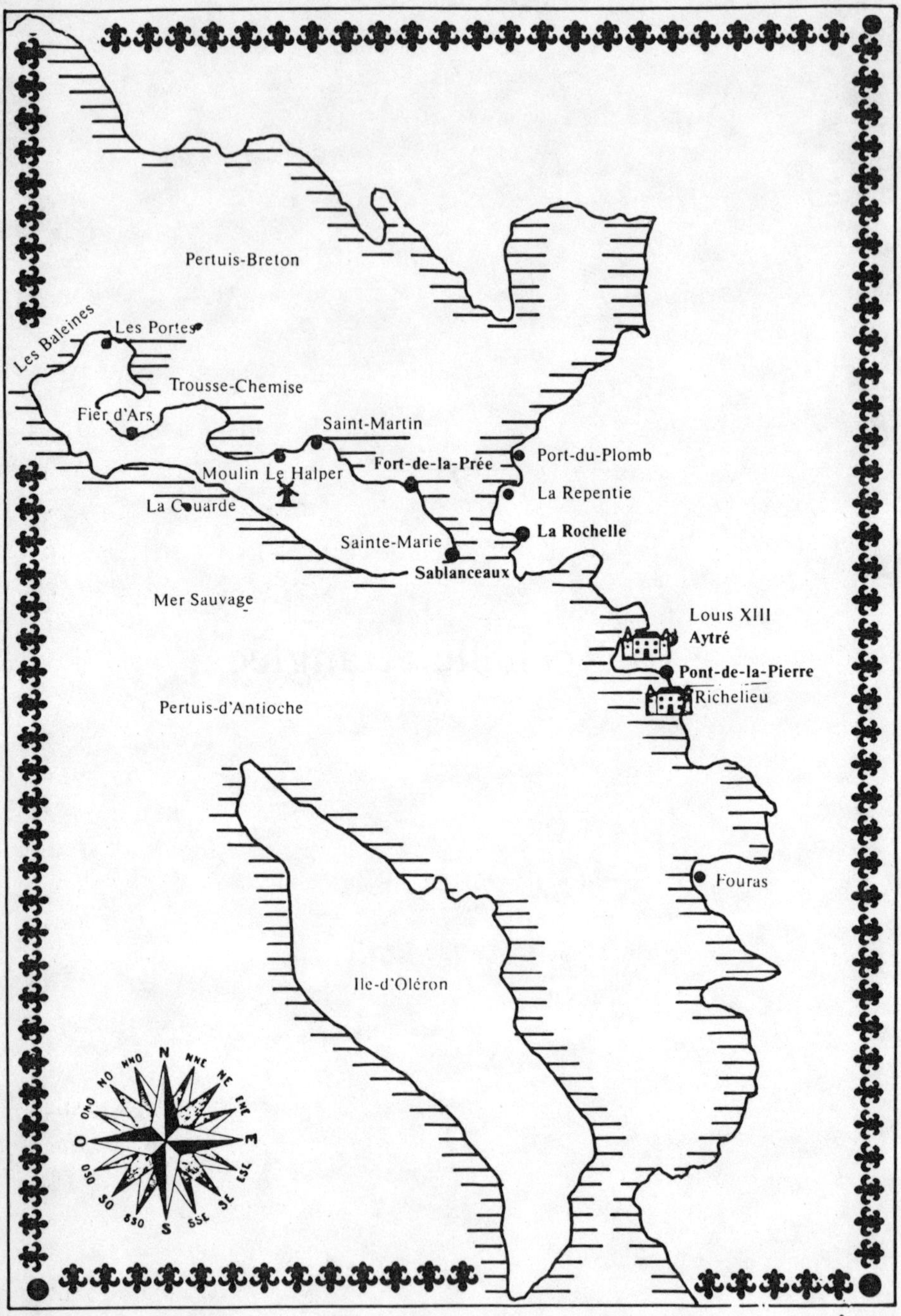
Pertuis-Breton
Les Baleines
Les Portes
Trousse-Chemise
Fier d'Ars
Saint-Martin
Fort-de-la-Prée
Port-du-Plomb
Moulin Le Halper
La Repentie
La Couarde
La Rochelle
Sainte-Marie
Sablanceaux
Mer Sauvage
Louis XIII
Aytré
Pont-de-la-Pierre
Richelieu
Pertuis-d'Antioche
Fouras
Ile-d'Oléron
N
NNE
NE
ENE
E
ESE
SE
SSE
S
SSO
SO
OSO
O
ONO
NO
NNO

Pour éviter toute mauvaise rencontre, après avoir débordé le cap Lizard et Land's End, la fin de la terre de Cornouailles, le *Lady Anna* avait piqué droit sur le grand large, essuyé une tempête ; ce qui avait permis d'éprouver les qualités exceptionnelles du bateau et de son équipage. Sur les dix hommes, tous bien entraînés, huit étaient irlandais (le genre de forte tête dont on vient à bout avec une solde convenable) et deux Français, Tobie et Casimir, Rochelais de bonne souche, révoltés par les guerres de religion. Ces dix hommes, subjugués par le tempérament d'Anna dans l'orage et le vent, la suivraient au bout du monde...

Depuis le départ d'Angleterre, aucun n'a eu le temps de se raser. Aussi les habitants de Saint-Martin-de-Ré ont-ils un mouvement d'effroi en voyant entrer dans le port ce bateau noir monté par des pirates que commande une femme enrobée dans une grande cape de mer couleur d'ébène.

Un soleil éclatant illumine la citadelle et, dans la ville haute, l'église fortifiée.

Avec émotion, Anna retrouve, à quai, la place qu'occupait autrefois la *Petite Marie* du capitaine Jeannot. Afin d'éviter tout conflit avec les autorités rhétaises, elle consigne son équipage à bord. En dédommagement, il touchera double solde et, dès que sa situation sera en règle, jouira d'une longue permission.

Après plusieurs jours d'océan, elle saute à terre, le sol bouge sous ses pieds, elle se reprend et qui voit-elle ? là, assise sur une borne, à tricoter un vêtement de marmot, qui voit-elle ? La Lucette. A croire qu'elle rêve !

— La Lucette !

— L'Anna !

— Alors, t'as fait l' drôle ?

— Comme tu vois.

— Eh bien, ça t' va bien.

— Sûr et certain qu' j' suis trop grosse, mais j' me plains pas, affirme Lucette.

— C'est vrai qu' tu ressemblerais plutôt à un tonneau.

— Tais-toi ! On m'appelle la Bonbonne.

Et c'est parti. Les deux amies pouffent, comme elles pouffaient, autrefois, sur les bancs du catéchisme.

— Comment va l'Yves ?

— En mer.

— Le Père Bruno ?

— Vient d'être rendu à La Rochelle.

— Ça veut dire qu'il vient de quitter l'île.

— Ça en a les apparences.

— Et papa ?

— Le Halper se languit d' toi.

— Allez, on va le voir tout de suite.

— Avec mon drôle à porter, ça va faire loin à marcher.

— Loue une voiture.

— T'as les moyens ?

— Ne t'occupe pas des moyens.

La Lucette a vite fait de trouver sur le port une carriole brinquebalante tirée par un canasson famélique. Elle s'arrête devant le bateau d'Anna qui, après les splendides équipages qu'elle a connus en Angleterre, s'amuse de cette rusticité.

— Dis, c'est pas Pégase !

— Comprends pas.

— Ça ne fait rien.

Mad paraît sur le pont, le visage écarlate d'avoir été fouetté par le vent. Lucette fait la moue.

— Qui c'est ?

— Une créature de Dieu. Elle s'appelle Mad.

— L'a une drôle de citrouille.

Anna s'abstient de répondre. Elle a l'habitude des mouvements d'humeur de Lucette. Ça lui passe comme un nuage devant le soleil.

La carriole a des soubresauts à décrocher n'importe quel drôle dans le ventre de sa mère. La Lucette boude un peu.

— Et comment va la pêche ?

C'est la bonne question.

— Le homard l'est moins présent c't' année qu' l' crabe. Le bouquet, ça va. Le maquereau, on en a pris des milliers dans une écluse. Le maquereau, ça vaut pas l' bar.

— Tu sais que Mad attrape le poisson à la main.

— On d'mande à voir !

— Je te jure.

Anna écarte les bras.

— Des saumons gros comme ça.

— J' connais pas l' saumon. Tout d' même, on d'mande à voir.

— Eh bien, tu verras. Et pas plus tard que d'main.

— Ça tombe à pic, se réjouit Lucette. Demain, c'est grande marée basse. On pourra faire de la sole et du turbot à la pigouille.

— Fantastique !

Anna se tourne vers Mad.

— Demain, pêche, dit-elle.

— *Yes.*

— Ça veut dire quoi, « *yes* » ? demande Lucette.

— Ça veut dire qu'elle est d'accord.

— En plus faut la comprendre ! s'impatiente Lucette.

Un peu avant d'arriver en vue du moulin Le Halper, le charretier se fait reconnaître : c'est Adrien, dit La Palourde. Il a tenu Anna dans ses bras alors qu'elle n'était pas plus grosse qu'un moustique, et maintenant, ça défile vite, la vie, il n'a plus une dent. Pour vivre il lui reste juste son cheval et sa voiture.

— La Palourde, dit Anna sans hésiter, je t'engage à l'année.

Il en a les larmes aux yeux, La Palourde. C'est beau de donner du travail à un vieux. Lucette marmonne dans son menton : « L'a vraiment des moyens, l'Anna. »

La carriole soulève la poussière de la route qu'un vent d'est rabat sur les passagers, le paysage est brouillé. Aussi le moulin Le Halper surgit-il imprécis, comme dans un souvenir. Anna en est troublée. Ce moulin est un peu elle-même.

Elle se penche vers Mad.

— *My house*[1] !

— *Yes*, répond Mad.

Lucette, de nouveau, s'énerve.

— Qu'est-ce que tu dis ?

— Elle lui dit qu' c'est sa maison, intervient La Palourde. J'en ai connu des Anglais pendant l'occupation. Y en avait d' gentils.

— J'avais compris, rétorque Lucette.

Immobile, le teint pâle, Le Halper est assis devant sa porte, les jambes allongées au soleil. Il ne reconnaît pas tout de suite sa fille. Il met un temps à sortir de sa rêverie.

— Anna !

— Papa !

— T'es-tu mariée ?

Comme elle ne répond pas, il remarque :

— Ça m' regarde pas.

— Si, dit Anna avec gravité ; ça te regarde. Je suis lady.

— Paraît qu' c'est très important d'être lady, remarque La Palourde, qui, peut-être pour la première fois de sa vie, retire son bonnet.

---

1. Ma maison.

— Mêle-toi de c' qui t' regarde, La Palourde, se fâche Le Halper. Lady ou pas lady, j'attends ma fille pour m' donner un coup d' main.

Anna est heureuse à l'idée de rendre service à son père. Que peut-il bien vouloir ?

— Il faudrait tout d' même m' chauler l' moulin avant les pluies d'automne. J'ai la chaux, j'ai les brosses, j'ai l'échelle — tu sais où la trouver. Moi, j'en ai plein l' dos du travail, à toi fifille, le temps est bien sec, à l'ouvrage !

Egoïste et rouspéteur, paysan vieilli avant l'âge, Le Halper ne se demande pas si sa fille après un long voyage en pays étranger pourrait avoir autre chose à faire qu'à chauler une maison ! Ce n'est pas qu'il soit indifférent au sort d'Anna. Il l'aime, mais à sa façon.

— C'est pas un père, ça, bafouille Lucette, si c'était moi j' l'enverrais promener...

— Tais-toi, la Bonbonne, dit Le Halper qui, en dépit des apparences, a gardé l'oreille fine.

Anna se sent redevenue la « drôlesse » et obéit au désir de son père. Elle aime bien chauler. Passer sur les murs la brosse emmanchée dans un long bâton lui rappelle son enfance. On s'asperge de chaux. C'est un peu comme s'il neigeait. Mad s'amuse énormément. Conquis par la petite Anglaise, sa jolie frimousse et son corps tout neuf, La Palourde donne un coup de main alors que, depuis des années et des années, il se prétend incapable du moindre mouvement.

Ces plaisirs simples enchantent Anna.

Dans le couchant, le moulin devient rose.

— Faut qu' j'aille au lit, si j' veux être d'attaque à la pêche demain tôt, dit Lucette

— Deux heures avant l' soleil, précise Anna. La Palourde ?

Il s'avance.

— Lady ?

— On dit milady.

— Excusez. Milady ?

— Tu raccompagnes Lucette à Saint-Martin, tu la prends demain matin tôt, très tôt ; il faut qu'on y soit bien avant le jour. Où exactement, Lucette ?

— Au Bûcheron. On pêchera sur le banc.

— *Fish*[1], dit Anna.

— *Yes,* répond Mad.

Lucette propose.

— Celle-là, j' l'emmène, j'ai d' quoi la loger.

— C'est très gentil à toi, mais Mad reste toujours avec moi.

— *Yes,* dit Mad, rayonnante.

Le Halper ne s'intéresse qu'à son moulin fraîchement chaulé. Assis à califourchon sur un vieux siège défoncé, il admire le savoir-faire de sa fille. Elle a vraiment l'art de chauler une maison.

Mad refuse de se servir d'une pigouille. Elle sait voir les soles, pourtant enfoncées dans le sable, se jette dessus et hop ! dans le panier. Elle en a déjà plus de dix alors qu'Anna et Lucette sont toujours à fourrager sans résultat avec leurs tridents. Soudain, Mad s'immobilise, comme un chien à l'arrêt. Elle est tendue, presque tremblante, l'œil excité ; du regard elle implore de l'aide. Anna s'approche doucement, lui tend sa pigouille. L'Anglaise frappe. Une magnifique raie se débat furieusement.

Mad avait déniché une raie dissimulée dans le sable et n'avait pas oublié que ce poisson, pourtant courant, est venimeux avec son dard planté en arrière de la queue. Armée d'un petit couteau, elle l'a rendu inoffensif.

— Pas mal, constate Lucette. Faut dire qu'elle connaît les poissons, ta *plum-pudding !*

En marchant dans la mer, Anna bute contre une épave, un bout de navire anglais ensablé sur le banc du Bûcheron. Ailleurs, plus

1. Poisson.

loin, d'autres épaves, vestiges de la déroute de la flotte britannique quelques mois plus tôt.

Anna se souvient.

C'était le 7 novembre 1627. Des centaines et des centaines de cadavres jonchaient les marais et les plages. Et elle, avec quelques filles du pays, par défi, par haine de l'occupant, avait montré son derrière aux ennemis survivants. Il faisait froid.

Soudain s'était dressé devant elle Michipe, l'officier de la marine anglaise qu'elle avait entrevu lors du débarquement sur l'île. Elle en était tombée éperdument amoureuse. Elle l'avait perdu. Ils se retrouvaient, lui aussi l'aimait. Ils ne disposaient que d'une fin de nuit pour s'aimer. Dans le tintamarre des canons et des naufrages, ils s'étaient promis de s'épouser... Promesse tenue quelques mois plus tard. Mille fois, jusque dans les moindres détails, elle avait raconté cette nuit à Lucette.

Lucette adore Anna. Elle devine son trouble.

Il semble à Anna que ce soit en cet instant même que Michipe trouve la mort. A Falmouth, il avait fallu jouer à la lady ; à Falmouth, elle n'était pas elle-même ; à Falmouth, elle s'était imposé des contraintes ; soumise aux convenances, elle avait traversé son deuil un peu à la façon d'une somnambule...

Elle se réveille.

Michipe est mort.

Elle ne le reverra plus.

Elle ne vivra plus jamais avec lui à Falmouth. Ils n'iront pas ensemble à Londres applaudir une pièce de Shakespeare comme ils avaient eu envie de le faire.

— Tu sais, depuis not' histoire, ici c'est « Trousse-Chemise », dit Lucette.

— Trousse-Chemise, répète Anna. Je vais tout acheter, tout, tout autour et encore plus loin. Et je ferai construire une maison. Ma maison ! De ma fenêtre, je verrai toujours là où j'étais avec Michipe.

Mad comprend que la pêche est finie.

Les trois filles remontent vers la grève, lentement.

La Palourde dort dans sa carriole.

— Oh ! lance Anna.

— Milady, à vot' service.

— Tu vas aller tout de suite à La Flotte.

— C'est comme si j'y étais rendu, milady.

— Tu me ramèneras au moulin les deux Basile, père et fils, notaires. Dépêche-toi.

La Palourde distingue deux personnagess chez Anna : la petite sauvageonne qui courait derrière les anguilles et amusait tout le monde... et la lady, plus digne, plus autoritaire, aussi.

La Palourde fouette son canasson qui se porte mieux depuis que son maître le nourrit à l'avoine.

Les filles rentrent à pied.

Elles ne parlent pas.

Le soleil écrase.

Parfois, elles traversent des nuées de moustiques.

Elles sont pieds nus et belles toutes les trois.

Mad porte les poissons et le matériel de pêche.

Hermès est consterné.

Il vient de décoder un message venu d'Angleterre qui lui apprend le veuvage d'Anna.

Dans le fond du jardin, au château de Pont-de-la-Pierre, le Père Bruno cultive des légumes pour la table de Richelieu. C'est là qu'Hermès le rejoint.

La foudre s'abat sur le prêtre. Il tombe à genoux, implorant le secours de Dieu afin que celle qu'il considère comme sa fille spirituelle, supporte l'épreuve. « Pauvre enfant, chère enfant », ne cesse-t-il de répéter.

A peine ont-ils franchi le seuil du château qu'une autre nouvelle, celle-ci en provenance de l'île de Ré, les surprend : Anna Le Halper vient d'aborder à Saint-Martin et circule sur l'île sans la moindre protection armée.

Le capitaine qui les renseigne est de La Couarde. Il connaît bien les Le Halper, surtout Anna.

— Quand est-elle arrivée ? demande le Père Bruno.

— Hier dans l'après-midi.

— Qui vous a renseigné ?

— Une femme qui est chargée de me tenir au courant... En quelque sorte, mon indicateur.

Hermès devient sec.

— Son nom ?

— La Mouchar.

— La Mouchar, la femme de Jean Guillaume, mon ancienne ordonnance, lâchement assassiné [1] ? insiste Hermès.

Le Père Bruno réprime une grimace.

— Je me permets d'ajouter, dit le capitaine, que c'est à bord d'un petit cotre noir, le *Lady Anna*... que la jeune dame s'est rendue à Saint-Martin.

— Merci capitaine.

Le capitaine rectifie la position, salue, et s'en va d'un pas rapide. Il sait qu'au château de Richelieu, si l'on veut faire une carrière, il ne faut pas s'attarder.

Hermès donne des ordres : deux agents, accoutrés en marchands ambulants, exerceront une surveillance active sur la personne d'Anna Le Halper. Ne pas hésiter à tirer sur tout individu louche susceptible d'attenter à la vie de ladite Le Halper. Les deux colporteurs seront tenus à un rapport quotidien.

---

1. Anna avait été dénoncée par La Mouchar pour avoir montré son derrière aux Anglais et s'être affichée avec Michipe. Hermès, convaincu de sa trahison, avait décidé de la faire exécuter. Il en avait chargé le mari de La Mouchar, alors son ordonnance, qui s'y était pris si maladroitement que le capitaine Jeannot, pour sauver Anna, l'avait froidement assassiné dans une rue de Saint-Martin.

— Père Bruno ? dit Hermès.

— Mon ami ?

— En cas de décision urgente à prendre, Son Éminence a recommandé de s'adresser au Père Joseph.

Le Père Joseph ! L'ombre de Richelieu, son ami de toujours... Le Père Joseph ! Le personnage est à ce point déconcertant qu'on hésite toujours à le rencontrer, sinon à le consulter, mais il semble qu'Hermès ait raison : le moindre des égards est de le tenir informé de l'évolution de la situation. Il est juste qu'il sache qu'Anna Le Halper devenue Lady Anna, après avoir transmis, par l'intermédiaire de Shoou-Shoou, des informations selon lesquelles la flotte britannique simulerait une attaque sur La Rochelle — Anna Le Halper a décidé d'elle-même de reprendre sa liberté.

Le Père Joseph habite dans les marais une masure peu accessible et, comme elle est bâtie à même le sol, on y patauge dans une boue saumâtre.

Hermès et le Père Bruno trouvent le capucin en prières. Faire attendre ses visiteurs n'a pour lui aucune importance. Fidèle à son image, il est d'humeur sombre, ténébreux, renfrogné. Homme étrange, homme fascinant, dont la pensée navigue nettement au-dessus des mesquineries des humains et de leurs politiques. Protestants, catholiques, a-t-il coutume de répéter à ses intimes, même combat ; avant tout, barrer la route aux infidèles. Et qui mieux que lui connaît les sinuosités qu'il convient de suivre pour atteindre ce but ?

L'intelligence de l'homme est sensible au point d'occuper tout l'espace. Hermès et le Père Bruno en sont comme toujours impressionnés.

Le capucin ne cache pas sa mauvaise humeur.

— Bien sûr, dit-il, le cardinal a hautement apprécié les services rendus par cette jeune femme. Si elle vient de commettre une erreur, ce n'est pas à moi d'en juger...

Il paraît se désintéresser d'Anna Le Halper.

— Sans doute, messieurs, vous plaira-t-il d'apprendre que le cardinal a tout lieu d'être satisfait de la tournure des événements à La Rochelle. Un chrétien y verrait l'enfer ; un militaire y trouve des sujets de contentement, car la ville meurt étranglée. Les assiégés périssent par milliers, de faim, de maladie, de découragement. Le dernier échec de la flotte a laissé derrière lui son lot de cadavres. Mes informateurs en ont recensé jusqu'à cinq cents dans un même jour. Les cimetières sont pleins. Les corps de ces malheureux sont abandonnés dans la rue, dans les maisons, n'importe où. Les survivants n'ont même plus la force de les enterrer. On mange n'importe quoi, des limaces, les mauvaises herbes qui poussent entre les pavés... Les fugitifs sont repris et pendus. Bel exemple d'acharnement !

Le Père Joseph marque un temps et, avec un sourire d'autant plus étonnant qu'il est rarissime :

— J'entends l'acharnement à vaincre de Son Éminence le cardinal de Richelieu.

Sans transition, il revient à Anna Le Halper.

— Cette Anna, cette Anna... dit-il.

— Elle vient de perdre son mari, Lord Anna, précise Hermès.

— Dieu reçoive l'âme de ce huguenot — il poursuit comme s'il pensait tout haut — il est prévisible que le cardinal sera bientôt libéré de ses soucis rochelais ; il tournera alors ses regards vers l'Europe mais aussi au-delà de l'Atlantique. N'oublions pas qu'il est vice-roi du Canada, cette Nouvelle France...

Le Père Joseph, curieusement, se laisse aller à un certain lyrisme.

— Nous y retrouvons, devinez qui, messieurs, eh bien, nous y retrouvons les Anglais ! Ils revendiquent rien de moins que nos territoires. Aussi puis-je avancer sans risque de me tromper que le cardinal de Richelieu pourrait tirer avantage de la bonne volonté de votre... Lady Anna. Elle est, à ce qu'il paraît, fort intelligente bien que peu instruite, belle (un moyen comme un autre de défier le diable) ; elle doit avoir une certaine connaissance des Anglais, si j'en crois son titre. Elle pourrait être de la plus grande utilité sur les vastes territoires canadiens. Merci, messieurs, de votre visite. Tenez-moi au courant.

Le projet d'envoyer Anna au Canada ne sourit guère à Hermès. Depuis qu'il la sait veuve et sur l'île de Ré, il rêve de reprendre sur elle un pouvoir amoureux.

Tandis que, sur le chemin du retour, il piétine dans la boue avec le Père Bruno, il décide de ne pas forcer le destin.

Le prêtre ira seul sur l'île retrouver sa protégée.

Sur la route entre leur étude de La Flotte et le moulin Le Halper, les Basile, notaires, père et fils, sont dans leurs petits souliers. Ils se sont renseignés sur les circonstances de la présence de Mlle Le Halper sur l'île et ont appris par La Palourde qu'elle avait épousé un lord richissime. S'ils avaient su, ils auraient mis leurs beaux habits !

Le Halper, qui a retrouvé sa bonne humeur depuis que son moulin est chaulé, met le couvert dans le jardin. Les Basile sont invités à dîner. Anna insiste :

— Aimez-vous le poisson ?

— Nous en raffolons.

— Avez-vous déjà mangé du saumon fumé ?

— Jamais !

— Eh bien, l'occasion est toute trouvée.

D'un coup de voiture à cheval, La Palourde et Mad iront jusqu'au *Lady Anna* où sont entreposés des saumons.

— Et maintement, messieurs, passons aux choses sérieuses...

L'autorité de sa fille et sa façon différente de s'exprimer selon ses interlocuteurs étonnent Le Halper. Son esprit de décision aussi. Le fils Basile prend des notes : Milady désire acquérir le plus de terrain possible autour des plages où les Anglais ont réembarqué dans les conditions atroces que l'on sait.

— Si nous comprenons bien, reprend Basile père, ce n'est pas une propriété que vous désirez, mais un domaine.

— Le domaine de Trousse-Chemise, précise Anna.

— Fifille perd la tête, s'esclaffe Le Halper.

Les Basile se dressent. Ce vigneron attardé va-t-il compromettre une affaire d'envergure par ses réflexions imbéciles ?

— Monsieur, répond Basile père avec sévérité, nous connaissons notre métier. Pour mémoire, nous, Basile, notaires à La Flotte, sommes dépositaires d'un compte ouvert au nom de Le Halper, Anna (que nous sachions, il s'agit de milady ! s'efforce-t-il de rire) ; ce compte fut, en son temps, crédité par Jean de Saint-Bonnet, seigneur de Toiras et sur ordre du roi de France, Sa Majesté Louis le treizième, de la somme de 1 000 écus... Mon cher fils, veuillez rappeler les circonstances.

— La somme de 1 000 écus, entonne le fils Basile à la manière dont on récite une leçon, la somme de 1 000 écus pour avoir permis, en temps de guerre et en forçant le blocus de la flotte anglaise, le passage de cinq cents moutons jusqu'à la citadelle de Saint-Martin. Item, sur le même compte, de la part d'Armand Jean du Plessis, cardinal de Richelieu, une rente annuelle de 500 livres sa vie durant pour l'avoir prévenu d'un plan secret visant à l'enlever ou à l'assassiner. Item, une somme de 750 livres versée à titre de commission lucrative par le sieur Jacques Penaud, commerçant à La Rochelle. Item, le montant du prix payé par Lord Horse pour l'achat d'un cheval prénommé Chantal. Item, les intérêts de ces sommes et les intérêts de ces intérêts. Item, les rentes et autres revenus éventuels en provenance de l'Angleterre...

De satisfaction, il passe sa langue sur ses lèvres.

— Pour nous permettre de savoir jusqu'où nous pouvons aller, est-il possible de chiffrer, globalement, l'importance de votre propriété en Angleterre ?

— Falmoufe est plus grand que l'île de Ré.

Le fils Basile en laisse tomber sa plume.

— Nous disons donc, reprend Basile père, nous disons donc que, pour le paiement des diverses parcelles dont la réunion constituera le domaine de Trousse-Chemise, nous jouissons d'un crédit que Lady Anna, par ses possessions, pourra garantir. Si milady veut bien signer cette feuille qui résume cet entretien et confirme les instructions qu'elle vient de nous donner.

Elle met un temps interminable à calligraphier sa signature. Et, comme elle a toujours détesté les chiffres et les contrats, elle coupe court.

— Papa, dit-elle, sers-leur de ton bon vin.

— Bien sûr, fifille, bien sûr !

Une dernière réflexion de Basile père tombe à plat.

— De toute façon, dit-il, votre iaque pourrait servir de garantie hypothécaire pour l'achat des terrains de Trousse-Chemise...

— A propos de mon iaque, l'interrompt Anna heureuse de changer de sujet, à propos de mon iaque, je m'étonne que La Palourde et Mad n'en finissent pas de revenir. Les saumons fumés pendent dans le poste avant. Mad le sait.

Le Halper débouche un petit vin rouge de ses vignes. Les Basile dégustent avec des gestes de connaisseur ce vin que, pourtant, ils n'apprécient guère.

Dans les lointains, du côté de Saint-Martin, une colonne de poussière annonce le retour de la voiture. Le cheval est au galop. A son âge, c'est de la folie de le pousser ainsi !

Mad ne quitte pas le siège ; rênes en main, elle est prête à repartir. Quant à La Palourde, il est blême.

— Alors, ces saumons fumés ? s'enquiert Le Halper.

Anna, ayant vu son expression, tente de calmer La Palourde.

— Raconte.

— Vot' bateau, milady...

— Quoi, mon bateau ?

— C'est bouclé.

— Comment ça, bouclé ?

— Bouclé, verrouillé, barricadé, avec une sentinelle devant.

— Et l'équipage ?

— J' me suis renseigné, milady. Vot' équipage, l'est en prison.

Cette fois encore, Le Halper admire l'esprit de décision de sa fille et l'ascendant qu'elle exerce sur les êtres. C'est à peine si elle s'excuse de renoncer à faire dîner ses invités. Elle aide Lucette à grimper dans la carriole ; elle déposera les Basile au port de Saint-Martin, ils rentreront à La Flotte par leurs propres moyens. Et en avant !

L'accès à bord du *Lady Anna* est effectivement interdit. Anna se fâche :

— Et l'équipage ?

— Incarcéré à la citadelle, répond la sentinelle.

— La citadelle de Saint-Martin ! Anna y avait autrefois, « au service du roi », ses grandes et ses petites entrées. Elle se jure que, cette nuit même, les hommes de son équipage coucheront à leur bord.

La voiture cahote sur les pavés. Mad partage la colère d'Anna. La Bonbonne se tient le ventre. Elle est folle d'accompagner Anna partout ; elle va perdre son drôle !

— T'es pas sage, la Bonbonne.

— M'engueule pas ; c'est si formidable de t' voir commander à tout c' monde !

Comme elle l'a déjà souvent fait pendant la guerre, Anna frappe au grand portail de la citadelle. Un officier se présente. Elle demande à voir Hermès.

— Il n'habite plus le fort.

— Où peut-on le rencontrer ?

— Sur le continent.

— Qui le remplace ?

— Le commandant.

— Je veux le voir.

— A quel sujet ?

Anna explique son affaire et laisse même entendre qu'elle a rendu certains services à son pays…

L'officier reste de glace.

Il revient une heure plus tard.

— Le commandant refuse de vous recevoir aussi tard, déclare-t-il.

— Quand pourrais-je le rencontrer ?

— Je ne pense pas que ce soit possible avant plusieurs jours, dit l'officier en profitant d'une seconde d'inattention d'Anna pour lui fermer au nez le lourd portail.

— Qu'est-ce qu'on fait ? demande La Palourde.

— Rien. On va se coucher chez la Bonbonne et toi, tu vas t'arranger pour avoir un meilleur cheval d'ici demain. Celui-là est brave, mets-le à la retraite dans un pré bien plein de bonne herbe verte...

Anna est furieuse, trop colère pour trouver le sommeil. La Bonbonne souffre du ventre. Anna lui fait une tisane. Comme un petit chien, Mad semble comprendre la situation et manifeste à coups de petits gestes câlins son inquiétude pour Anna. La tisane est brûlante. Elle semble faire du bien à la Bonbonne.

— C'est pour quand, ton drôle ?

— Bientôt.

— Si vite que ça ?

— On dirait.

Lucette se tient le ventre à deux mains.

— Ce sera un garçon, dit-elle, et tu seras la marraine.

L'idée plaît à Anna qui en oublie ses soucis, sa colère.

— Et comment tu l'appelleras ? demande-t-elle.

— Comme tu voudras.

Elle hésite.

— Michipe, si tu veux ; je l'appellerai Michipe.

Anna est émue.

— Oh ! ça me plairait ; oui, ça me plairait énormément, mais ce n'est pas possible. Tu le sais bien.

— Je voulais pas t'offenser.

— Tu m'offenses pas, au contraire.

Mad, qui s'est assoupie, émet un très léger ronflement. Anna passe ses mains dans sa crinière et il semble que le ronflement se fasse ronronnement.

— Alors, John ? suggère Lucette. On appellera mon fils, John, comme Michipe.

Un long, un très long silence s'étire dans la nuit.

— C'est très dur de perdre son mari, dit Anna.

Lucette l'embrasse.

Mad remue.

Pour la première fois depuis la mort de Michipe, Anna éprouve l'envie de parler d'elle.

— C'est vrai ! Il s'appelle John, s'émeut Anna.

Depuis qu'elle a pris des leçons avec Mr. Hickock, son accent est anglais quand elle prononce le nom de son mari... ou de son futur filleul.

Elle ne sait plus.

Elle voudrait... Elle ne sait plus ce qu'elle voulait confier, elle est perdue.

— Parle, dit Lucette. Ça t' f'ra du bien.

— Ça me fait du bien.

Elle caresse la tête de Mad, machinalement, comme elle caresserait un chien ou un chat. Curieusement, au contact d'Anna, Lucette se sent prendre de la maturité. S'il leur arrive encore d'avoir des réactions d'enfant, c'est qu'elles sont à peine sortie de l'enfance. Cette nuit, elles sont plutôt des jeunes femmes angoissées, l'une par son veuvage, l'autre par la responsabilité de sa maternité.

— Parle, répète Lucette.

— C'est chose sûre, dit Anna avec une extrême lenteur, c'est chose sûre, j'y ai beaucoup pensé, je ne me marierai plus jamais.

— Pourquoi ?

— Pour être fidèle à Michipe.

— Te fâche pas, dit Lucette, j' te connais et j' te vois pas fidèle toute une vie.

— C'est pourtant comme ça.

Lucette n'en croit pas un mot.

— Imagine que ton Yves décède, reprend Anna.

— J' me marierai jamais avec un aut'. Ah ! Ça, non, bernique de bernique !

— Eh bien, tu vois, sourit Anna avec tristesse, tu vois.

— Oui, mais toi et moi, riposte Lucette, c'est pas pareil.

— Y a du vrai, concède Anna.

— Toi, tu perds la tête pour l'homme. Moi, j'aime bien, mais pas plus que ça !

— Y a du vrai, y a du vrai. Disons : j'oublierai jamais Michipe.

Soudain, elle n'a plus envie de parler. Ça fait trop mal. Ce trou, à côté de soi, ce trou que rien ne comble, ce trou qui donne le vertige. La mort de Michipe lui est intolérable, d'autant plus cruelle que leur union fut inaccomplie. Ils n'ont jamais passé une nuit ensemble.

Elle tente pour Lucette de redevenir la drôlesse gaie qu'elle était.

— Et l'Yves, demande-t-elle, il sait que tu ressembles à une bonbonne ?

— Il sait pas encore. Il faut pas l' dire, juré, mais je crois que je sais où y s' trouve.

— Bouche cousue !

— L'Yves est allé chercher un bateau en Hollande. Paraît qu' la marine en a acheté plusieurs.

— Ça va faire la fête, à son retour, quand il verra son drôle.

— Si y passe bien, l' John, parce que, c'est décidé, mon drôle y s'appellera John, comme Michipe, si y passe bien ! Y doit être énorme, comment y va passer ? s'inquiète Lucette.

— Très bien.

— Si y passe mal, tu t'en occup'ras.

— J'te l'ai promis.

Lucette a des crampes. John s'agite, donne des coups de pied.

Une immense lassitude, proche du sommeil, envahit Anna, quand on frappe à la porte. Mad, immédiatement réveillée, gronde.

Anna retrouve ses réflexes du temps de l'occupation anglaise et s'immobilise. Main plaquée sur la bouche de Mad, elle l'invite au silence. Lucette est en état d'alerte.

On frappe de nouveau, plus fort.

Anna se cache sous le lit.

Comme on va défoncer la porte, Lucette joue les endormies et crie, la voix rauque.

— Voilà ! Voilà ! On vient !

Rapidement, elle met sa paillasse sens dessus dessous, pousse Mad dans un coin et ouvre : un officier du roi, accompagné de deux soldats, pistolet au poing, fait irruption dans la petite chambre qu'il éclaire avec une lanterne de bateau.

Dès qu'il aperçoit Mad, il l'attrape par le col de sa chemise, la relève brutalement et pousse un cri de rage. Mad l'a mordu cruellement à l'avant-bras.

— Tu vas me le payer, hurle-t-il.

— C'est une simpl' d'esprit, ma servante, intervient Lucette avec sa rouerie paysanne.

— Ta servante ! ricane l'officier.

— D'abord, j'vous permets pas d' me parler ainsi. Et pis, si j'ai une servante, c'est vu mon état. Et quand mon mari qu'est dans la marine du roi y r'viendra, y s'fra un plaisir de vous botter l' cul, monsieur l'officier.

— Je n'ai pas de temps à perdre, dit-il : vous cachez chez vous une espionne...

Lucette se dresse.

— On aimerait savoir qui ?

— Anna Le Halper.

— Jamais connu d'Anna Le Halper.

— Votre amie de catéchisme.

— Qui vous a dit ça ?

— Une autre amie de catéchisme : La Mouchar.

— Ah ! celle-là ! rage Lucette.

Elle retrouve immédiatement son sang-froid et ajoute :

— Fouillez ma maison. Z'aurez vite fait, y a qu'une chambre.

— Le jardin ?

— Y en a pas !

— Sous le lit.

Prise de panique, Lucette a hésité une fraction de seconde de trop.

— Allez-y voir !

— Beaucoup plus simple, on va tirer un coup de pistolet sous le lit.

Il s'adresse alors aux soldats :

— Exécution.

Les soldats mettent un genou sur le sol de terre battue. Anna est bien trop futée pour ne pas comprendre qu'il serait stupide de prendre des risques inutiles avec ces butors de militaires. Elle sort de sous le lit.

— La voilà, dit l'officier, la moustache avantageuse.

Mad est consternée.

— Tu restes avec Lucette, lui dit Anna.

Pourquoi traduire en anglais ? Mad comprend le sens de tout. Dans un tremblement de tout son être, elle marmonne un *yes.*

Le soleil vient de se lever mais ne pénètre pas encore dans la plupart des rues étroites de Saint-Martin. Les gens dorment encore.

Anna regrette de ne pas avoir pris un vêtement plus chaud. Elle ne se doutait pas qu'elle allait être enfermée dans une cellule glaciale du fort de Saint-Martin, en sous-sol, sans fenêtre, sans lumière, dans une odeur pestilentielle de paille pourrie et de rat crevé.

L'humidité du cachot réveille des douleurs dans l'épaule d'Anna. Cette douleur, étrangement, lui tient compagnie. Elle lui rappelle les jours les plus heureux de sa vie, il y a à peine quelques semaines, alors qu'elle chevauchait dans les chemins de Cornouailles, vers Falmouth, avec son fiancé. Elle avait à peine souffert de sa blessure. En cet instant, elle a très mal ; elle s'inquiète de Mad tout autant que de Lucette qu'elle trouve anormalement grosse. Et si elle allait accoucher toute seule, que deviendrait-elle, que deviendrait Mad, sans la moindre possibilité de communiquer autrement que par gestes, avec les autres, chat errant, chien perdu ?

Il y a plusieurs années, le Père Bruno lui avait parlé des recluses, ces religieuses non pas cloîtrées, mais enfermées à vie dans une cellule dont on avait muré la porte.

Et si on allait faire d'elle une recluse ?

Depuis combien de temps se trouve-t-elle ici ? Les jours et les nuits se confondent. Elle ne sait plus. A travers un guichet, elle reçoit du pain et de l'eau, mais il semble que la distribution de cette pitance ne corresponde à aucun horaire.

Des images de lumière l'envahissent. A peine adolescente, assise sur un banc de la petite chapelle de Saint-Martin, dans le rayon jaune d'un vitrail, elle s'était attardée. Elle était très pieuse à cette époque et elle avait envie de comprendre le sens de la vie religieuse. Elle savait, le Père Bruno le lui avait expliqué, que des femmes entrent dans les ordres. Ce jour-là, dans le rayon jaune du vitrail de la petite chapelle de Saint-Martin, elle l'avait interrogé. Elle se souvient avec précision de sa réponse : « Il n'appartient qu'à l'évêque de reclure un pénitent ou un religieux, quand il le demande. »

Elle n'est ni pénitente ni religieuse, et elle n'a rien demandé. Cependant elle est recluse. Depuis trois jours, peut-être davantage, personne n'a ouvert la porte de sa cellule. Serait-elle murée ?

Elle est transie, elle en tremble. Elle n'a plus la force de lutter contre le froid. Elle délire. Elle pense qu'elle va rejoindre Michipe et, du coup, n'a plus peur de rien.

Et soudain, la lumière.

Que se passe-t-il ?

Elle avance comme dans un cauchemar, un soldat la soutient tout en essayant de la tripoter ; elle titube sur des marches d'escalier. L'air pur, un couloir, une salle qui doit être immense car les bruits s'y répètent en échos ; on la fait asseoir.

Ses yeux ne supportent toujours pas la lumière.

Quelqu'un dit d'elle, sans doute un juge :

— C'est ça la Le Halper ? On dirait une sorcière !

Le premier geste d'Anna est un réflexe de femme. Elle tente de mettre un peu d'ordre dans sa chevelure, dans ses mèches collées. La peau de son visage est couverte de matières indéfinissables, des espèces de moisissures. Elle respire mal et elle a soif.

— Nom ? Prénom ? dit une voix d'homme.

Il est assis en face d'Anna ; elle ne distingue qu'une masse, sans parvenir à cerner le visage de l'homme. La voix est celle de la maturité et empreinte de sécheresse.

— Vous êtes mon juge ? demande-t-elle sans obtenir de réponse.

Une fenêtre doit être ouverte sur la mer. Anna perçoit ce bruissement rassurant qu'elle connaît si bien. Les mouvements de l'eau.

— Nom ? Prénom ? répète la voix.

— Je répondrai quand vous me direz qui vous êtes.

— Sale caractère, commente la personne qui l'avait traitée de sorcière.

— Pas sale caractère, dit Anna. Fatiguée, très fatiguée. Si vous voulez m'interroger, laissez-moi dormir.

— Qu'est-ce que tu as fait dans ta cellule, sinon dormir ?

Anna se tait.

— Nom ? Prénom ? reprend la voix.

Elle ouvre les yeux. Tout est blanc. Elle va s'évanouir. Une main lui tend une timbale pleine de bouillon. Il brûle ses lèvres, sa gorge, mais elle boit avec délice.

— Vous allez mieux ?

— Merci.

Elle regrette d'avoir remercié. La gentillesse est si souvent un piège.

— Nom ? Prénom ? recommence le juge avec patience.

— Le Halper, Anna.

— Age ?

— Dix-sept ans.

— Situation familiale ?

— J'ai mon père.

— Je voulais dire, mariée, célibataire ?

— Célibataire.

— A votre âge, ça me paraît normal.

— Tiens donc ! répond Anna qui se rassure quelque peu.

— D'où venez-vous?

Le bouillon fait son effet. Elle se sent mieux.

— De La Couarde.

— Ce ne serait pas plutôt d'Angleterre ?

Elle feint de n'en pas finir de vider sa timbale. Elle dispose de trop peu de temps pour réfléchir. Le piège est là, devant elle, prêt à se refermer.

— Je ne viens pas d'Angleterre, dit-elle.

— C'est pourtant ce qu'affirme votre équipage.

Anna tente d'esquiver la réponse.

Le juge se lève et vient à elle. C'est un vieux commandant ; il accuse la cinquantaine, il boite, il a le poil blanc et des cicatrices sur son visage antipathique.

— C'est faux, dit Anna ; je ne viens pas d'Angleterre.

Elle fait un choix : celui de tout nier ; ce militaire ne lui inspire pas confiance. Elle préfère qu'il ignore qu'elle a travaillé pour le « service du roi ». Il faut garder le secret ; elle assumera les conséquences de cette décision. D'ailleurs, autant être fixée tout de suite.

— Qu'est-ce que je risque ? demande-t-elle.

— Pour une fille de dix-sept ans, vous n'avez pas froid aux yeux, dit le juge-commandant avec une admiration qu'il réprime aussitôt en frappant du poing sur la table. Vous risquez ce que risquent les espions : l'exécution.

— Pourquoi m'accusez-vous d'être une espionne ?

Un instant embarrassé par la question, il répond d'un ton bourru :

— Ça ne vous regarde pas.

— On discute sur des queues de poires, vous ne trouvez pas, commandant ? Je sais pourquoi vous m'avez arrêtée. Entre moi et La Mouchar, c'est la brouille.

— Qu'est-ce que La Mouchar vient faire dans cette affaire ?

— Ah ! triomphe Anna. Vous voyez bien que vous la connaissez !

— Je la connais, je la connais, dit le capitaine gêné, parce que son mari, Jean Guillaume, faisait partie de la garnison. Et vous savez qu'il a été assassiné...

— Je le sais, dit Anna trop rapidement.

Le capitaine change totalement de ton.

— Comment le savez-vous ?

— On sait des choses.

— Précisez.

— Je le sais, quoi, c'est tout.

Le capitaine extrait d'un bahut des pièces manuscrites reliées entre elles par une cordelette qui s'effiloche. Anna tremble. Pour le dissimuler, elle pose ses mains bien à plat sur ses genoux.

— Voilà, voilà, reprend le commandant, le nez dans ses papiers. Jean Guillaume a été assassiné parce qu'il était chargé de l'exécution d'une espionne du nom d'Anna Le Halper.

Anna sourit.

— Et ça vous fait sourire ?

— Il y a de quoi !

— L'affaire de Trousse-Chemise, c'était vous ?

— C'était moi, c'était d'autres, et c'était aussi La Mouchar.

— Exact, mais La Mouchar ne s'est pas compromise avec l'ennemi.

— Vous avez des preuves que, moi, je me suis compromise ?

— Des témoignages qui ont valeur de preuves.

— Quels témoignages ?

— Ceux de votre équipage.

— Ils parlent même pas français.

— Désolé, Tobie et Casimir sont même rochelais. Vous avez appareillé de Falmouth, Angleterre, le...

Anna l'interrompt.

— Qu'est-ce qu'il risque, mon équipage ?

— La peine de mort.

— Quand ?

— Nous sommes encore en guerre et nous n'avons pas de temps à perdre.

— Je voudrais envoyer un message au cardinal de Richelieu. Il sait qui je suis.

— Soyons sérieux...

Soudain il se fâche.

— ... et ne profitez pas de ma mansuétude pour ne pas répondre aux questions que l'on vous pose. D'où venez-vous ? Sinon d'Angleterre ?

— Commandant, répond Anna, vous m'obligez à trahir un secret de la marine. Vous n'êtes pas un marin ? Non ! Alors, vous n'avez pas à savoir d'où je viens.

— Je le répète, nous sommes en guerre. Les espions grouillent comme des fourmis. Nous avons ordre, précisément de Son Éminence le cardinal de Richelieu, de mettre le feu à la fourmillière.

Anna se bute.

— Ne m'obligez pas à recourir aux grands moyens, menace le commandant.

Vaguement, elle se souvient que Shoou-Shoou lui a révélé — ce à quoi elle n'avait jamais pensé — qu'il y avait toujours moyen de « faire parler » par la torture. Il lui avait alors conseillé, si elle se trouvait dans ce cas, de tenter d'échapper au piège par des réponses plausibles, mais toujours à côté de la vérité.

— Quelle est votre question ? demande-t-elle cherchant à gagner du temps.

— Venez-vous d'Angleterre ?

— Non.

— D'où alors ?

— Je trahis un secret.

— J'en tiendrai compte.

— Je viens de Hollande où je suis allée chercher un bateau acheté par le roi.

— Qu'est-ce qui me le prouve ?

— Rien, évidemment. Sinon que j'ai rencontré là-bas, l'Yves Lucas qui était second sur la *Petite Marie.*

— Pourquoi une femme commanderait-elle un navire de sa Majesté ?

— Pourquoi une femme ? Mais pour tromper les Anglais ! Je transportais même une cargaison de saumons fumés. Vous pouvez allez y voir, si ça vous chante.

— On va vérifier.

— Et en attendant ?

— En attendant, on vous reconduit en cellule.

— Pourquoi ?

— Afin de vous permettre de réfléchir. Faites un effort. La vie est belle, même en prison.

Le Père Bruno est respectueusement éconduit. Au fort de Saint-Martin, on ne l'autorise même pas à rencontrer sa protégée. Entre deux portes, il parvient tout de même à échanger quelques phrases avec le commandant de la citadelle.

— On peut, remarque celui-ci, avoir été bonne élève au catéchisme et trahir son pays.

Comme le Père Bruno insiste, le commandant tente de lui échapper par l'insolence.

— Les ecclésiastiques sont des naïfs, dit-il.

Le Père Bruno a envie de lui répondre : « Et les militaires, des butors. » Bien entendu, il s'abstient et, faussement détendu, affirme.

— Tout cela ne concerne en rien la jeune Le Halper dont je me porte garant.

— Mon père, vous paraissez ignorer qu'une troisième expédition anglaise se prépare. Vigilance, vigilance !

— Certainement, commandant. Mais, par Notre-Seigneur Jésus-Christ, je vous supplie de rendre sa liberté à la petite Le Halper.

— Il n'en est pas question.

— Enfin, puisque je me porte garant de sa moralité.

— Ainsi que de celle de son équipage ? persifle le commandant.

Le Père Bruno perd son temps. Conscient des menaces qui pèsent sur Anna, il lui faut, dans les plus brefs délais, rencontrer Hermès. Seule, l'autorité de ce militaire, ancien officier de cette forteresse, peut avoir de l'influence sur le commandant.

— Désolé pour votre protégée, poursuit celui-ci en évinçant le Père Bruno, désolé, mais je crains fort que vous n'ayez, avant la fin de la semaine, à célébrer une messe des morts à son intention.

Une petite chaloupe avec six bons rameurs attend le Père Bruno à quai. Avec les courants favorables du jusant, il ne devrait pas mettre plus de quatre heures pour aborder à Pont-de-la-Pierre.

En quittant Saint-Martin, il longe une coque noire dont il sait, d'instinct, qu'elle appartient à Anna. Le nom du bateau le lui confirme. « Je ne m'imaginais pas, pense-t-il, que ma protégée serait un jour lady ! »

L'intégrité n'existe pas. Jacques Penaud, commerçant prospère dans La Rochelle assiégée et affamée peut en témoigner. Les plus hautes personnalités protestantes acceptent en sous-main de traiter avec lui, donc, de se compromettre et de payer des sommes astronomiques le ravitaillement que leur procure ce catholique. Si Jacques Penaud opère dans la clandestinité, il n'en est pas moins scrupuleusement honnête. Travailleur infatigable, homme à prendre tous les risques pour assurer sa prospérité, il n'exige que le salaire de sa peine.

Parmi les privilèges qu'il a su obtenir, il dispose d'un droit de libre circulation dans la ville ; ses comptes ne sont jamais contrôlés et toutes les commodités lui sont offertes pour communiquer avec l'extérieur. Des informateurs le renseignent et, ainsi, lui est parvenue une lettre du Canada (qui a mis trois mois à traverser l'Atlantique). Le capitaine Jeannot et Julien Bigras se portent bien. Jacques Penaud vient aussi d'apprendre qu'Anna Le Halper a débarqué à Saint-Martin à bord d'un superbe iaque noir au nom de baptême prometteur *Lady Anna.* Depuis, le commerçant n'a plus qu'une idée : retrouver cette fille.

Méconnaissable, du sang coagulé sur le visage (elle a été maltraitée) Anna avance, en pleine lumière, en plein soleil, au milieu de la cour de la forteresse.

Le Père Bruno la soutient.

Hermès détourne les yeux. N'est-il pas quelque peu responsable de l'attitude du commandant français à l'égard d'Anna Le Halper ? N'est-il pas un des premiers à l'avoir ouvertement soupçonnée d'espionnage en accordant du crédit aux ragots de La Mouchar ?

Pour soulager sa conscience, il mettrait bien aux arrêts de rigueur le juge-commandant. Mais le juge-commandant pourrait arguer qu'il n'y a pas trente-six façons de se comporter avec un espion et qu'il est convaincu du bien-fondé de ses soupçons, qu'il n'en veut pour preuve que la blessure récente qui griffe l'épaule gauche de la jeune Le Halper. Une fille de son âge ne peut recevoir une balle que dans des circonstances étrangement douteuses... C'est à contrecœur qu'il a signé le billet de levée d'écrou.

Anna passe devant Hermès.

« Milady », dit-il dans un souffle pour ne pas être entendu du juge-commandant.

Quelque chose, dans la tête d'Anna, explose. Elle se redresse, ses joues retrouvent une certaine couleur. Elle fixe un long moment le juge-commandant et demande avec tout le mépris dont elle se sent capable :

— Qu'avez-vous fait de mon équipage ?

— Toujours détenu.

— Ignorez-vous, reprend Anna, qu'un commandant de navire est responsable de son équipage ?

— Je ne l'ignore pas.

— Devant Dieu et le roi ? l'interrompt-elle.

— Mais... bafouille le juge-commandant.

— Je ne quitterai pas cette forteresse sans mon équipage.

— Dans ce cas, je me ferai un plaisir de vous reconduire à votre cellule.

— Je pense, intervient Hermès avec une autorité qui ne laisse aucun doute sur les moyens dont il dispose pour se faire obéir, je pense, madame, que le Père Bruno se fera un devoir de vous raccompagner à votre domicile. Quant à votre équipage, je vous donne l'assurance qu'avant le coucher du soleil il aura regagné votre bord.

— Merci, monsieur...

Hermès a cru discerner l'amorce d'un sourire sur les lèvres de la jeune femme.

— Merci...

Anna se défait du bras du Père Bruno. Elle n'a plus besoin de personne pour la soutenir.

— Juge-commandant, dit-elle, veuillez donner des ordres afin de me permettre l'accès à bord du *Lady Anna.*

Blême de colère, le juge-commandant ne répond pas. Hermès remarque cependant qu'il s'était, bien qu'imperceptiblement, incliné devant Anna.

Face au portail du fort, La Palourde tient par la bride un cheval fringant attelé à une voiture neuve peinte en rouge. Lucette et Mad sont assises sur la banquette arrière.

Mad fait un bond jusque dans les bras d'Anna, l'embrasse, rit, pleure, pousse des cris de joie, lui mord les mains...

Quand Anna se dégage pour saluer Lucette, Mad saute au cou du Père Bruno.

— Dis-lui qu'elle exagère, proteste-t-il, gêné par une telle manifestation.

— Ça va ? demande Lucette à Anna, du haut de la voiture.

— Ça ira. Comment êtes-vous là ?

La Palourde répond.

— Avec nos respects, milady, on vous attend d'puis qu' vous êtes en prison. L' Père Bruno y nous a tout raconté. On s' désolait.

— Merci, La Palourde.

— Où on va ?

— Au bateau !

Le cheval est fougueux, la voiture spacieuse, voyante, luisante, presque agressive. Au début, quelques passants honorent d'un coup de chapeau ce qu'ils prennent pour des nouveaux venus de la richesse. Il faut des moyens pour s'offrir une voiture particulière avec des bancs, un cocher, apparemment une femme de chambre et, de surcroît, un confesseur !

Le temps de traverser la ville et les mauvaise langues qui ont reconnu la petite Le Halper se déchaînent. Même si, extérieurement, on sera toujours poli avec elle. Qui sait ? De ce genre de femme riche, on peut toujours espérer tirer un avantage, quitte, le temps venu, à lui faire un croc-en-jambe. Ce qui paraît plus inexplicable, c'est l'attitude du Père Bruno. Pourquoi a-t-il abandonné sa paroisse à un moment où les âmes ont tant besoin du secours de Dieu ?

La libération de l'équipage du *Lady Anna* fait grossir la rumeur. Le Père Bruno qui était adoré devient un ami du diable. La Mouchar triomphe. Qui a assassiné Jean Guillaume, son mari ? La réponse est claire : Anna Le Halper avec la complicité du Père Bruno ! Les prêtres pactisent avec les forces démoniaques. Ne dit-on pas que le Père Joseph, éminence grise du cardinal, serait partisan d'une réconciliation entre catholiques et protestants ?

Incroyable ! L'ennemi demeure l'ennemi. « Nous vivons une drôle d'époque, dit une vieille, et c'est tristesse de voir un gentil petit bout de femme comme la Lucette Lucas s'acoquiner avec la Le Halper ! »

Les curieux envahissent le quai. On se presse pour voir ce navire noir issu des ténèbres et, par l'une des fenêtres de la cabine, n'aperçoit-on pas Anna se déshabiller devant le Père, un représentant de Dieu ! Quelqu'un affirme qu'il s'est détourné. « Par hypocrisie », remarque-t-on. Ce n'est pas tout. Cette fille qui accompagne Anna Le Halper est-ce une bête ? On l'a vue mordre. Comme un animal...

Alors qu'Hermès se porte en direction du navire, la situation devient dangereuse. Un coup de feu claque. La foule se met à crier. Debout sur le pont arrière, les bras en croix, le Père Bruno tente de la calmer. En vain. L'équipage attend les ordres. Ces hommes ont des têtes épouvantables, hirsutes, les vêtements déchirés, des blessures ouvertes sur le visage. D'où sortent-ils ?

— Et moi, j' deviens quoi ? hurle La Palourde sur le quai.

— Va voir les Basile. Tu connais leur adresse. Ils te payeront, crie Anna.

— Merci, milady.

« Milady ! » Le titre de noblesse se répand comme une traînée de poudre. La colère monte. De plus, la Le Halper s'est vendue à l'étranger !

Un nouveau coup de feu brise une vitre de la cabine d'Anna. Il faut prendre une décision. A Tobie et à Casimir, les deux Rochelais qui servent en qualité de seconds, Anna donne l'ordre d'appareiller. Les vents soufflent du sud. Ils sont favorables à une dérobade. Le *Lady Anna* est un bateau facile à manœuvrer. Déjà sous voile, il prend la mer dans une bourrasque et cap au large... Faire le tour de l'île de Ré par la pointe des Baleines et retour sur le continent par le pertuis d'Antioche pour atterrir à Pont-de-la-Pierre.

Hermès et le Père Bruno ont décidé d'accompagner le *Lady Anna* pour s'assurer de sa sécurité. Mad est heureuse ; elle a retrouvé

Anna, elle ne demande rien d'autre. Quant à Lucette, elle partage avec beaucoup de femmes de marins une aversion pour la mer dont elle ne supporte pas le mouvement. Étendue dans un hamac, un linge mouillé d'eau fraîche sur le front, elle tente de dominer ses haut-le-cœur.

A l'aide d'une brosse et de pommades, Anna retrouve son éclat. Elle enfile un vêtement simple, bleu marine, avec une espèce de fantaisie qui lui bouillonne autour du cou et un bonnet en peau de renard.

Quand elle reparaît sur le pont, Hermès avale sa salive. Elle impressionne même le Père Bruno qui ne peut s'empêcher de l'admirer : « Elle est plus belle que la reine de France », pense-t-il.

La nuit va tomber.

Un feu brille du côté des Baleines. Sur les instructions d'Anna, le timonier rectifie le cap. Anna, qui connaît parfaitement les reliefs sous-marins qui ceinturent son île, a compris que ce sont des Rhétais, animés d'un esprit de vengeance, qui ont allumé ce feu. Ils veulent que le *Lady Anna* aille se naufrager.

Pourquoi tant de haine ?

— L'intolérance, explique le Père Bruno, est souvent fille de l'ignorance.

Hermès va plus loin.

— Les hommes sont des sales bêtes, dit-il.

Anna lui sourit.

De la fenêtre de sa chambre, Hermès voit le *Lady Anna* se balancer à son mouillage, face au château.

A la longue-vue, il observe les mouvements du bord. Discipliné, l'équipage regagne le poste avant dès l'instant qu'Anna, son capitaine, paraît sur le pont.

Entre elle et le Père Bruno, la discussion doit être animée. Il n'a encore jamais vu le Père Bruno gesticuler à ce point.

Maintenant, il regagne, seul, le rivage de Pont-de-la-Pierre. Il a tenté, une dernière fois, de fléchir la volonté d'Anna et de lui faire accepter une expédition d'information au Canada envisagée par le cardinal. Il espérait tant pouvoir annoncer son accord à Son Éminence à son retour de Surgères où il a passé la journée chez le roi.

Louis XIII ayant manifesté son agacement de ne pas être tenu informé du déroulement précis du siège de La Rochelle, son ministre, accompagné du Père Joseph, lui fait un rapport détaillé. Le roi s'intéresse à tout : même aux aventures de Lady Anna. Il s'amuse de l'orgueil de cette jeune femme qui ne veut plus le servir sous prétexte qu'à la suite d'une dénonciation — maladroite, sinon intolérable, il en convient — on l'a jetée au cachot.

Le Père Joseph — dont le cardinal ne se lassera jamais d'admirer les talents de diplomate — lance une idée que Louis XIII fait aussitôt sienne.

Offrir à Lady Anna un cadeau de la part de son monarque. Aucun de ses sujets n'y résisterait. Louis XIII se décide pour une timbale en argent, mais surprend une réticence chez le cardinal et propose aussitôt :

— C'est peut-être insuffisant ! Disons alors un service complet de douze timbales. Puisque cette jeune Lady a rendu des services et que nous en attendons d'autres d'elle, commençons par l'amadouer en la chargeant d'un rapport sur l'état d'esprit des Rochelais. Naturellement, si nous voulons lui donner confiance et qu'elle nous soit utile plus tard, elle doit ignorer que, chaque jour, le Père Joseph est renseigné par ailleurs sur les faits et gestes de ses habitants.

Vif, le cardinal pratique l'ellipse.

— Comme dit Montaigne, l'appétit vous vient en mangeant !

— Excellente formule, conclut Sa Majesté. Et je suis persuadé que, par la suite, cette jeune lady, avec sa connaissance des Anglais, vous sera de la plus grande utilité sur vos terres canadiennes.

L'idée de confier à Anna une mission qui ne serve à rien déplaît au Père Bruno.

Il est sens dessus dessous et laisse voir sa réprobation.

Le Père Joseph lui suggère une courte retraite dans un monastère de Rochefort. Il est fréquent que des guerres ou de grands bouleversements engendrent ainsi des crises de conscience. Le Père Bruno saute sur l'occasion. C'est à Hermès qu'échoit la mission de remettre à Lady Anna, de la part du roi de France, une collection de douze timbales et de lui proposer de se rendre à La Rochelle pour y...

— Pour y faire quoi ? demande Anna, méfiante.

Hermès fait patte de velours.

— Milady, je ne fais que transmettre les désirs de Sa Majesté qui compte sur votre connaissance de la ville pour lui décrire l'état moral et physique des assiégés, ainsi que leurs intentions...

La cabine d'Anna est relativement spacieuse, en surplomb de la poupe (comme il est maintenant en usage de les construire, avec deux fenêtres sur tribord, deux sur bâbord et quatre sur l'arrière). Les meubles sont d'acajou, le lit étroit.

Il reste à bord quelques tonneaux de bière anglaise. Anna invite Hermès à en tirer, ainsi qu'à goûter au saumon fumé.

C'est avec indifférence qu'elle regarde les timbales d'argent. Elle en remplit deux d'une bière noire.

— A votre santé, milady.

— A votre santé, Monseigneur.

Il boit à petites gorgées sans trop savoir s'il apprécie cette bière tiède.

Anna vide d'un trait son gobelet.

— Ils ne valent rien, ces gobelets, ils sont bien trop petits. En Angleterre, on boit l'*ale*[1] dans des chopes.

Qui est vraiment Anna ? se demande Hermès, perplexe. Elle n'est plus la sauvageonne qu'il a rencontrée lors du débarquement

1. Bière noire.

des Anglais à Sablanceaux, ni la fille sensuelle qu'il avait si passionnément tenue dans ses bras.

Mad découpe des tranches de saumon fumé. On les déguste comme on grappille du raisin, avec ses doigts, la tête renversée en arrière.

— C'est Mad qui les pêche, souligne Anna, elle est spécialiste.

Hermès voit poindre l'autre Anna, la femme un peu maniérée, preque mondaine, la lady. A ce même moment, elle rote.

— Décidément, cette bière... dit-elle.

Hermès prend son temps, la regarde avec attention. Il est d'autant plus à son aise que la présence de Mad le met à l'abri de toute tentation, de toute parole imprudente.

Lucette, toujours fatiguée, dort sur le pont dans un hamac.

— Cette jeune femme ne peut pas rester à votre bord, remarque Hermès. Voulez-vous que je me charge de la faire raccompagner à Saint-Martin ?

— Elle est bien avec moi pour l'instant. On verra plus tard.

Hermès s'incline. Mais il aimerait rendre service à Anna ; qu'elle lui soit redevable de quoi que ce soit. Ainsi pourrait-il retrouver quelque ascendant sur elle.

Ils s'observent.

Ils boivent de la bière noire et ils s'observent.

Hermès se demande quels peuvent être les sentiments d'Anna à son égard.

Il ne doute pas de l'amour qu'elle portait à son mari. Pourtant, elle ne fait aucune allusion à son veuvage. On ne distingue aucun signe de deuil sur elle et elle est habillée de couleurs vives. Il est très surpris de constater sa maîtrise devant la haine et la trivialité d'une population déchaînée contre elle, sa détermination : elle vient vivre sur son bateau.

— Les gens de Ré... commence Hermès.

— Les gens de Ré sont des gens comme les autres. Ils se laissent monter la tête. Ils se calmeront, ils regretteront leur erreur... Ce n'est pas grave, je ne suis pas en colère contre eux.

De son côté, Anna se pose des questions : Hermès regrette-t-il de s'être mal conduit envers elle au point de l'avoir soupçonnée d'espionnage ? D'une certaine manière, il est tout aussi dangereux que cette foule qui la menaçait dans les rues de Saint-Martin. Pourtant, il est là devant elle, souriant, à faire le beau.

« Qu'est-ce qu'elle a dans la tête ? » pense Hermès.

« Qu'est-ce qu'il a dans la tête ? » se demande Anna.

Soudain, Hermès attaque.

— Sa Majesté et Son Éminence souhaiteraient que vous vous rendiez au Canada.

— Et vous ? Qu'en pensez-vous ?

Hermès ne s'attendait pas à une question aussi directe. Il s'attarde au spectacle d'une baleine égarée dans le pertuis d'Antioche avant de répondre.

— Votre séjour en Angleterre a prouvé — s'il en était besoin — à quel point votre présence en terres lointaines est utile au royaume. Et l'on dit que les Anglais (que vous connaissez bien) veulent mettre la main sur le Canada.

Anna prend son temps.

— Je crois l'avoir déjà dit au Père Bruno — et à vous-même —, ajoute-t-elle avec insolence, je ne suis pas une aventurière... Vos services m'ont laissé emprisonner au fort de Saint-Martin, maltraiter et, sans l'intervention du Père Bruno, j'étais exécutée. Je n'ai plus confiance...

— Milady, comment pouvez-vous dire une chose pareille ?

— Je le dis parce que je le pense. C'est comme si je ne protégeais pas Mad...

— *Yes,* dit Mad en se réveillant.

— Et ne jouez pas à celui qui ignorait mon retour en France, ajoute Anna. J'avais demandé à Shoou-Shoou de vous adresser la description de mon bateau et de demander à la marine de ne pas m'attaquer...

— Ce qui a été fait.

— D'une drôle de façon ! Ne revenons pas sur mon arrestation.

J'aime bien mon roi mais je ne veux plus le servir de cette façon, c'est clair, c'est simple. Et, par la même occasion, vous pouvez lui rendre ses gobelets ; ils ne me plaisent pas. Adieu, monsieur.

Surpris, Hermès se lève.

— Quand puis-je revenir vous voir ?

— Pas de si tôt. J'ai en tête d'autres chats que vous.

Hermès s'amuse.

— Quels chats ? demande-t-il.

— Des chats qui me plaisent, sourit Anna.

— Autrement dit, des sujets qui vous intéressent.

— Voilà.

Anna raccompagne Hermès jusqu'à la coupée. Il lui baise la main, et, à l'instant de la quitter :

— Consentiriez-vous, milady, à rapporter des faits ou gestes qui vous sembleraient significatifs du comportement des Rochelais ? Il s'agit d'un service personnel.

L'idée ne déplaît pas à Anna. Elle sait qu'elle a noué des relations utiles à La Rochelle et qu'un séjour dans cette ville assiégée peut être une façon d'échapper à l'état d'inaction qui la menace et lui fait peur.

— On y pensera, dit-elle.

Ces trois mots, à leur ton, correspondent à un consentement. Voilà une bonne chose, se dit Hermès, il est préférable d'avoir cette merveille sous la main qu'à l'autre bout du monde.

Sous la protection de Mad, Lucette sera mieux à bord du *Lady Anna* que chez elle, avec personne pour lui préparer ses repas. Elle souffre. Mais qui pourrait la soulager ? Un drôle dans le ventre, ça fait des dégâts, rien de plus normal.

Hermès a mis le bateau sous la protection de deux garde-côtes, chargés en outre du ravitaillement. Du même coup, l'équipage se trouvera sous surveillance.

Hermès vient tous les jours. Si Anna consent enfin à s'enquérir de l'état de La Rochelle pour le « service du roi », c'est surtout pour plaire à Hermès. Elle ne se l'avoue pas, prétend ne pas tolérer l'inaction. Un charme passe entre eux ; charme qu'ils n'osent définir, elle par respect du souvenir qu'elle voue à Michipe, lui par crainte de brusquer les choses...

On ne pénètre pas facilement dans La Rochelle. Entre les murs de la ville et les lignes de l'armée royale circulent des spectres, hommes, femmes et enfants affamés, rejetés par les assiégés comme « bouches inutiles », refoulés comme « ennemis » par les assiégeants.

Inutile donc de se mêler à eux pour tenter de forcer les portes de la ville. Il faut trouver une astuce. Hermès en tient une qui séduit Anna.

A bord d'une minuscule chaloupe, Anna force le passage de la digue qui interdit (en principe) l'accès au port.

Les batteries royales, prévenues, laissent passer ce canot plat chargé de sacs de farine.

Aux guetteurs de la tour Saint-Nicolas à l'entrée de la ville, qui demandent le mot de passe, Anna répond.

— Tas d'idiots, c'est d' la farine anglaise.

— Pas vrai ! répond une sentinelle avec une voix de fou, si tu nous mens, on t' tue.

D'un coup d'aviron, Anna accoste juste sur l'autre bord de la tour ; on s'empresse autour d'elle. C'est bien de la farine.

On ne lui demande pas d'où elle vient, ni comment elle a forcé les barrages ; déjà, on éventre les sacs et un canonnier impose le silence. Ces sacs de farine, pas question de les partager, ils vont les manger sur place.

Ils sont six, ou sept, à plat ventre, vautrés sur les sacs dont ils avalent des bouts de jute. Poudrés, le visage blafard, le corps réduit pratiquement à l'état de squelette, on dirait un ballet de bouffons qui mimeraient la mort. Hélas, ils ne jouent pas la comédie. Le plus obstiné, le plus acharné et, certainement, le plus affamé tombe en arrière, les yeux exorbités, la bouche remplie à ras bord de farine, et se raidit.

Ses compagnons le poussent. Il roule dans les eaux du port où il disparaît. D'autres, sans prêter la moindre attention à l'incident, continuent à ingurgiter gloutonnement la farine en la poussant de la main jusque dans leur gorge qui refuse cette poudre et s'épuise en quintes de toux interminables. Le choc est trop rude. Un autre pauvre homme vient de s'affaisser, mort, mort dans un rictus odieux.

C'est le moment que choisit Anna pour s'éloigner dans la plus complète indifférence. Elle sait où elle va. Elle marche lentement. Peu importe la prudence. Il est évident que personne n'aura la force de songer à lui demandder qui elle est. Dans l'obscurité, elle bute contre des corps ; des malades, des mourants ou des cadavres ? Comment le savoir ? L'odeur, que balade un vent mou et tiède, est pestilentielle.

Maintenant, elle voudrait courir.

Du côté de la tour de l'Horloge, elle croise une patrouille. Les soldats tiennent à peine debout, ne la regardent même pas. Ils sont ailleurs, déjà dans l'au-delà.

Quelle incroyable différence entre l'état de cette ville aujourd'hui et celui d'il y a seulement quelques mois !

Au-delà de la tour de l'Horloge et vers la maison de Martin Calas, les ordures et les immondices s'entassent en monceaux putrides. Mais pas le moindre cadavre d'animal. Tous dévorés.

Anna se demande si elle n'a pas des visions. A l'entrée de la rue des Merciers, devant le corps dénudé d'une adolescente, deux femmes sont accroupies et, couteau à la main, prélèvent une tranche de…

Anna vomit, échappe au cauchemar en courant, longe les arcades de la rue des Merciers et s'arrête, haletante, devant une porte bien connue : celle du commerçant Jacques Penaud. Des pendus se balancent par grappes au clair de lune. Et pourtant, on a l'impression que, dans cette ville, personne n'est plus capable d'opposer la moindre résistance à qui que ce soit, à quoi que ce soit.

Jacques Penaud a vieilli. Quelques mèches blanches s'éparpillent autour de son visage et lui donnent un air sérieux qui plaît à Anna. Ce n'est pas le genre d'homme à manifester ses sentiments. Il pousse Anna dans le couloir, referme brusquement la porte, comme s'il craignait que le vent ne charrie ses pestilences jusque dans son domicile.

Anna retrouve avec plaisir, tout au fond de la maison, une pièce minuscule mais accueillante avec le lit de Jacques, un incroyable désordre de papiers et de livres de compte, et une cheminée ; une de ces cheminées qui tire bien et dans laquelle, tout à la fois, le bois crépite et sent bon.

Presque machinalement, Anna se déshabille. Elle s'étonne de ses gestes, de ce qu'avec Jacques, l'amour ne prête pas à conséquence. Elle ne trahit personne, elle se fait plaisir (même très plaisir), et elle se lave du trouble dans lequel l'avait mise Hermès. Faire l'amour avec Jacques Penaud n'entame pas sa bonne conscience.

Et il sait ne pas prolonger certaines situations par d'inutiles déclarations passionnées que l'on regrette toujours ; du moins le plus souvent, pense Anna. Il ouvre une bouteille d'un excellent médoc, découpe des tranches d'un appétissant jambon qui viendrait de Bayonne.

Comme il ne perd jamais ses affaires de vue, il donne lecture à Anna d'une « lettre écrite », comme il dit, en provenance du Canada. Elle est de Julien Bigras avec, en sus, les initiales « C. J. », soit le capitaine Jeannot.

— « Bien cher ami... » Et, remarque Jacques Penaud, la lettre est datée de Québec. Elle a mis trois mois à traverser l'Atlantique.

Il reprend sa lecture.

— « Bien cher ami Jacques Penaud, nous avons, mon ami le capitaine Jeannot et moi-même, le cœur tout déchiré à l'idée des aventures et des mésaventures qui pouvaient arriver à la plus délicate et adorable créature qu'il fut jamais donné à Dieu de créer, nous entendons la petite Anna Le Halper. En la voyant disparaître dans le sillage de la *Petite Marie,* alors que cette délicieuse enfant avait mis, à bord d'une misérable embarcation, le cap sur l'île de Wight et sur Portmouth, nous fûmes littéralement, le capitaine Jeannot et moi-même, pris de coliques extrêmes.

« Après une rude traversée de l'Atlantique nord, nous fûmes à débarquer sur des rivages extraordinaires pour qui aime, comme nous, la nature et la liberté ; du moins quand on vient de La Rochelle où j'en avais assez de vivre. A propos, le siège est-il terminé ? Sinon, je plains ceux qui sont restés à la ville, ça doit être à en devenir fou. Aussi, je me demande si tu es resté et, dans le cas contraire, où et comment te joindre ? Ce serait dommage de se perdre de vue.

« Bref, je tente ma chance pour te raconter combien, vues d'où je suis, vos histoires de religion ne sont qu'anecdotes de cornecul ! Évidemment, le danger c'est que ces terres neuves d'ici qui s'étendent à l'infini n'excitent les convoitises de l'Europe. Alors, conflits et guerres pourraient recommencer. Je crois que nous n'en sommes pas encore là ! »

Jacques Penaud s'interrompt, remplit le verre d'Anna, lui sourit, caresse longuement sa jambe, rajoute une bûche, prend son temps.

— La suite de la lettre me paraît extrêmement intéressante, dit-il.

Il se racle la voix et poursuit :

« Je t'écris confortablement installé devant ma cabane de copeaux, entouré de mes trois mignonnes couleur de cuivre et d'une infinité de peaux, surtout de castors, échangées avec les Indiens contre des bêtises.

« Il y a là, cher Jacques, de l'or à gagner et plus que tu ne le crois. Je ne pense pas que tu aies envie de me rejoindre. Ce ne serait pas ton genre. En revanche, tu pourrais organiser un fameux trafic de pelleteries. Pour cela, il faudrait : un bon bateau avec un bon capitaine (un malin, si tu vois ce que je veux dire !) et des quantités de colifichets et verroteries pour les trocs ; ainsi que de la poudre. La poudre est peut-être ce qui manque le plus tout au long du Saint-Laurent. Même les soldats en sont privés. Avec le capitaine Jeannot, nous pourrions, si nous en avions, fournir armes, poudre et munitions à d'excellents tireurs qui connaissent le gibier. Ainsi serait-il possible de développer les expéditions de peaux… ».

Anna s'est assoupie.

Aussi Jacques s'abstient-il d'achever sa lecture. Julien Bigras y a joint une carte qui décrit précisément les bons mouillages pour les bateaux.

— Tu dors ?

— Penses-tu ! Je rêvais.

— A quoi ?

— A tout ce que raconte la lettre. Ça doit être curieux, comme aventure, le Canada !

— Ça tente tout le monde. Mais personne n'a compris aussi bien que Bigras le parti à en tirer.

— Si, toi ! rit Anna.

De son confortable trou à rat, en plein cœur d'une ville en proie au désespoir et à la misère, Jacques dirige un empire. Pour rien au monde, il ne quitterait cette minuscule enclave à partir de laquelle tout est possible. Avec les événements et les turbulences de la politique, peut-être un jour se déplacera-t-il. Toujours pour animer de grosses affaires. Jamais pour mettre lui-même la main à la pâte.

Anna se trouve bien.

Elle aimerait ne penser à rien.

Jacques lui fait choisir — en pleine famine ! — entre deux menus, soit une anguille à la broche, il en a pour vingt-cinq à trente minutes de cuisson, soit un créat à la charentaise…

— Un créat ? Qu'est-ce que c'est ?

— Un de mes amis en a pêché un dans l'estuaire de la Gironde. C'est un esturgeon.

Mais ce soir, dîner n'intéresse pas Anna. Elle comprend décidément mal l'individu Jacques Penaud, sa puissance occulte, la façon qu'il a, dirait Le Halper, de passer entre les gouttes de pluie sans se faire mouiller. Il est de ces rares individus capables de débrouiller les pelotes les plus emmêlées, de se gagner tous les privilèges, tous les passe-droits. Ils rendent service mais exigent la réciproque. Ainsi a-t-il pu recevoir le courrier de Julien Bigras. Il communique avec qui il veut. Ses multiples opérations et entreprises lui rapportent une fortune. Difficile à imaginer dans une ville rongée par les horreurs de la guerre !

Anna est perplexe.

Jacques Penaud revient sur la dernière phrase de la lettre de Bigras : « Avec le capitaine Jeannot nous pourrions, si nous en avions, fournir armes, poudre et munitions à d'excellents tireurs qui connaissent le gibier. Aussi serait-il possible de tripler nos expéditions de peaux... »

— De la poudre à tirer ? demande Anna.

— De la poudre par pleins barils et des armes, des petits fusils bien maniables, d'un modèle récent...

— Dis donc, j'y pense, tu n'avais pas un copain luxembourgeois qui s'y connaissait en armes ?

— Ah ! Ah ! s'émerveille Jacques : tu es une vraie femme d'affaires ! Tu te souviens du marquis de Colpach ! C'est vrai qu'il est en cheville avec les principaux marchands d'armes d'Europe.

— Voilà ! répond Anna mise en état d'euphorie par le médoc.

Jacques débouche une nouvelle bouteille.

— A propos, il paraît que tu as un bateau ? Parle-m'en.

— Il est rapide, maniable, bien équipé, pas très grand...

— La poudre à tirer prend peu de place... déclare Jacques faussement sentencieux. Bien entendu, ajoute-t-il, il y a des risques de dépenses assez considérables...

Anna se tait.

Plus tard, elle demande :

— Qu'est-ce que tu entends par « risques de dépenses » ?

— La poudre à tirer, il faudra la payer.

— Et tu n'as pas d'argent ?

— Pour une bonne affaire, on trouve toujours l'argent, affirme Jacques.

Anna savoure le médoc, ferme les yeux.

Jacques est agacé par son silence. Il a entendu parler de sa fortune, de celle de Lady Anna. Même si Anna porte le titre de lady, elle est, et demeurera toujours, une paysanne ayant le sens de la valeur des choses et un souci, bien légitime, de ne pas dilapider ses biens. Ses origines ne la rendent que plus compliquée à manœuvrer.

— Ta fortune anglaise... ? hasarde Jacques.

La réponse cingle.

— Jamais je ne hasarderai l'argent de Falmoufe.

Jacques s'entête.

— Et ce que tu possèdes en France ?

— J'achète des terres.

La vraie paysanne !

Jacques cède.

— Bien. Je me débrouillerai.

— Part à deux, tout de même.

— Part à deux, tout de même, sourit-il, et cochon qui s'en dédit.

Ils se serrent la main. Né de ce contact de leurs peaux, un frisson court qui dégénère en fièvre et se termine dans un désordre qu'ils ne cessent d'apprécier qu'avec le sommeil.

Ce matin, très tôt, Mad part à la recherche d'Hermès. Il vient de se lever. Il comprend tout de suite qu'il se passe quelque chose d'anormal à bord du *Lady Anna* et qu'on a besoin de lui. Il la suit.

Mad est venue seule dans un minuscule canot qui ne tient, dans la mer forte de cette marée, que grâce aux exceptionnelles qualités de marin de la jeune Anglaise. Avec une vigueur incroyable pour sa petite taille, elle rame à toute vitesse. Chaque fois que le canot se dresse sur la mer, il embarque par l'arrière et Hermès a juste le temps d'écoper suffisamment d'eau pour ne pas couler.

Le jeu amuse Mad.

Hermès ne l'apprécie pas.

A bord, Lucette délire.

Elle réclame Anna.

Accouche-t-elle ? Hermès n'en sait rien. Pas davantage les hommes de l'équipage dont l'expérience se limite au fait qu'une femme qui accouche pousse des cris.

— Qu'est-ce qu'on fait ? demande Hermès à Mad.

— *Yes,* répond-elle.

Il n'attendait rien d'autre de ce petit animal qu'il cajolerait bien comme on cajole un gentil chien attentif à vos soucis.

— Anna ! Anna ! Je veux voir Anna ! ne cesse de répéter Lucette.

Hermès est bien embarrassé.

— Il faudrait lui donner des tisanes contre les fièvres, conseille-t-il à Casimir qui commande le navire en l'absence de milady.

— Elle en prend, Monseigneur. Mad lui en donne, Mad ne cesse de veiller sur elle.

— Je n'en doute pas, mais...

Il change brusquement d'idée.

— Je vais faire le nécessaire pour que milady vienne au chevet de son amie.

— *Yes,* dit Mad.

Il semble qu'elle ait compris Hermès. Elle lui prend la main et l'embrasse. Les petites lèvres ont un contact délicieux.

— Je vais chercher Anna, dit-il à Lucette.

— Vite ! Vite !

Hermès se trouve dans une situation délicate. Comment, sans trahir l'intérêt qu'il porte à Anna, expliquer à Richelieu et au Père Joseph qu'il faut interrompre la mission de Lady Anna. Et pour quelle raison, s'il vous plaît ? Une de ses amies est sur le point d'accoucher.

Il faudra qu'il trouve une autre explication !

Et comment mettre la main sur Anna dans La Rochelle ?

Mad rame de toutes ses forces. Ayant les lames dans le dos, le canot plane sur les rouleaux, racle le sable de la plage ; Hermès saute dans une vague, repousse Mad vers le large, la regarde un instant s'éloigner...

Une main se pose sur son épaule. Il sursaute, se ressaisit, c'est un des agents du Père Joseph. L'homme est pressé. Un message urgent vient d'arriver d'Angleterre. Il conviendrait de le décoder le plus rapidement possible.

Hermès, la tête ailleurs, passe la matinée sur le parchemin. Un mélange d'eau de mer et d'encre le rend pratiquement illisible. Tout ce travail, ce temps perdu pour apprendre ce que l'on savait déjà : les Anglais organisent une troisième expédition contre La Rochelle !

Déçu, l'agent du Père Joseph va quitter le bureau d'Hermès quand celui-ci le rappelle.

— Je sais, dit-il, que je suis en infraction avec le règlement, mais...

Il hésite, se décide.

— ... mais vous serait-il possible de me renseigner...

— Sur qui, Monseigneur ?

— Sur Anna Le Halper.

L'agent est parfaitement au courant.

— Oui, dit-il. Elle a pénétré dans La Rochelle avec des sacs de farine. Elle loge chez un commerçant très connu pour son sens des affaires et les protections dont il jouit.

Le sang de la jalousie afflue dans les joues d'Hermès. Il se durcit.

— Pourriez-vous lui faire parvenir un message ?

L'agent sourit. Les espions du Père Joseph pullulent en ville.

— Dites-lui, si c'est possible, qu'elle regagne son bord dans les plus brefs délais.

— Ce sera fait, Monseigneur.

Hermès est pleinement satisfait. Il est un des maillons essentiels du réseau d'agents secrets que tissent le cardinal et son éminence grise, et donc, fort heureux que ces rouages mis en place fonctionnent aussi bien. En ces dernières heures de la matinée, il est fier de leur besogne, même s'il en fait usage à des fins, somme toute, personnelles.

Pour calmer son anxiété — car il est tout de même anxieux —, il se promène le long de la mer. Il est incapable de travailler. Il est obsédé par l'image de ce merveilleux bâtiment noir et luisant dans le mauvais temps qui porte le nom d'Anna.

•

Anna est seule dans la maison de Jacques Penaud. En son absence, il lui a recommandé de n'ouvrir à personne. « D'ailleurs, a-t-il ajouté, je ne vois pas qui pourrait venir. »

Et cependant, on vient de frapper à la porte.

Comme on insiste, Anna s'aventure dans le couloir. A tout hasard, Jacques lui a laissé un pistolet. Si on l'attaque, elle n'hésitera pas à tirer. Non. On glisse un billet sous la porte :

« Rendez-vous d'urgence à votre bord. »

Elle lit et relit cette simple phrase qui ne porte pas de signature. Elle se méfie : surtout ne pas céder à une première impulsion qui consisterait, effectivement, à regagner le *Lady Anna* le plus rapidement possible. Mais comment ? Et ne lui a-t-on pas demandé de venir à La Rochelle ?

Jacques est allé voir le marquis de Colpach et ne rentrera pas avant deux ou trois jours. Il voudrait en effet pousser jusqu'à Surgères pour y rencontrer un de ses amis, intendant de Sa Majesté, pour y traiter une affaire de harnais. La réussite de cette affaire lui fournirait le financement du voyage d'Anna au Canada. Car, progressivement, elle s'est laissé convaincre par l'attrait de ces terres lointaines. Dans le fond de son âme, c'est à une tout autre tentation qu'elle cède. Elle veut voyager, pour tout oublier, au contraire, pour mieux enfermer Michipe au fond d'elle-même et tenter d'en être digne. Et puis, elle a trop d'argent, trop de succès, trop de tout et elle a besoin de comprendre ce qui lui arrive.

Les apparences ne correspondent plus tout à fait avec ce qu'elle est devenue. Par exemple : qui se soucie de son veuvage ? Personne ! On ne la prend pas au sérieux, ou trop au sérieux. Elle est à la recherche d'un équilibre... On frappe de nouveau à la porte.

Tant pis. Elle ne se dérange pas. Il y a des moments, pense-t-elle, où il faut laisser les événements (ou le hasard) prendre d'eux-mêmes leur place dans votre vie.

Avec le bruit de l'orage qui gronde, elle n'entend pas rentrer Jacques. Il est devant elle, dégoulinant d'eau, heureux de la retrouver. Et, comme toujours, avec une de ces mille petites choses qui rendent la vie agréable. Ce matin, ce sont des œufs frais. Et il sait faire les œufs brouillés comme personne. Attention, surtout ne pas casser les jaunes et cuire pratiquement toujours en dehors du feu. Le résultat reste onctueux, « mouillé » comme dit Jacques, et si jaunes et blancs sont mêlés ils ne sont pas mélangés...

Anna en oublie le message. Mais Jacques est au courant. Il a rencontré un agent du Père Joseph qui, cette nuit même, assurera son passage.

— Tu connais tout le monde !

— C'est beaucoup dire !

— Tout de même, le Père Joseph !

— Seulement, un de ses agents. Tu sais, nous avons les mêmes passeurs, les mêmes indicateurs et parfois les mêmes intérêts...

Anna retrouve son inquiétude.

— Tu sais pourquoi je dois regagner mon bord ?

— Aucune idée.

— Tu le jures ?

— Si nous n'étions pas discrets les uns envers les autres, ce serait la mort.

Il l'embrasse.

Elle est curieuse d'autre chose.

— Alors il faut que j'attende toute la journée avant de savoir ce qu'on me veut ?

— On ne peut pas faire plus vite.

Il est trempé et change de vêtements.

Anna craint qu'à peine nu il ne lui vienne d'autres idées en tête que celles de se faire propre, aussi le lance-t-elle sur son sujet favori : les affaires.

— Es-tu content de ton déplacement ?

— Oui, en ce qui concerne le marquis de Colpach et l'embarquement de poudre à tirer ; non pour mon rendez-vous de Surgères. Louis XIII — et pourtant le moins que l'on puisse dire, c'est qu'il se mêle de tout — n'a pas jugé opportune mon offre de harnais : « Les chevaux s'en passeront », a-t-il répondu. Il faut avouer que, pour le travail qu'ils fournissent devant La Rochelle, ils n'en ont guère besoin. Ce qui m'inquiète davantage c'est que l'armée commence à chipoter sur les approvisionnements. On manquerait de crédits. Du moins, les sources seraient taries. Le cardinal de Richelieu en est déjà pour plus de 1 500 000 livres [1] de sa poche... Il a ponctionné ses amis dans la finance pour plus de 4 millions de livres et le clergé a fini, avec le plus grand déplaisir, par voter une subvention de 3 millions ! Les caisses doivent être à sec. Tout au moins pour ce qui n'est pas immédiatement nécessaire puisque la marine et l'armée sont maintenant équipées... Alors, alors, alors, commence-t-il à s'énerver.

Anna achève sa phrase.

— ... Alors tu te demandes comment te procurer de l'argent pour payer la poudre à tirer du marquis.

— Je me le demande, mais, de toute façon, j'ai passé commande et pris rendez-vous pour la livraison. A Saint-Malo, le 23 août.

— Pour les vivres et les réserves d'eau douce ?

1. Environ 150 millions de nos francs, 15 milliards de centimes.

— Tout à Saint-Malo. Il faudra que tu y sois pour le 20 au plus tard.

— J'y serai.

Comme Anna étouffe un rire, Jacques la juge peu sérieuse.

— Tu prends tout à la légère !

— Et toi ? Tu n'as même pas l'argent !

— Oui, mais je l'aurai.

— Et je sais même comment !

— Tu m'intrigues.

Anna savoure une nouvelle victoire : elle a, l'espace d'un instant, déconcerté un homme d'affaires de l'envergure de Jacques.

— Je viens d'avoir une idée, annonce-t-elle. Je t'en parlerai...

— Tu ferais mieux de m'en parler tout de suite. Je ne sais pas si tu te rends compte que nous n'allons plus nous voir... avant ton retour du Canada, dans des mois et des mois. La Rochelle sera sans doute rendue à sa fonction de ville et de port. Tu accosteras dans des eaux libres avec le *Lady Anna* ou tout autre bateau de ton choix, les cales pleines de peaux de loutres et de castors...

Anna commence à bien le connaître. Elle sait qu'il fait toujours de longues phrases avant d'en arriver à ce qui l'intéresse. Comme elle s'y attendait, il prend un air indifférent, sinon absent, pour placer la question essentielle.

— Tu ferais mieux de me parler tout de suite de ton idée.

— Elle te plaira. Quelle somme te faut-il pour notre négoce au Canada ?

La réponse fuse. Jacques a tout étudié dans le détail.

— 30 000 livres [1]. Ce n'est pas excessif.

— Bien. Je les trouverai. Ne me demande pas comment, ça ne te regarde pas.

— Et toujours part à deux ? s'inquiète Jacques.

— Est-ce que j'ai l'habitude de revenir sur ma parole ?

1. Environ 3 millions de nos francs, 300 millions de centimes.

— Je te fais confiance, dit-il. Maintenant, nous disposons de toute la journée pour étudier la carte du Canada et te montrer l'endroit exact, sinon approximatif, ajoute-t-il en riant, où tu pourras retrouver nos amis !

Anna jette un coup d'œil sur la carte grossièrement dessinée par Bigras, où l'essentiel paraît avoir été mentionné.

— Je m'en débrouillerai, dit Anna.

— C'est un peu ce que j'attendais de toi. Car, pour ne rien te cacher, cette journée, c'est au lit que j'aimerais la passer.

— C'est un peu ce que j'attendais de toi, pouffe Anna en enfonçant son pouce dans la bouche et en le tétant de satisfaction, comme aux temps heureux où elle était assidue aux cours de catéchisme du Père Bruno.

L'agent du Père Joseph qui assure son passage en pleine nuit prend la peine de la conduire jusqu'à son bord. Dès qu'elle s'en approche elle se fait reconnaître et une petite voix lui répond : *Yes !* Quelques minutes plus tard, à peine visible dans l'obscurité, apparaît Mad. Elle saute au cou d'Anna, gambade ; c'est tout juste si elle ne fait pas un trou dans le pont comme le ferait un chien.

— Doucement, dit Anna.

— *Yes.*

Hermès est sur le pont, les cheveux en désordre dans le vent, magnifique malgré sa tête des mauvais jours.

— C'est vous qui m'avez fait revenir ?

— C'est moi. Votre amie Lucette est malade. J'ai pensé bien faire.

— Où est-elle ?

— Elle dort dans votre cabine.

Anna joue la froideur et la distance.

Elle laisse Hermès sur le pont sans plus se préoccuper de lui alors que Dieu sait qu'elle le trouve attirant ! Elle en vient même à regretter d'avoir passé sa journée dans le lit de Jacques !

Lucette dort en ronflant, le ventre énorme à en être indécent. Anna est rassurée.

Hermès !

Anna le devine impatient sur le pont mais le fait attendre. Quand elle le rejoint, c'est pour demander des nouvelles du Père Bruno (il n'en a pas) et lui signifier qu'un matelot est à sa disposition pour le raccompagner à terre.

A cette première manifestation de son insolence, il s'assied sur le bastingage et fixe Anna, très vite déconcertée.

Puis d'une voix assurée, bien placée, lente, il cingle :

— Milady, apprenez qu'un titre, il faut le mériter. Un masque, ça se trouve n'importe où ! On en vend au marché à la saison du carnaval. On devient ainsi aisément princesse, suivante, maîtresse du roi, lingère, cantinière, lady... pour un temps ! Après un tour de danse, tout rentre dans l'ordre de la vie quotidienne et le naturel reprend le dessus. Permettez-moi de vous dire, madame, que vous ne vous conduisez pas en lady. On ne retrouve pas pour autant en vous la délicieuse sauvageonne que vous fûtes et c'est dommage. J'ai cru un moment — il fut hélas très court — déceler en vous l'étoffe des grands de ce monde... Je me suis trompé : tant pis pour moi !

Il marque une pause, le temps d'observer les changements qui se dessinent sur le visage d'Anna. De la surprise, elle passe à la confusion puis, brusquement, à la colère. C'est le moment qu'attendait Hermès. Tandis qu'Anna, blanche de rage, s'immobilise sur le pont, il poursuit, les jambes croisées, apparemment distant :

— J'attendais une femme d'élite, je me trouve face à...

Il hésite un instant. S'il va trop loin, il sait Anna capable de le gifler. Aussi tempère-t-il son propos.

— J'attendais la femme d'élite, répète-t-il, je me trouve en face d'une vague et fade inconnue.

Il se lève brusquement.

Anna le trouve splendide.

— Il est fort possible que nos chemins ne se croisent plus. Personnellement, je ferai en sorte de vous éviter, même dans le service...

Il s'interrompt encore une fois.

— Il est vrai que le service du roi ne vous intéresse plus. J'aurais dû m'en douter ! Mais n'allez pas imaginer que Sa Majesté Louis, ou le cardinal, ou n'importe quel autre dignitaire, soient marri de votre attitude ! Des Anna Le Halper — excusez-moi, s'il vous plaît — des Lady Anna, on en trouve à foison, et des plus intelligentes, et des plus dévouées, et pardonnez-moi, des plus fidèles... car la fidélité, si elle est parfois décriée en amour, est la plus belle des vertus quand il s'agit de servir son roi...

Anna ouvre la bouche pour répondre. Elle est incapable d'émettre un son. Le monde s'écroule. Que lui reproche-t-on ? Hermès est dans un état d'exaspération qui aiguise sa sensibilité, il devine sa question.

— Je vous reproche, madame — et nous en resterons là — d'agir en mijorée. Sous prétexte d'être lady, de récente date, convenez-en, vous vous permettez de me traiter, si vous m'autorisez l'expression, par-dessus la jambe. Je ne suis pas votre domestique, madame. Écoutez-moi bien, ce seront mes derniers mots : votre amie Lucette est sur le point d'accoucher et vous réclamait à son chevet. J'ai fait le nécessaire pour vous prévenir. Vous ne m'en savez pas gré. Je considère, en conséquence, que je me suis mêlé de ce qui ne me regardait pas. Adieu, milady...

— Tu as raison...

— Que dites-vous ?

— Tu as raison de me parler comme tu viens de le faire.

— Mais...

— C'est vrai, comme tu le dis, que la fidélité est la plus belle des vertus quand il s'agit de servir son roi...

Rouée, rusée, à la fois femme et paysanne comme elle ne l'a jamais été, elle se demande si elle n'est pas en train de se mentir à elle-même. Mais ce qu'elle veut, et Hermès va le lui organiser, c'est rencontrer Richelieu… le rencontrer pour obtenir de lui des subsides qui lui permettront de financer son entreprise au Canada.

— Oh ! écoute, reprend-elle, ne fais pas l'idiot. Tu vas m'arranger un rendez-vous avec le cardinal. Je vais lui inventer des queues de poires et tout rentrera dans l'ordre.

Le seul contact de la bouche d'Hermès vaut dix fois une journée entière dans le lit de Jacques.

La nuit est tiède. Les mouvements du bateau harmonieux.

Ils restent sur le pont jusqu'au petit matin.

Au moment de se séparer, Hermès lui promet de lui ménager une audience avec Son Éminence.

Sitôt passé le porche du château de Sausaye, Anna fait la moue. C'est ça, la demeure du fameux cardinal de Richelieu ! Six fenêtres de façade… Ce n'est qu'un castelet, une grande maison ! Aucune comparaison possible avec Falmouth. Ça, elle ne s'en serait jamais doutée. Richelieu est moins bien logé qu'elle ! Aussi, pourquoi le craindre ? Elle n'a plus d'appréhension. Ce qui compte, c'est d'obtenir 30 000 livres pour commanditer son affaire de fourrures avec Jacques Penaud.

Le cardinal a d'autres chats à fouetter qu'à accorder un entretien à Lady Anna. C'est ce qu'en termes choisis il fait comprendre à Hermès. Elle lui a rendu des services, il en convient, mais elle n'est pas la seule. Et, politiquement, il n'y a rien de pire qu'un excès de reconnaissance. Hermès devrait en être conscient. Enfin, pour être franc, ce qui l'amusait chez cette fille, c'était qu'elle permettait de faire enrager le Père Bruno.

Comme Hermès insiste et qu'il s'agit d'une femme (d'une très jolie femme), il consent tout de même à la recevoir.

— Où est-elle ?

— Dans le jardin, Votre Éminence.

— Faites-la venir.

En temps de guerre, la vie militaire peut manquer de charme.

Ce qui est certain c'est qu'elle manque de femmes. Alors, prenons un moment de distraction.

Anna n'est nullement impressionnée par le cardinal. Un peu fourbe — c'est toujours amusant de mettre une fille dans l'embarras —, il interroge :

— Quel sujet vous amène, milady ?

— Aucun, répond Anna.

Elle a marqué un point, elle n'en marquera pas deux. Le cardinal prend alors son ton le plus ironique.

— J'ai beaucoup apprécié la lettre que vous m'avez adressée d'Angleterre, milady.

— Normal, Son Éminence, dit Anna.

La fille est moins commode à manier qu'il n'y paraît.

— Puis-je vous offrir quelque chose ?

— Ça dépend quoi, Son Éminence.

Hermès souffre pour Anna, comme si elle lui appartenait. Pour lui épargner une nouvelle bévue, il tente de souligner l'erreur :

— *Votre* Éminence, dit-il, *Votre* Éminence est trop aimable.

L'Éminence est tout sourire.

— Que pourrais-je vous offrir ? Il me vient une idée : vous allez goûter à une boisson originale, pratiquement inconnue mais en vogue dans cette province : le pineau. Milady, connaissez-vous le pineau ?

— Tiens donc ! Si je le connais. Mon père en fait. Il est vigneron...

Un valet sert le pineau dans des verres de cristal.

— Celui-ci vient de Cognac.

— Et il est bon, constate Anna.

Le cardinal commence à se plaire en sa compagnie ; Hermès cherche à la mettre en valeur. Sachant qu'elle connaît la réponse, il prend un air ingénu pour lui poser une question.

— Exception faite chez les propriétaires de vignes, on ne trouve ce breuvage nulle part. Comment est-il fabriqué ?

— Le moût, dit Anna, vous savez ce que c'est ?

— Certainement, assure le cardinal, c'est le jus du raisin.

— Voilà ! Eh bien, un jour, un vigneron distrait a versé du moût dans une barrique où il restait du cognac. Et ça a fait du pineau.

Le cardinal est frappé par la beauté des pieds d'Anna ; sans doute la conséquence de sa répulsion pour le port du soulier. Maintenant, il est séduit par son naturel, l'authenticité de ses gestes, l'intelligence du regard et des propos. Il apprécie les services qu'elle a rendus au royaume lors de son séjour en Angleterre. Mais il passe sans transition aux affaires.

— Ainsi, milady, un voyage au Canada ne vous déplairait pas ?

— Tout dépend pour quoi faire.

— Tout est à faire dans ce pays. Je forme notamment le vœu qu'il soit fait en sorte qu'avec l'usage de notre belle langue française, les Canadiens conservent aussi un cœur et un courage français. Que toujours, pendant des générations et des générations, ils continuent, à travers leur langage, à fêter et à honorer leurs origines.

Hermès est attentif. Il a de bonnes idées le cardinal. Lady Anna, elle, ne se soucie pas trop d'une langue qu'elle parle à tort et à travers. Elle pense à la manière d'obtenir ce qu'elle veut. En femme avisée, sinon habile, il faut qu'elle décide le cardinal à lui accorder des subsides pour son affaire de poudre à tirer.

— Bien sûr, Son Éminence, dit-elle, je comprends l'intérêt que vous portez à cette mission au Canada, mais...

Le cardinal n'a encore manifesté qu'un intérêt très général. Mais, patelin, il laisse passer. Et plus, il paraît soudain attentif. A peine si un imperceptible plissement, au coin de la bouche, trahit la malice.

— Mais ? demande-t-il.

— Mais, qui va payer ? Il faut dire les choses.

— Effectivement, milady. Rassurez-vous, il était hors de question de ne pas inscrire à la charge du royaume vos frais de passage et de ne pas rétribuer convenablement vos services.

— Et vous les estimez à combien ?

— Milady, les calculs restent à faire. Mais il conviendra de vous assurer la location d'un navire, de son équipement, de vous doter d'une puissance de tir d'au moins quatre à six canons...

Anna acquiesce. Le cardinal, satisfait, en est de plus en plus affable.

— Quant à vos émoluments, milady, inutile de dire qu'ils seront à la mesure de votre rang et de votre personnalité.

— Va de soi, dit Anna.

— Qu'ai-je oublié ? reprend le cardinal. Sans doute l'essentiel : ce que le royaume attend de vous. Comme votre titre l'indique, milady, vous êtes anglaise, ainsi que votre navire et votre équipage. Rien de plus précieux pour nous. Si vous me permettez une image, je comparerais volontiers votre présence au Canada à celle d'une taupe.

Anna lève un sourcil interrogateur.

— Je m'explique, poursuit le cardinal. La taupe est un petit animal qui a le poil noir, court et délié, qui fouille sous terre et y habite. C'est ainsi qu'un sournois dangereux qui agit par des voies souterraines, c'est une taupe, c'est proprement une taupe. Vous serez, milady, notre taupe. Tout s'y prête : votre navire, votre équipage, mais surtout votre titre, votre connaissance du peuple anglais et des rudiments de sa langue que vous avez acquis.

Dans le silence, le cardinal dit encore :

— Alors, vous sentez-vous prête à être une taupe ?

— Ça me va.

— Bien !

— Mais ça consiste en quoi, exactement ?

— Ça consiste, milady, à connaître, et si possible à définir, les intentions de l'Anglais. Et quoi de plus subtil à décoder, dirait notre ami Hermès, que ce peuple ambigu ? Il paraît intéressé là où il ne l'est pas, et méprise, ou délaisse en apparence, ce qui lui tient le plus à cœur. Le Canada intéresse-t-il les Anglais ? Ma réponse est

« oui ». J'en ai la plus profonde conviction. Ont-ils l'intention de nous en déloger ? Milady, la réponse vous appartient.

— Il paraît qu'il y a un M. Champlain ? s'enquiert Anna.

— Ce M. Champlain a d'autres problèmes en tête. A chacun son rôle... milady !

— Bien, dit Anna dont l'attention soudain se fatigue.

Elle s'approche d'un serviteur, lui sourit outrageusement, car il est beau garçon, et se fait remplir un verre de pineau qu'elle déguste à petites lampées, presque à petites lapées. Le cardinal patiente. La balle, comme on dit, est dans le camp d'Anna. Mais Hermès, sollicité par un regard discret du cardinal, relance l'entretien.

— Il me semble, Éminence, qu'être renseigné sur les revendications de l'Angleterre serait du plus haut intérêt. Qu'en pensez-vous, milady ?

— Ça va coûter un argent que Son Éminence n'a plus.

— Comment cela ? Le cardinal est irrité.

— Tout le monde sait de combien vous en êtes de votre poche. Et de combien les financiers. Et de combien l'Église ! Voyons, tout le monde le sait.

— Alignons des chiffres, dit le cardinal, surpris mais décidé à mettre cette petite Anna au défi.

— Alignons, confirme Anna.

— Si, à mes prévisions, nous ajoutons une somme qui devrait vous permettre de vivre au moins quelques mois au Canada, je parviens au chiffre de 5 000 livres [1].

La réponse d'Anna ne se fait pas attendre.

— C'est bien ce que je pensais. Nous sommes dans les queues de poire.

Hermès frémit.

Le cardinal trouve qu'elle va un peu loin. Jamais encore

---

1. Environ 500 000 de nos francs, 50 millions de centimes.

quelqu'un ne s'est permis de le contrecarrer — exception faite du roi et de sa famille (et encore !).

— Je vous parle en lady, ajoute Anna.

— Et moi, répond le cardinal, je vous parle en responsable d'un pays dont les frontières sont encore imprécises et qui, déjà, se voit convoité...

Puis il change de tactique.

— Si j'ai bonne mémoire, milady, nous n'avons eu qu'à nous louer de votre travail en Angleterre. Décidons donc que vos fonctions au Canada seront largement laissées à votre initiative...

Pour mieux dissimuler son contentement, Anna se fait servir un autre verre de pineau. « A mon initiative, se répète-t-elle mentalement. Ce qui veut dire que le cardinal est plus ou moins prêt à passer par où je voudrai. Le moment est venu de déployer mes talents, ma séduction de femme... »

— Mon bateau étant très rapide, dit-elle, volontairement peu précise sur les finalités de son raisonnement, je compte me faufiler et échapper à toute surveillance.

Elle marque un temps. On l'écoute. Richelieu, penché en avant, caresse son bouc et lustre ses pointes de moustache.

— J'ai des relations là-bas ! Je suis intime avec un capitaine de marine et un restaurateur rochelais installés au Canada. Ils sont intéressés par le commerce de peaux. S'ils apprennent que je suis propriétaire d'un bateau, ils vont sauter de joie. Voilà comment je vois ma besogne : le commerce de peaux. Des castors, des ours, des loutres... Qu'en pensez-vous, Éminence ?

— Je pense — et je m'en réjouis — que vous avez et prévu et pensé votre séjour au Canada. Je vous en félicite d'autant plus volontiers que votre idée d'un trafic de pelleterie me paraît excellente dans la mesure où elle correspond à une « couverture »...

Anna pince les lèvres. Elle ne comprend pas.

— « Couverture », chère lady, signifie prétexte. Exemple : sous couverture d'amitié.

Dans le cas où Anna n'aurait pas parfaitement compris, Hermès lance une explication plus facile.

— La pelleterie vous servira de prétexte pour espionner vos ennemis sans qu'ils s'en doutent.

— J'avais compris ! le rabroue Anna.

D'un coup, elle jette toutes ses forces dans la bataille.

— Voilà, dit-elle. Il m'en faut 30 000 !

— Vous parlez de livres, milady ?

— De quoi voulez-vous que ce soit, Monseigneur ?

— Entendu, dit-il, quand partez-vous ?

— Il faut que je sois le 23 de ce mois à Saint-Malo.

— Le 23 août !

— Oui, Monseigneur, le 23 août à Saint-Malo.

— Et... pourquoi cette date ? Ce lieu ?

— Les choses sont laissées à mon initiative, Monseigneur, ou elles ne le sont pas ?

— Elles le sont, milady, elles le sont. Je m'étonnais seulement de la promptitude de votre départ...

— C'est que les glaces, en dessous de Terre-Neuve et dans le Saint-Laurent, elles, n'attendent pas...

— Il est vrai, milady. Dans ce cas, pourriez-vous, dès demain matin, recevoir à votre bord un de mes experts en artillerie ? Comme je vous l'ai indiqué, je désirerais que quelques canons soient habilement dissimulés et vous permettent, le cas échéant, de riposter, voire même d'attaquer...

— Et les 30 000 livres ? rappelle Anna.

— Vous recevrez également la visite de monsieur le trésorier de l'ordinaire des guerres. Son secrétaire prendra contact avec vous pour convenir d'un rendez-vous...

L'affaire est réglée. Le cardinal s'incline, baise la main d'Anna qui en est flattée.

— Juste avant de nous quitter, milady, permettez-moi de vous mettre en garde contre les difficultés que présente tout ce qui concerne les achats et les ventes de fourrures. Je ne citerai en exemple que la fondation de la Compagnie du Morbihan, créée il y a trois ans à peine, et qui est en faillite. Quand vous communiquerez avec la France, faites-le, s'il vous plaît, en termes aussi voilés que possible et en déguisant votre propos sous la forme, disons, d'une lettre d'amour.

— Et à qui devrai-je adresser le billet ?

Le cardinal s'amuse.

— A notre ami Hermès.

Hermès, désarçonné, rougit, fait un faux pas en raccompagnant Anna jusqu'à la porte.

Dès qu'elle se trouve seule avec Mad, Anna l'embrasse.

— Tu te rends compte, Mad, j'ai berné un cardinal !

— *Yes*, se réjouit Mad.

— Ouf ! remarque Richelieu, en voyant Hermès revenir vers lui. Heureusement que le Père Bruno n'était pas avec nous ! Avec son honnêteté, il aurait tout gâché... Trente mille livres pour une telle expédition... c'est un cadeau !

Lucette baigne dans le sang.

Les marins du *Lady Anna,* s'ils ont vu des ouragans, s'ils ne craignent pas les cyclones, demeurent pétrifiés devant le spectacle de cette jeune femme morte avec, entre les jambes, une espèce de larve informe.

— On vous attendait. On a pas osé vous déranger chez l' cardinal, dit Casimir, l'homme préposé à la conduite de la chaloupe à bord de laquelle Anna vient d'embarquer.

Mad est là, qui l'avait accompagnée et attendue.

— Que se passe-t-il ?

L'homme baisse la tête.

Anna comprend. Les gens simples n'ont pas besoin de grands discours pour s'exprimer.

— Et l'enfant, il est vivant ?

— Y a l'air. Y braille. Un Irlandais qui devait êt'e dans l' coup lui a coupé l' cordon.

— C'est un garçon ?

— C'en est un.

— Alors, il s'appelle John.

— C'est un beau nom.

« Maintenant j'ai un fils, pense Anna. Il va falloir lui trouver une nourrice. Le Père Bruno va s'en occuper. »

Le marin rame vers le *Lady Anna.*

— Attend, Casimir, retourne-t-en à la côte. On va y laisser Mad. Elle va aller chercher le Père Bruno.

— *Yes,* dit Mad.

— *Lucette is dead*[1].

— *Yes. And you want to see the Father Brouno*[2].

— *Yes,* dit Anna, les yeux embués de larmes. Tu comprends tout, toi.

— El' va s' débrouiller ? demande Casimir. El' dit point un mot d' français.

— Ne t'inquiète pas pour elle...

John va bien. C'est un bébé énorme. Sans doute est-ce la raison pour laquelle il a tellement abîmé sa mère. Anna le lave, se demande ce qu'elle pourrait lui donner à manger car, apparemment, il a besoin de quelque chose. Mais Dieu qu'il est beau, et fort, et bien constitué. Elle l'enfourne dans sa couche, bien au chaud, et le drôle finit par s'assoupir.

Elle attendait cet instant pour oser regarder Lucette, pour lui parler : « John est beau, tu peux être fière. Je ne l'abandonnerai jamais. Je t'ai promis. Jamais. Il sera comme mon fils. Salut, ma Lucette chérie. Si tu vas au paradis, tu embrasseras Michipe. Tu as-bien de la chance... »

1. Lucette est morte.
2. Et tu veux voir le Père Bruno.

Lucette est belle, jeune, un air presque espiègle. C'est la Lucette qu'elle a connue au catéchisme. Seule différence, elle est plus blanche et ne bouge pas, ses yeux sont ouverts sur le vide. Et doucement, très doucement, comme dans un abandon, Anna pleure. Elle pleure toute la nuit son amie défunte, elle pleure jusqu'à ce qu'une chaloupe cognant sur la coque de son bateau annonce le retour de Mad. Elle pense à tout, Mad. Elle porte une jarre de lait pour John.

Le Père Bruno, les traits tirés, s'agenouille devant Lucette et lit, en psalmodiant, la prière des morts.

— As-tu un moyen de joindre le mari de Lucette ? demande-t-il.

— Vous savez bien qu'il est en mer. Mais voilà ce que j'ai décidé.

— Dis.

— On va enterrer Lucette dans les terres que j'achète à Trousse-Chemise.

— Ce serait plus convenable au cimetière de Saint-Martin.

— Ça ne me va pas ; quand je serai vieille, j'habiterai Trousse-Chemise et je veux avoir Lucette près de moi.

Le Père Bruno renonce. Il sait qu'il ne convaincra pas Anna.

— Et John ? Que vas-tu en faire ?

— Comme je vais bientôt partir pour le Canada, vous en serez responsable jusqu'à mon retour. John, c'est comme mon fils. Je veux la meilleure nourrice de Vendée, une avec de très gros seins que John puisse téter tout son content.

— J'ai une femme en vue, avance le Père Bruno.

— Qui ça ?

— Une jeune veuve des Portes.

— Ça va. Je veux que John ne manque de rien. Les Basile régleront mes dépenses.

— De toute façon, je veillerai toujours sur lui, dit le Père Bruno.

Anna le remercie de deux gros baisers sonores.

Hermès fait à Anna une visite de condoléances. Est-il sincère ? Est-ce un prétexte pour la voir ou sa présence tendrait-elle à prouver que le cardinal de Richelieu attache plus d'importance qu'il ne veut bien le laisser paraître à la mission d'Anna au Canada ?

Il propose de veiller à la bonne exécution de toutes les formalités. Du permis d'inhumer Lucette dans une terre dont Anna n'est pas encore propriétaire, mais aussi de l'installation des canons sur le bateau (actuellement en rade de Saint-Martin, ce qui complique les choses). Il veillera au transport de John jusqu'aux Portes dans la carriole de La Palourde, à ce que les 30 000 livres soient versées dans un établissement de banque de Saint-Malo, ce qui, au dire d'Anna, lui facilite les choses. Hermès, se charge d'établir un dossier très complet sur le Canada avec cartes à l'appui et un inventaire aussi précis que possible des dangers éventuels qu'elle y courra : glaces flottantes, Indiens, tempêtes, ours, famines...

C'est le cœur serré qu'il accomplit ces tâches. Il supporte mal l'idée qu'elle va s'aventurer en terres lointaines avec, de surcroît, un équipage d'hommes privés de femmes et qui, à chaque instant... Il préfère ne pas penser à ce qui pourrait arriver. En outre, il subit Anna et il n'aime pas subir. Apprendre à Anna comment organiser un réseau d'espionnage, comment faire, ou ne pas faire, confiance à un homme (ça elle doit le savoir), comment correspondre avec les bureaux du cardinal et sous quelle forme est, pourtant, de la plus haute importance. Il devrait se décider à la considérer comme un agent et non pas comme une femme.

— Milady, dès que vous serez remise du deuil de votre amie — j'entends le plus vite possible —, j'aimerais vous entretenir du service de Sa Majesté.

« Comme il devient ennuyeux », pense Anna.

Heureusement, le Père Bruno débarque comme un coup de vent dans la cabine ; avec tous ces événements, il a oublié une question :

qui sera le parrain, qui sera la marraine, qui tiendra le petit John sur les fonts baptismaux ?

— Eh bien, Hermès et Mad, arbitre Anna.

— Mad est huguenote, observe, navré, le Père Bruno.

— Mad n'est rien du tout. Faites-en ce que vous voudrez...

— Mais, ma petite Anna, n'étant pas la mère, tu peux être la marraine...

— Maintenant, la mère, c'est moi.

— Ainsi, tu décrètes, tu décides, se cabre le Père Bruno.

— Si Hermès ne veut pas être le parrain, qu'il le dise.

— Milady, vous n'ignorez pas que je suis toujours à votre disposition.

— Ah ! dit Anna au Père Bruno dans une grimace, vous voyez. Hermès se tourne vers Mad.

— *Look, Mad, you are the godmother and I am the godfather*[1].

Mad pousse un cri de joie, saute au cou d'Hermès et l'embrasse sur la bouche.

Le Père Bruno est offusqué.

— Anna, s'il te plaît, exige de Mad un peu de tenue.

— *Oh ! Father Brouno,* dit Mad, *I am so happy*[2].

— Qu'est-ce qu'elle dit ?

— Elle dit qu'elle est heureuse.

— *Yes ! Father Brouno is nice*[3].

Le « Father Brouno » n'a pas le temps de protester : Mad le couvre de petits baisers pointus. Mad a de ces enthousiasmes de chiot qui enchantent Anna. Là, pour elle, demeure un point obscur du comportement des hommes : est-il possible d'éprouver une immense peine et d'apprécier, soudain, comme à l'instant, la drôlerie ? Hermès semble deviner sa pensée, bien qu'un peu débordé par cette Mad qui, revenue vers lui, se fait câline.

1. Tu vois, Mad, tu es la marraine et je suis le parrain.
2. Oh ! Père Bruno, je suis si contente.
3. Oui ! Le Père Bruno est gentil.

Ainsi, de la mort de Lucette, naissent des liens nouveaux entre Anna, Mad et Hermès. Soudain, comme le ressent le Père Bruno sans en faire la remarque, ils prennent un air de famille.

Quand Hermès exprime le désir de s'isoler avec Anna pour lui donner certains enseignements, Mad se met à la disposition du Père Bruno pour ranger un peu sa minuscule maison de Saint-Martin. Le Père est aux anges. De sa vie, il n'a jamais disposé d'une servante et il sait que seule une femme peut venir à bout du désordre de son intérieur laissé à l'abandon depuis des mois. En revanche, il s'inquiète à l'idée qu'une fille va être dans sa maison pendant quelques jours.

— Au moins, elle ne va pas me faire de misère ? dit-il à Anna. Elle sera convenable ?

— Je vous le jure, Père Bruno.

— Tu jures ! Tu jures ! Il me semble que tu jures à tort et à travers. Comment dort-elle ?

— Comme vous, Père Bruno, toute nue.

— Eh bien, il faut me promettre que tu exigeras d'elle le port de la chemise.

— Promis, juré !

— C'est toujours ça de gagné, dit le Père Bruno, pas rassuré pour autant.

Il le sait bien : tout est risque. Et celui qu'il court en confiant Anna aux bons soins d'Hermès — bien qu'il s'agisse du service du roi — lui paraît bien plus redoutable. Anna résistera-t-elle à l'attrait de son ancien amant ? Il en doute. Il est même persuadé du contraire.

Avec quelques bagages et un arsenal d'écritoires et de papeteries, La Palourde dépose Anna et Hermès dans une auberge réputée pour son confort et la bienveillance du maître de maison. A l'Ane en Culotte, on a les idées larges et l'esprit pratique. Pourquoi prendre deux chambres pour n'en occuper qu'une ?

— Et pourquoi des culottes à un âne ? demande Hermès.

— C'est, Monseigneur, dit Anna, que, dans les marais, la culotte protège des moustiques.

— Voilà, acquiesce l'aubergiste. Milady vient de donner la bonne explication.

Pourquoi jouer les hypocrites ? Leur chambre donne sur la mer, du côté de la mer Sauvage, en plein soleil.

Les lourds rideaux de damas brochés d'or ferment un lit immense où l'on s'enfonce comme dans un rêve. Sur une grande table de chêne, Hermès a disposé un attirail de flacons, de cires et de tampons.

Première leçon : toute méthode est bonne lorsqu'il s'agit de faire parvenir un message contenant une information susceptible, par son importance, de changer le cours de l'Histoire et le sort de milliers d'hommes. Et il cite volontiers cette anecdote qui remonte à bien avant Jésus-Christ. On rase le crâne d'un homme. On écrit un message sur la peau. On attend que les cheveux aient repoussé pour délivrer le message. L'idée était géniale. Anna comprend que, pour réussir dans ce métier — car c'est un métier (passionnant) —, il faut déployer toutes les ressources de son ingéniosité.

Et la première leçon s'achève. On a frappé à leur porte pour servir le dîner. Repas classique de l'île : huîtres, homards pêchés à la pointe des Baleines, soles du banc de sable du Bûcheron et un *cake,* en l'honneur de milady. Le muscadet est celui que boit Richelieu, dit « du Moulin de la Bidière ». Ils en boivent un peu trop. L'euphorie les gagne.

C'est par hasard, au détour de ce qu'on pourrait appeler une accalmie après une nuit amoureuse, qu'intervient une nouvelle leçon d'espionnage.

A commencer par ces choses pratiques : remplacer le nom de chaque personnage par un numéro de code. Ainsi, le roi correspond au chiffre 40.

Soudain, Anna écoute avec une attention passionnée, comme si elle découvrait une terre inconnue. Elle demande :

— Donne-moi un exemple.

— Eh bien, tu peux écrire : « Il est important que ma lettre soit lue par 40. »

— C'est fantastique, continue.

— Le cardinal, c'est 52.

— Encore.

— Le roi d'Angleterre, 17.

— Et Hermès ? demande-t-elle.

— Je suis le 6, dit-il.

— Et moi, je serai le 7, clame Anna, très contente d'elle. 6 et 7 s'entendent bien.

Hermès marque sa satisfaction par un silence avant de poursuivre.

— Soyons sérieux. Répète : quel numéro porte le roi ?

— Le 40.

— Le cardinal ?

— Le 52.

— Bien. Maintenant, essaye de retenir : La Rochelle : 1, L'île de Ré : 2, le Canada : 3, Champlain : 4...

— Et le Père Bruno ?

— Le Père Bruno n'a pas un rôle assez important pour posséder un numéro.

— Cela me déçoit.

Il l'embrasse, la cajole.

— Le Père Bruno est un maillon de la chaîne. Ne sont codés que les personnages essentiels. Comme je te le disais, le roi d'Angleterre : 17, Buckingham : 18, les Anglais en général : 19.

— J'ai envie de toi, dit Anna.

— Tant pis pour nous. Il faut encore que je t'apprenne les eaux sympathiques.

— Qu'est-ce que c'est ?

— Des encres qui n'écrivent pas.

— Ça doit être drôle.

— En effet. Je prends un exemple. Tu écris une lettre d'amour et, entre les lignes, tu insères le texte du message à l'encre sympathique ; si la lettre d'amour est interceptée, on ne voit rien. Pour que le texte apparaisse, il suffit de le saupoudrer avec une poudre de charbon.

Anna s'amuse beaucoup.

— C'est formidable, l'espionnage !

Il lui remet alors tout un matériel, des plumes, des encres, des papiers, l'ensemble contenu dans un écritoire incrusté de nacre.

— C'est vraiment fantastique, la vie ! ajoute Anna.

Elle estime que le temps imparti à la leçon d'espionnage est bien suffisant. Certes, il lui reste à apprendre les grilles selon lesquelles on remplace un mot par un autre, cela est affaire d'imagination, mais les moments de flâneries réservées à l'amour sont trop courts pour ne pas en profiter. D'ailleurs, dès l'instant où ils se retrouvent dans leur lit, tout ce qui n'est pas « elle » ou « lui » s'efface de leurs préoccupations, comme gommé de leur mémoire.

Et là, avant qu'ils ne tombent dans le sommeil et alors que la nuit est déjà très avancée, Hermès croit avoir entendu un coq chanter du côté de La Couarde ; il se ressaisit, il secoue Anna, ils ne vont pas vivre dans l'incertitude une séparation qui peut durer des mois.

— Tu es réveillée ?

— Non, je dors.

— Tu ne dors pas puisque tu parles.

— Qu'est-ce que tu veux ?

— Une chose à te dire.

— Quoi ?

— Dans quelques jours, tu vas prendre la mer...

— Ne me dis pas que tu as trouvé ça tout seul ?

— Si ! répond Hermès, totalement absorbé par ses pensées.

Anna éclate de rire. Elle est maintenant tout à fait lucide. Elle s'assied dans le lit et tète son pouce, songeuse.

— ... Dans quelques jours nous allons être séparés, poursuit Hermès.

— Je préfère ne pas y penser.

— Aussi, dit Hermès, je voudrais qu'à ton retour du Canada tu deviennes ma femme.

La réponse d'Anna est vive.

— Bernique ! Il n'en est pas question. Et il n'y a pas de quoi te vexer. Je crois te l'avoir déjà dit, je n'en marierai jamais un autre : Lady Anna je suis, Lady Anna je demeurerai jusqu'à ma mort, en souvenir de Michipe... C'est une façon de lui rester fidèle. Tu comprends ?

Il ne répond pas. Il la prend dans ses bras, la berce un peu jusqu'à ce qu'elle s'endorme.

Au lever, sous un vent de tempête qui fait claquer les portes et les volets, Anna cherche Hermès. Il doit être en train de faire sa toilette dans la pièce voisine spécialement aménagée pour les ablutions. Il n'y est pas. Il est peut-être descendu manger quelque brioche vendéenne avec des fruits de mer.

Elle se trompe. Il est parti depuis trois bonnes heures déjà. Elle est consternée !

— Il a laissé un mot ?

— Désolé, milady, il n'a rien dit. Il a loué une voiture pour aller jusqu'au port. Le charretier assure qu'il lui a trouvé un embarquement pour le continent.

Anna s'efforce de ne pas broncher. Mais elle reçoit un choc. Elle est blessée par l'attitude d'Hermès et offusquée de ne pas avoir été comprise. Elle est triste, aussi, d'avoir perdu cet homme, le seul qui mérite d'être considéré comme tel. Pourquoi lui a-t-il proposé de l'épouser alors qu'elle ignore s'il l'aime profondément ? Qu'ils s'entendent bien, exceptionnellement bien, dans un lit, cela ne fait aucun doute, mais au-delà, dans les circonstances les plus quotidiennes de la vie, seraient-ils capables de s'accorder ? L'expérience a montré que, successivement, ils se détestent, s'adorent, se méprisent, se respectent, jouent de leurs sentiments (et même, de leur rang dans la société), s'exaltent, se quittent, ne pensent plus qu'à se trouver et se retrouver. Ils ont, l'un et l'autre, des tempéraments trop forts pour ne pas s'affronter. Ils s'affrontent toujours. Ça fait mal, mais, comme dit Le Halper, « faut faire avec sa peine ! »

Dominée ! Serait-elle dominée ? En attendant, ce qui peut le plus contrarier cet Hermès de malheur et de bonheur, c'est qu'elle le laisse tomber... Qu'il croupisse dans son sale caractère et tant pis s'il lui manque.

Elle n'a plus rien à faire sur l'île, qu'à récupérer Mad, souhaiter l'au revoir au Père Bruno et passer un moment avec son père. Elle l'oublie trop souvent, pauvre cher homme, qu'elle adore au fond d'elle-même.

Elle le trouve inactif, les mains pendantes, assis devant son moulin à contempler le vide.

— Té, te voilà, fifille, quel bon vent t'amène ? A propos d' vent, y aurait un coup d' suroît dans la soirée qu' ça m'étonnerait pas.

Voilà : encore une fois, à cette façon cavalière d'accueillir sa fille, il est évident que Le Halper ne s'en préoccupe guère.

— Vas-tu bien, Le Halper ?

— On fait aller, fifille, on fait aller. L' raisin s'ra pas fameux c'tte année et, avec mon dos qui r'fuse l'ouvrage, y faudra payer un journalier qui va m' croquer tous les bénéfices.

— Enfin, constate Anna dans un effort pour l'intéresser, tu es bien dans ton moulin. Il est beau.

— Y s'rait beau si t' l'avais chaulé convenablement. Regarde-z-i d' près, l'est couvert de queues d' vache [1] !

Jamais content, Le Halper.

Anna juge qu'elle ne peut plus grand-chose pour son père. Elle ne cesse de penser à Lucette : Lucette l'occupe, les morts l'habitent, Michipe, Lucette...

---

1. Se dit d'endroits où la brosse à chauler n'a pas marqué.

Mais sa prochaine visite est pour la vie. Elle ira voir le petit John... et, au retour, avant de s'embarquer, elle passera chez Lucette, en terre de Trousse-Chemise.

— Mad, on va aller l'embrasser, John !

— *Yes.*

La Palourde les conduit jusqu'aux Portes. Ils prennent un grain alors qu'ils passent devant l'église d'Ars, et c'est trempés qu'ils se présentent aux Portes, au lieu-dit le Gros-Jonc, là où habite la nourrice. John est occupée à téter.

— Vraiment, nourrice, je suis contente. Je n'ai encore jamais vu des seins aussi gros.

— Y s' gorge d' bon lait. L' John l'est heureux.

— Magnifiques, vos seins, vraiment superbes.

— Si milady en a pour son argent, j' suis ben contente.

— Soignez bien le drôle. Et si vous avez besoin de quelque chose, La Palourde passera vous voir souvent. Pas vrai, La Palourde ?

— Si, vrai, j'irai.

Sur le chemin du retour vers Saint-Martin, les deux amies et La Palourde s'arrêtent à Trousse-Chemise et s'inclinent là où repose Lucette.

Toute l'enfance d'Anna est enfouie sous cette motte de terre, ses pitreries, ses pêcheries, sa passion pour le catéchisme (il n'en reste pas grand-chose !), ses premiers regards sur les garçons.

Michipe aussi sera éternellement honoré en terre de Trousse-Chemise. Anna pense même planter un jour un arbre, ou un beau bout de bois mort avec de jolies formes, ou encore un gros caillou là où ils se sont juré de s'aimer pour la vie.

A moins qu'elle ne décide, plus tard, de bâtir sa maison à cet endroit. L'idée lui plaît. Elle ferait construire un moulin, un peu surélevé à cause des grandes marées, et une maison pour Mad, pour quand elle sera mariée. Car il n'est pas question que Mad s'éloigne d'elle. Dans ce qu'elle éprouve pour Mad, il y a à la fois le souvenir de Falmouth et une tendresse passionnée. Pourtant elle est convaincue que Mad n'habitera jamais cette maison. Mad ne consentira jamais à se marier. Jamais, elle n'acceptera d'être asservie à un homme, pas vrai, Mad ?

— *Yes,* Anna !

C'est la première fois qu'elle l'appelle par son nom. Anna en déduit qu'elle n'a pas compris ce qu'elle lui disait, mais a deviné la preuve d'amour qu'elle lui donnait.

Anna l'embrasse.

Un nouveau grain s'abat sur elles et les chasse de Trousse-Chemise.

A Saint-Martin, bien qu'à l'abri des vents de secteur sud, le *Lady Anna* commence à tirer sur son ancre. Son capitaine n'a qu'une idée : rejoindre le bord, prendre la mer, oublier les difficultés de l'île et le drame de La Rochelle.

Tobie et Casimir sont heureux de voir revenir Anna : il s'est présenté des militaires de la part du cardinal de Richelieu ; ils ont mis le bateau sens dessus dessous pour l'équiper de quatre canons, bien dissimulés, il faut le reconnaître, et disposé, si l'on peut dire, aux quatre points cardinaux : soit un sur tribord, un sur bâbord, un sur l'étrave, un sur la poupe ; ce dernier paraît tout particulièrement important. Vous paraissez fuir et un coup mortel part sur l'adversaire.

— Cap sur Saint-Malo, commande Anna.

— A vos ordres, capitaine. (L'équipage a pris la décision, en hommage à la compétence d'Anna, de ne plus l'appeler milady mais capitaine.) Il faut encore vous dire qu'on a embarqué six Rochelais, toujours sur les ordres du cardinal. On a accepté. On a cru bien faire.

— Et vous avez bien fait.

— Ils sont canonniers tous les six. C'est pourquoi on a dit oui.

— Il y a des vivres et de l'eau douce à bord ?

— Tout c' qui faut, capitaine.

— Alors, on appareille.

Il ne s'est pas passé une journée entre le moment où Hermès a gâché le plaisir d'un merveilleux passage à l'auberge de l'Ane en Culotte et celui où Anna voit l'île de Ré s'éloigner rapidement dans le sillage de son bateau.

Avant la nuit tombée, le *Lady Anna* est au large de l'île d'Yeu.

D'une humeur de chien, Hermès s'est embarqué à bord du premier bateau prêt à prendre la mer pour le continent. La traversée est courte, n'importe quelle embarcation donc fait l'affaire. Celle-ci sent le poisson pourri mais peu importe. Il a la rage au cœur et désire plus que tout donner une leçon à cette petite lady d'occasion qui se prend pour une grande dame et se permet de le refuser en mariage. Il se félicite d'avoir pris la décision d'embarquer car il se trouve ainsi à l'abri de toute tentation de retour. La mer est forte ; le bateau, mal équilibré, embarque des paquets d'embruns. Il reste sur le pont à se faire mouiller, à tenter de se libérer du charme qu'Anna opère sur lui depuis qu'il l'a vue, petite paysanne délurée, sur la plage de Sablanceaux, en pleine bataille, lors du débarquement des Anglais...

L'Angleterre ! Hermès pense au travail immense qui doit s'accumuler sur son bureau du château de Sausaye, messages à décoder en provenance de Londres, de Portsmouth ; il s'impatiente de voir que le bateau — une coque pourrie — ne suit pas le cap prévu. Il en fait l'observation à celui qu'il tient pour le capitaine et est brusquement étonné de constater que l'homme et la fonction ne correspondent pas. Ainsi ses vêtements ne sont pas sales, ils ont été salis, passés à la vase et déchirés. L'homme ne ressemble ni à un capitaine ni à un matelot. Il a la peau fine et blanche d'un aristocrate et, dans son regard, brille toute la haine du monde.

— Si je me trompe, dit Hermès, qui a immédiatement compris la situation, je suis votre otage ?

L'aristocrate se contente de sourire.

— Et où m'emmenez-vous ? demande Hermès.

— Par courtoisie, je consens à vous le dire mais à la condition... Hermès l'interrompt.

— Je ne connais ce mot que dans son sens noble : « Un homme de condition ». Et sachez qu'un homme de condition n'a jamais accepté la moindre condition.

L'aristocrate apparemment ne fait pas grand cas de la remarque.

— Je veux bien ne pas vous bander les yeux, dit-il, « à condition » que vous me donniez votre parole d'officier que jamais vous ne tenterez de vous échapper.

— Vous devez plaisanter.

— Malheureusement non ! Vous êtes mon prisonnier. Reconnaissez que vous êtes tombé dans le piège comme un gamin. Il claque dans ses doigts.

— Martin, dit-il, bande-lui les yeux et ne le quitte pas. A la moindre infraction, tu lui fais éclater le crâne.

— Vous êtes, monsieur, d'une grande délicatesse, dit Hermès.

— Si vous pouvez seulement imaginer, Monseigneur, que nous, Rochelais, puissions user de la violence à votre égard, permettez-moi de vous dire que vous vous trompez gravement. Nous sommes l'un et l'autre sujets du roi de France...

Quand le matelot Martin lui bande les yeux, Hermès ne proteste pas. Il écoute avec attention ce que lui dit son geôlier, tout de même étonné de rencontrer une telle largesse d'esprit de la part d'un habitant de La Rochelle malmené depuis plus d'un an par les troupes de Louis XIII.

— Nous respectons le roi, dit encore l'aristocrate.

Hermès avait bien compris. Cet homme est rochelais et protestant. Il est son prisonnier.

Le canon d'un pistolet sur la nuque, un bandeau noir et opaque sur le visage, Hermès se laisse conduire par une main rugueuse, certainement celle du matelot Martin.

Il tente alors de repérer les bruits environnants. Ils doivent aborder sur une plage, peu ou pas habitée, qu'il situe, d'après la direction du vent, toujours sud, quelque part en Vendée au nord de l'île de Ré. Une barre protège le littoral, la chaloupe racle le fond, on vient à eux, on félicite de sa prise l'aristocrate qu'on appelle monsieur le marquis, on bouscule Hermès, on le fait tourner sur lui-même pour le désorienter, il descend les marches d'un escalier glissant qui sent le varech et pénètre dans une pièce ; le marquis dénoue lui-même le mouchoir qui l'aveuglait.

Il est dans une chambre relativement confortable, meublée d'un grand lit, d'une table, de deux fauteuils, avec une cheminée et une réserve de bois pour l'alimenter. Ce nouveau domicile serait acceptable si les fenêtres n'avaient été cimentées, et si une lourde serrure ne bloquait pas la porte.

— Je ne vois pas l'intérêt que vous avez à me retenir ici.

— Le seul fait que vous soyez un spécialiste du décodage...

Hermès émet un petit sifflement admiratif.

— ... vous place parmi les responsables du siège de La Rochelle. Aussi allez-vous vivre ici jusqu'à ce que la mort vous surprenne. C'est-à-dire que vous allez mourir de faim... Exactement dans les mêmes conditions que des milliers de Rochelais.

Comme Hermès s'est assis et le regarde avec insolence, le marquis poursuit.

— Mourir de faim est peut-être un grand mot. Car vous disposez d'un ravitaillement équivalent à l'ordinaire du Rochelais. Vous trouverez dans le garde-manger, à droite de la cheminée, des chardons, du pissenlit, de l'algue vulgaire cueillie dans les rochers avec des petits crabes en décomposition qui donnent aux mets un peu de saveur, trois chapeaux (oui, depuis peu, le chapeau est prisé des gastronomes, surtout quand il est orné de plumes de faisans, j'ignore si vous êtes capable d'imaginer l'arrière-goût délicieux de ces plumes), des feuilles de laurier et une paire de vieilles bottes dont le cuir, convenablement bouilli, permet de se maintenir en forme. Si toutes ces merveilles ne vous ouvrent pas l'appétit, vous avez la possibilité de me faire appeler en frappant sur la cloche qui se trouve près de la porte. Votre libération, sur l'honneur bien entendu, sera au prix d'un entretien avec Sa Majesté Louis XIII elle-même et en présence du cardinal, entretien au cours duquel vous ferez état des horreurs de la faim. Je le répète : des horreurs de la faim.

— Soyez plus clair.

— C'est tout simple. Nous souhaitons que l'état lamentable dans lequel vous vous trouverez sous peu inspire de l'horreur à Sa Majesté et à ses ministres ; et qu'ils concèdent à La Rochelle le privilège d'une capitulation sans condition. Qu'ils nous délivrent un sauf-conduit pour deux vaisseaux de fort tonnage, l'un de blé, l'autre de viande...

Hermès l'interrompt en souriant.

— Je n'ai pas encore faim !

— Vous êtes impossible, Monseigneur.

— On me l'a déjà dit, marquis !

La lourde porte se referme sur Hermès, les serrures, rouillées par l'air marin, grincent. Il se retrouve dans une pénombre habitée par une lampe à huile. Il sourit en pensant à ses menus des prochains jours : aspic de chapeaux sauce faisan maître d'hôtel, chardons bonne femme, terrine d'algues gibelotte, bouchées aux bottes de cuir façon chasseur, jus de semelles monté en neige.

Il se passe la langue sur les lèvres. Il sourit parce qu'il est inconscient, parce que il a toujours eu confiance en lui et que les images extraordinaires que lui inspire Anna Le Halper lui permettent de rêver.

Il ignore ce qui l'attend.

Au quatrième jour de son incarcération, une violente crampe à l'estomac le cloue sur place. Pris de vertige, il s'appuie contre la muraille. Quand il tente de rejoindre son lit pour s'y allonger, il perd l'équilibre. Pour ne pas buter contre le sol rocailleux, il se laisse aller doucement, se retient des deux mains, se couche, se repose... Et là, l'oreille collée au sol, il découvre tout un environnement. D'après ce qu'il entend, la maison serait proche de la mer qui bat et semble s'engouffrer dans une espère d'anfractuosité où cognent, l'une contre l'autre, des coques légères. Et chose curieuse, sinon très intéressante, autour des maisons voisines, circulent beaucoup de femmes, aisément repérables à leurs bavardages.

Serait-ce un hameau habité par des femmes ! Quelle merveilleuse idée pour dissimuler des activités clandestines ! Qui se douterait que ces habitations de veuves, de vierges (un peu comme on en trouve à l'île de Sein) dissimulent un repaire ?

Hermès écoute longtemps : pas une voix d'homme ne vient troubler la délicate mélopée de ces femmes. Ce sont pourtant des hommes qui l'ont reçu à sa descente de bateau et mené jusqu'ici. Mais ces hommes n'habiteraient-ils pas le hameau ? Intéressant dans la perspective d'une évasion.

Il se sent mieux. Il faut en profiter et ne pas perdre de temps. Dans la mesure où il est faible, il doit agir vite. Ne pas attendre d'être un grabataire délirant de faim.

Dès cette nuit il tentera une reconnaissance. Dès cette nuit, ou plutôt demain, vers quatre heures, alors que les humains surpris dans leur sommeil, ont le plus de mal à réagir. Comme le lui a conseillé le marquis, il actionnera la cloche et calculera, avec un maximum de précision, le temps que celui-ci mettra pour venir le rejoindre.

Grâce au conduit très droit de la cheminée qui lui permet de voir le ciel, il garde une bonne notion de l'heure. A cela, sans doute, ses geôliers n'avaient pas pensé !

Il veille. D'affreuses douleurs le poignardent dans le ventre mais il tient bon. La nuit est interminable. Quatre heures du matin. Il a décidé de réveiller le marquis à quatre heures du matin. Sa volonté est telle qu'il est certain de réussir. La lueur de l'aube paraît en haut du conduit de cheminée, petit rectangle grisâtre.

Alors, il frappe sur la cloche et il attend cinq minutes, dix minutes — le marquis se serait-il moqué de lui ! Du temps passe, il colle son oreille contre le sol. Il aurait dû le faire plus tôt ! Des femmes parlent entre elles. Il repère un ou deux noms, dont celui de Laurette. Il saisit une phrase : « Hé, Laurette, y a l' prisonnier qui fait des siennes », et une réponse : « L' pauvre homme, si c'est pas une misère d' voir ça ! »

Hermès imagine Laurette, jeune (à la voix, cette estimation est facile) et sensuelle, c'est ce qu'il déduit du timbre rauque et alerte. Enfin, retentissent des pas, des pas d'homme. Ceux du marquis ?

Hermès fait un effort inouï pour se traîner jusqu'au fauteuil et se composer une attitude.

Une grosse clef ferraille dans les serrures. La porte s'ouvre brusquement, violemment. Le marquis paraît dans l'embrasure, un pistolet dans chaque main.

— Vous êtes raisonnable, dit-il, dès l'instant où il aperçoit Hermès dans le fond de la pièce, assis, et manifestement dépourvu d'intentions belliqueuses.

— Je crève surtout de faim.

— C'est bien de votre faute, constate le marquis. Vous n'avez rien mangé.

Hermès ne répond pas.

Prudent — il est seul — le marquis ne dépasse pas le pas de la porte et maintient ses pistolets braqués sur Hermès.

— Alors, vous êtes disposé à intervenir auprès de Sa Majesté, à lui expliquer l'état dans lequel se trouvent mes coreligionnaires et amis de La Rochelle.

— J'aimerais en discuter avec vous.

— A votre disposition.

— C'est très aimable à vous, marquis. Vous savez très bien — puisque je suis moi-même au courant — que l'Angleterre prépare une troisième expédition pour sauver votre bonne ville des tenailles catholiques. Bien sûr, le lord grand amiral duc de Buckingham éprouve des difficultés à remettre en état une escadre blessée, vétuste et mal équipée. Mais il a l'oreille de son roi et il attaquera, cela ne fait aucun doute.

— C'est vous qui le dites, Monseigneur.

— Seriez-vous défaitiste ?

Hermès vient de toucher le marquis à vif.

— Je suis optimiste, entreprenant et ingénieux, rétorque le marquis.

— Je plaisantais !

Hermès n'a qu'un but, inspirer confiance à cet homme.

De nouvelles crampes tordent son estomac, il lui semble que des rats dévorent ses entrailles et que des papillons volettent autour de lui. Il s'efforce cependant de faire bonne figure. Le marquis n'a pas l'air de se rendre compte de son état.

— Je vous admire d'avoir le cœur à plaisanter.

— Vous vous trompez, je prends notre entretien très au sérieux, proteste Hermès, sinon je ne me serais pas permis de vous déranger. Pouvez-vous m'expliquer l'utilité d'une démarche auprès de Sa Majesté puisque vous savez très bien que Buckingham viendra à votre secours et vous délivrera ?

— Je le sais, et vous avez raison de le souligner. Mais libérer une ville de ses habitants morts n'a aucun intérêt. Ce seront des cadavres qui fêteront la victoire... Je vous en prie, Monseigneur, dites à Sa Majesté que, si nous sommes révoltés, elle n'en est pas moins respectée par ses sujets rebelles. Mais nous ne pouvons penser que Sa Majesté accepte l'horrible agonie des Français qui, s'ils ne sont pas obéissants, n'en demeurent pas moins dévoués.

Hermès aimerait lui répondre qu'en politique, il n'existe rien de pire que la sentimentalité. Mais il s'abstient.

— Maintenant les choses sont claires.

— Alors, se réjouit le marquis, vous me donnez votre parole d'officier...

Hermès l'interrompt.

— Je vous ai déjà dit que je ne vous la donnerai jamais. Maintenant, laissez-moi réfléchir. Quand j'aurai vraiment faim, quand j'en serai réduit à manger vos pissenlits et vos vieilles bottes, sans doute vous demanderai-je une nouvelle audience...

Brusquement, en voyant le visage imberbe du marquis, il lui vient une idée.

— En attendant, dit-il, j'ai une requête.

— Je vous écoute.

— Pourriez-vous avoir l'obligeance de m'envoyer un barbier-chirurgien pour me couper les poils infâmes qui me poussent sur tout le visage...

Le marquis se lève.

— Pour vous prouver les bons rapports que nous, Rochelais, désirons entretenir avec l' « ennemi », j'y consens. A condition...

— Toujours des conditions, marquis !

— A condition que vous consentiez à ce qu'on vous lie les mains derrière le dos pendant l'opération.

— Cela va de soi, marquis. Et même les pieds !

Le marquis s'en va, satisfait.

Il claque la lourde porte.

Hermès n'entend pas fonctionner les serrures. Au bout de sa résistance physique, il s'est évanoui.

Hermès gonfle son ventre puis le rentre. Il exerce les muscles de son estomac à supporter le vide. Depuis qu'il est rasé, il se sent un peu mieux. Sa décision est prise. Il agira le lendemain matin, à l aube. Il a devant lui quelques heures pour rassembler ses forces, oublier sa faim, mettre au point son plan d'évasion dans le moindre détail. D'une façon incompréhensible, les minutes s'écoulent rapidement. Dans le rectangle du conduit de cheminée, Hermès voit passer la lune, des étoiles, un nuage et maintenant une lueur grise...

Il cogne sur la cloche.

Quand, l'oreille au sol, il entend les pas du marquis se rapprocher, il se précipite sous la cheminée et en commence l'escalade, à la façon d'un reptile. Le conduit est étroit, hérissé de pointes ne permettant pas la retraite, le retour en arrière. A mi-chemin, épuisé, alors qu'il veut reprendre son souffle et le poids de son corps l'entraînant à reculons, une pique lui entre dans le dos. Il réprime un cri de douleur, continue à progresser, prenant appui sur des piques qui écorchent sa chair, mais, plus il va vite, moins il souffre.

Sa tête émerge de la cheminée. Un coulis de vent frais le surprend, une vraie béatitude. Dans le contre-jour, une silhouette s'approche de la maison : celle du marquis. Les prévisions d'Hermès sont justes : encore ensommeillé, son ravisseur n'a pas l'idée de lever la tête pour examiner le toit. À l'instant où il va gagner la porte, une masse tombe sur lui, l'étourdit assez longtemps pour qu'il soit désarmé, bâillonné, traîné à l'intérieur, déshabillé, ficelé à la table, dans l'incapacité de faire un mouvement...

Hermès s'empare des vêtements du marquis, les revêt. Titubant, couvert de sang, il explore l'allée qui sépare les quelques habitations du hameau. (Car il ne s'était pas trompé, il s'agit bien d'un hameau.) Au lavoir, une femme est déjà affairée à battre son linge.

— Où est Laurette ? demande-t-il.

— On va vous la chercher, m'sieur l' marquis.

— Fais vite.

En son absence, Hermès lave discrètement ses blessures.

Laurette ressemble à ce qu'il avait prévu : une belle fille de la campagne, fraîche, éveillée, gentille.

— M'sieur l' marquis, dit-elle, vous êtes blessé !

Hermès prend un dernier risque.

— Allons chez toi, dit-il, la voix volontairement cassée. Il ignore jusqu'à quel point Laurette pourrait reconnaître la voix du marquis.

Elle l'entraîne, achève de nettoyer ses plaies, verse dessus une décoction qui brûle mais doit cicatriser, s'affaire à lui confectionner de quoi manger. De quoi manger ! Hermès affecte de faire la fine bouche.

— Ton bouillon serait remarquable, Laurette, s'il était plus salé...

— Pardon, m'sieur l' marquis...

— Ne t'inquiète pas pour si peu, Laurette, et jettes-y quelques œufs, ça les fera mollets.

Que l'on dispose d'autant de ravitaillement dans les environs immédiats de La Rochelle prouvait, s'il en était encore besoin, l'efficacité de son blocus par Richelieu.

Il déguste lentement ses œufs, en laisse deux dans le fond de l'écuelle, grignote une aile de poulet alors que, s'il se laissait aller, il mangerait les os.

— Laurette, dit-il soudain, il y a un traître dans le hameau. Il m'a lardé de coups. Il faut que tu me caches jusqu'à la nuit...

— Et où ça, m'sieur l' marquis ? demande Laurette avec ingénuité.

— Dans ton lit, Laurette, et avec toi dedans.

— C'est un honneur, m'sieur l' marquis.

A la nuit tombée, Laurette, totalement soumise, trouve une barge qu'elle pousse d'un long bâton à travers le marais poitevin jusqu'à Marans. Dans l'inextricable labyrinthe aquatique, Hermès ne se serait jamais débrouillé seul.

— Maintenant, dit Laurette, avant qu'ils ne se séparent, j' peux plus r'tourner chez moi. Y m' pendraient. J' ons bien vite su qu' vous étiez pas l' marquis, mais un plaisant homme, et j' voulais m' sauver...

— Pourquoi ?

— On m' forçait à trahir. C'est pas les femmes qui sont à punir, c'est les hommes, les hug'nots. A l'Aiguillon, y s' cachent au fond d' l'anse.

— C'est en effet là que je pensais me trouver. Tu veux que je te venge ?

— Ce s'rait m' faire bien d'honneur.

— Le marquis est enfermé à ma place, pieds et poings liés...

— J' m'en doutais ! se réjouit Laurette.

Elle touche profondément Hermès. Ainsi la France est peuplée de filles courageuses, généreuses et, de surcroît, belles que c'en est un ravissement.

Laurette échoue sa barge. Devant eux se dresse le campement de mousquetaires le plus au nord de La Rochelle, dans le secteur de Marans.

Des officiers reconnaissent Hermès. Il leur confie Laurette et une mission punitive dans le repaire de l'Aiguillon.

Laurette !

Finalement, Hermès a-t-il éprouvé du plaisir à partager son lit ou s'est-il fait une alliée dans le but d'échapper à ses geôliers ?

L'un et l'autre.

Après cette expérience, il n'en est pas moins profondément écœuré.

Les limites précises de la torture lui sont apparues, telle que les habitants d'une ville en état de siège la subissent. L'enjeu d'une guerre de religion devient synonyme de lente strangulation.

3.

La traversée

Décidément milady est un capitaine hors pair. Il semble qu'elle sache éviter tous les pièges. Le métier de marin devient un art si on est doué d'instinct. Anna Le Halper, qui n'est jamais allée à Saint-Malo, qui ne possède même pas une carte des abords, a compris que l'approche en est difficile en raison des bancs de sable de l'embouchure de la Rance et des cailloux qui abondent un peu partout.

Aussi le *Lady Anna* croise-t-il au large dans l'attente d'un pilote.

Les services de Richelieu ont bien fait les choses. On l'attendait et une place à quai lui a été spécialement réservée. On a même donné des ordres pour que la coque soit carénée, repeinte, le gréement remis à neuf avant la grande aventure de l'Atlantique. Un jeu de voiles neuves a été mis à la disposition d'Anna, avec un jeu de pavillons français, anglais, espagnol, hollandais et même le drapeau noir à tête de mort des pirates afin d'intimider en cas de rencontre douteuse.

Au matin, alors qu'Anna vient de se lever, une silhouette en balade le long du quai retient son attention. L'homme est petit, pour ne pas dire minuscule ; où l'a-t-elle vu ? Mon Dieu ! Bien sûr, à Lyndhead et à Falmouth : c'est Shoou-Shoou le nain, le « petit nain » comme elle l'appelait.

Surprise, c'est à haute voix qu'elle se demande :

— Qu'est-ce qu'il vient faire ici, celui-là ?

Shoou-Shoou s'avance vers le *Lady Anna :* Révérences et baise-main. Anna se plonge dans le monde de Michipe et des landes interminables de Cornouailles. Elle en est bouleversée.

— Juste une remarque en passant, milady, si vous voulez bien me la permettre. Vous venez de dire : « Qu'est-ce qu'il vient faire ici, celui-là ? »

Anna sourit. Shoou-Shoou est vraiment très fort de savoir lire sur les lèvres.

— Ce que je viens faire ici ? ajoute-t-il. Je suis chargé de mettre à votre disposition la somme de 30 000 livres.

— 30 000 livres, répond Anna sans sourciller. C'est bien, je les attendais.

« Elle ne manque pas d'audace », pense Shoou-Shoou.

— J'ai également reçu mission de me mettre à votre disposition...

Anna se rebiffe.

— Vous commencez à m'ennuyer avec vos missions. Depuis que j'ai été mise en prison à Saint-Martin-de-Ré, dans mon propre pays, je ne dépends plus que de moi-même. Si ça me prend de rendre service, je rendrai service. Ça ne regarde plus que moi. A quoi peux-tu servir ?

— A tout, milady : codage et transmission de messages, garde du corps, exécuteur de basses besognes, négociateur, banquier, conseil aux heures difficiles...

— Mais, dit Anna, je reste peu de temps à Saint-Malo.

— Tant mieux ! J'ai hâte de connaître le Canada. Il paraît que ce pays est époustouflant de beauté... mais froid, atrocement froid quand la mauvaise saison vous tombe sur les épaules. Nous y trouverons à acheter des peaux de bête pour nous vêtir. En attendant, un bon conseil, milady, munissez-vous de laines chaudes. J'ai interrogé des patrons de bateaux qui font la pêche à la morue sur les bancs de Terre-Neuve. Ça gèle, là-bas...

Il s'impose. Anna aurait souhaité ne pas l'embarquer, car elle le juge parfois encombrant. Mais au Canada, il peut être utile.

— Je vais trouver un coin où te loger, dit-elle.

— Voilà ce que j'attendais, milady, dit-il, ravi. Je vais chercher mon baluchon à l'auberge des Flibustiers et si vous le voulez bien, dès demain, nous réglerons nos affaires avec le représentant du marquis de Colpach...

— Comment, tu es au courant ?

— De tout, vous dis-je, milady ! Et j'oubliais de vous transmettre les bonnes amitiés de Lord Horse. Il n'y a pas plus de trois jours, je me trouvais avec lui à Londres. Il me tenait caché dans une de ses maisons de Chelsea car je suis « brûlé » en Angleterre. C'est par lui que j'ai reçu l'ordre de me rendre à Saint-Malo et de me mettre à votre disposition...

— Qui en a décidé ainsi ?

Shoou-Shoou ne répond pas.

Anna aimerait bien savoir.

— Qui ? Le Père Bruno ? Hermès ? Plus important ? Le Père Joseph ? Richelieu ?

— Instructions chiffrées et anonymes.

— Oui, tu ne veux rien dire.

— Exactement, milady. Personne ne doit être au courant. Pour l'équipage, je suis un vieil ami à vous qui s'ennuie dans la vie et qui aime les voyages. J'allais oublier un détail important. Mad ne me connaît pas, elle ne m'a jamais vu. Si je lui parle anglais, à elle ou à des membres de votre équipage, ce sera avec un atroce accent malouin.

Shoou-Shoou saute sur le quai et disparaît en clopinant.

Le lendemain, on ne le voit pas. Le surlendemain, Anna commence à le rechercher dans le port, puis dans la ville. Il est introuvable. Veut-il se rendre indispensable ?

On est en train de repeindre la coque du *Lady Anna,* de renforcer les mâts afin de les rendre plus résistants aux bourrasques du grand large quand un page aux allures de fille se présente à bord : il est porteur d'un message qui convoque Anna dans un bouge (bien nommé « A la lanterne rouge ») juste après la tombée de la nuit.

Elle doit y rencontrer un homme aisément reconnaissable à un petit chapeau vert orné d'une plume de faisan.

La nuit allait tomber et Anna, habillée en marin, une pipe en terre à la bouche, s'apprêtait à quitter son bord, quand Shoou-Shoou se présente. Elle est furieuse.

— Tu aurais pu t'occuper de moi plus tôt !

Shoou-Shoou se fait humble, mais son calme est positif. Il a gagné : il s'est rendu indispensable.

Confiée à la surveillance dévouée de Casimir, Mad reste à bord. Mais Anna éprouve un vague sentiment d'inquiétude. Le rendez-vous à la Lanterne rouge ne lui plaît pas.

On accède à l'auberge par un escalier vermoulu qui sent le moisi et là, dans une courette verte d'humidité, brille le rouge de la fameuse lanterne. Un homme, ivre mort, étendu dans ses vomissures, chante la gloire des longs voyages, au-delà des terres les plus lointaines, là où les femmes ont la peau cuivrée et l'accueil nonchalant.

Ça sent très mauvais dans le bouge. Des femmes fardées, à demi vêtues, circulent, portant des chopes de bière qu'elles renversent sur la tête des clients trop entreprenants dans des hurlements de rires stupides.

Dans une alcôve, devant une table à peu près propre, un homme au teint rose et arborant un petit chapeau à plume de faisan, invite d'un geste Anna à le rejoindre. Shoou-Shoou suit milady de près, évitant par des coups de poing bien placés, qu'on ne lui pince les fesses à tort et à travers. « Et milady est habillé en garçon, pense-t-il. Si elle était en femme, qu'est-ce que ce serait ! » L'homme s'appelle Charles Brédimus. Il est fort bien élevé. Il offre de l'alcool de quetsche spécialement distillé à Luxembourg pour le marquis de Colpach. Et on passe aux affaires.

Dans un entrepôt, Charles Brédimus tient à la disposition de milady un assortiment de trois cents barils de poudre à tirer, répartis, par quantités égales, en poudre à canon et en poudre fine à gibier. Ces barils sont étiquetés « Sel » à destination des pêcheurs de Terre-Neuve pour la conservation de la morue...

Shoou-Shoou sourit. Il adore les affaires un peu entortillées.

— Item, poursuit Charles Brédimus, item trois caisses de fusils et quatre de pistolets, pour une somme arrondie à 10 000 livres [1].

Anna se contrôle pour ne pas manifester un intérêt trop vif. Elle suppute des bénéfices prestigieux. L'argent ne l'intéresse pas, mais le commerce l'amuse.

— 10 000 livres ! proteste Shoou-Shoou, vous n'y pensez pas ! Le royaume de France est un des meilleurs clients du marquis de Colpach.

Shoou-Shoou pratique avec délices l'art du marchandage.

— Le risque, monsieur, avez-vous pensé au risque que comporte le transport d'une telle marchandise ?

— J'en sais quelque chose, elle vient de Hollande.

— Par la route, monsieur, par la route. Tandis que nous serons en mer. Savez-vous les dégâts que peut causer dans un bateau le moindre baril mal arrimé ? Il roule d'un bord à l'autre, risquant à chaque fois de crever la coque. Sans compter le feu. Imaginez-vous qu'il nous sera interdit, pendant tout le voyage, d'allumer le moindre feu... même pour faire la cuisine ! A la moindre imprudence — un marin allume sa pipe, par exemple — nous risquons d'exploser avec toute la cargaison ! Aussi l'équipage devra-t-il toucher triple solde... Voilà ce que je vous propose — avec l'accord bienveillant de milady, cela va de soi — : 7 000 livres rien de plus. Livraison dès demain matin, le temps se met à l'orage et vous connaissez les effets désastreux que causerait la foudre en tombant sur l'un de vos barils. Je vous prie, monsieur, de nous donner promptement votre réponse. Ce bouge — même discret, j'en conviens — sied mal à milady.

1. Environ 1 million de nos francs, soit 100 millions de centimes.

— Livraison demain à l'aube, accepte Charles Brédimus sans hésiter, la marchandise payable comptant.

— Va de soi ! dit Anna.

L'air libre des quais de Saint-Malo a des saveurs inoubliables.

— Et mon bateau sent le propre, dit-elle à Shoou-Shoou, heureux à la perspective de vivre de folles aventures auprès de celle qu'il apprécie de servir.

Anna pousse un soupir de soulagement. Ses « petits loups » sont rendus avec un gros retard ; elle se demandait si Hermès ne lui avait pas fait un drôle. Elle, qui n'a jamais eu la moindre alerte de ce côté-là, commençait à se faire du souci.

Elle fait part de son soulagement à Mad qui se réjouit et toutes deux, sur le pont, font une encoche à chaque baril de poudre embarqué.

Tous les vingt barils, Shoou-Shoou installé dans la cabine principale avec Charles Brédimus, lui compte son dû. A titre de prime, celui-ci a ajouté quelques caisses d'objets inutiles, des petits miroirs, de la verrerie ordinaire, dont, paraît-il, les Indiens sont amateurs.

A midi, l'opération est terminée. Casimir vérifie (deux fois plutôt qu'une) l'arrimage des barils. Tout est prêt. Il ne manque que des vents favorables pour prendre la mer. A l'approche de l'orage, ils sont nuls. Le tonnerre gronde du côté de l'Angleterre, et avec les premiers éclairs, d'une violence inouïe, parvient une nouvelle incroyable.

Ce matin, 23 août 1628, à Portsmouth, le lord amiral duc de Buckingham est mort assassiné. L'information se répand par toute la ville. Déjà, des cavaliers partis au grand galop, ont pris le chemin de la Vendée pour en informer le roi.

Pour La Rochelle, c'est la catastrophe. Qui, en Angleterre pourrait avoir l'ascendant sur le roi et la détermination de Buckingham ? Il est irremplaçable. En revanche, de l'autre côté de la Manche, hormis le désespoir de sa famille et du roi, dont le visage devient noir de chagrin quand on lui annonce la mort de son favori, c'est la liesse. Les Anglais ne veulent pas de cette guerre inutile et coûteuse, ils ne veulent plus de la royauté...

Pour Anna, c'est comme si Michipe mourait une seconde fois, Michipe, l'ami de Boucquingam, de Steenie, comme on l'appelait...

L'orage éclate.

Les vents tournent, ceux des événements de l'Histoire et ceux qui permettent au *Lady Anna* de déborder les récifs qui défendent Saint-Malo.

Attentive aux manœuvres du pilote, Anna se tient à ses côtés. L'homme connaît Terre-Neuve, le Canada. Il faisait partie de l'une des expéditions de Samuel Champlain. Il met Anna en garde contre le redoutable danger des glaces flottantes.

— Ce sont des monstres, dit-il, gros comme des villages. Parfois, ça fait penser à des villes gelées. Si un bateau les heurte, il est bon pour couler.

La mer, maintenant, est claire. Il n'y a plus d'obstacle. Le pilote va quitter le *Lady Anna* pour rentrer à Saint-Malo. Il est vieux, il en a vécu des choses, mais il n'a encore jamais vu une jeune fille commander un bateau qui s'en va vers la tempête. C'est vrai, il n'a jamais vu ça.

Et juste avant de quitter Anna, il se permet une question :

— Puis-je vous demander votre âge, milady ?

— Bien sûr. J'ai dix-sept ans depuis six mois.

— Que la mer et les hommes vous soient favorables !

Le vent forcit. La mer se creuse.

Le pilote est resté trop longtemps à la barre du *Lady Anna.* Il a du mal à regagner son bord ; il faudrait mettre en panne... C'est alors qu'il a une idée folle.

— Et si je restais avec vous, milady ? Je connais la plupart des coins où vous allez comme le fond de ma poche. Je vous l'ai dit : j'étais avec Champlain...

La proposition est inespérée.

Anna n'hésite pas.

Elle embrasse sa bonne vieille tête de marin. Il pique aussi fort qu'un hérisson. Anna aime ses yeux bleus qui débordent d'amour pour la vie. C'est toujours beau, un homme d'enthousiasme.

— Comment t'appelles-tu ?

— Pierrot.

— Pierrot, tu t'occuperas de la navigation.

Et avec une franchise qui désarme Pierrot, elle ajoute :

— J'avais peur de ne pas toujours arriver à me débrouiller.

— Milady a l' « sens », ça vaut mieux qu' toutes les techniques, dit-il.

— Parfois, c'est pas assez !

Pierrot hausse les épaules. Il n'est pas homme à faire trop de compliments.

Il fait des signes aux hommes du bateau-pilote : qu'ils rentrent sans lui à Saint-Malo. « Et bonjour aux amis ! »

Dans la joie et les embruns, le *Lady Anna* cingle sur le Canada.

La vie à bord s'organise. On ne mange que du froid, à cause de l'interdiction de faire du feu, ce qui est pénible dès le premier repas. Au carré des officiers, on prend la chose avec bonne humeur et on mange des viandes fraîches déjà cuites avec des carottes crues. On pêchera plus tard...

Un homme de l'équipage inquiète Shoou-Shoou. Il l'a surpris se faisant cuire des œufs et incitant l'équipage à ne pas se laisser faire. Réprimandé par Shoou-Shoou dans un anglais douteux (personne ne doit se douter qu'il est bilingue), ce diable de marin irlandais lui a répondu en termes orduriers que le nain a fait semblant de ne pas comprendre. Et l'homme, roux à faire peur, est une brebis galeuse. Il risque de toujours rechigner contre le règlement particulier du *Lady Anna.* Pierrot et Casimir pensent comme Shoou-Shoou : on en viendra difficilement à bout.

Mad le voit un matin tôt, alors qu'elle se rend jusqu'à l'étrave pour se dégourdir les jambes, absorbant une boisson chaude.

Comme elle lui en fait l'observation, il se permet, sur elle, un geste déplacé.

Casimir et Pierrot, conseillés par Shoou-Shoou, exigent qu'on le mette aux fers. La réponse de l'Irlandais roux est un formidable coup de pied dans le derrière de Shoou-Shoou. Le nain roule sur le pont, arme un pistolet et tire. Il atteint l'Irlandais entre les deux yeux.

— Pour l'exemple, dit-il.

Sans cérémonie, sans prières, le corps est jeté à la mer. Une discipline exemplaire règne à bord.

Un point, cependant, chagrine Shoou-Shoou. S'en ouvrir à Lady Anna est délicat. Il prend le risque de l'aborder.

— Si je peux me permettre... dit-il.

— Dis ce que tu as sur le cœur, Shoou-Shoou.

— Milady pourrait-elle demander à Mad de porter une culotte. Avec indécence, elle s'assied au vu de tous sur le bastingage.

— Shoou-Shoou, compte sur moi, ce sera fait.

— J'en exprime toute ma reconnaissance à milady.

Le temps s'étire. Il est souvent agréable, lors d'une longue traversée, de le laisser couler entre les doigts, ce temps. Aussi le nain lève-t-il un sourcil interrogateur quand Anna reprend avec sérieux.

— Tu ne trouves pas que, depuis l'Angleterre, les seins lui poussent énormément ?

— Mais... de qui parlez-vous, milady ?

— De Mad, bien sûr.

Shoou-Shoou devient écarlate. Il lui avait en effet semblé que... Il bafouille.

— Je n'ai pas eu le loisir d'observer le phénomène !

— Eh bien, observe.

Le journal de bord qu'Anna s'acharne à tenir avec l'application qu'elle mettait à faire ses devoirs de catéchisme allait porter l'habituelle mention « Rien à signaler de particulier » quand Pierrot l'appelle sur le pont.

Dans un éblouissement bleuâtre, scintillant, une masse énorme flotte sur la mer. Anna ne comprend pas très bien ce qu'elle représente. C'est une de ces montagnes de glace signalées dans les récits de Pierrot. Le pont, soudain, s'est couvert de givre, rendant la manœuvre particulièrement délicate. Les cordages, raidis par le froid, glissent mal dans les poulies bloquées par le gel.

— Cap au sud, ordonne Anna.

Tout l'équipage est sur le pont, mal à l'aise. A part Pierrot, personne n'a jamais vu ça. Shoou-Shoou, curieux, mais trop petit, ne trouve pas une place d'où il pourrait profiter du spectacle. Alors Pierrot, serviable, en le prenant sur le dos comme on le fait avec un enfant pour lui permettre d'admirer une revue militaire, glisse sur une plaque de verglas. Ils tombent l'un sur l'autre. L'équipage s'en amuse et se détend.

Pour Anna, le seul souvenir de cette montagne flottante est une vision du diable. Elle fait immédiatement établir une veille permanente et réduire la vitesse du bateau.

— Pas trop, conseille sagement Pierrot. Nous sommes partis tard en saison. Dès septembre, surtout vers la fin, et on y arrive, ça fait des tempêtes dans les parages.

En attendant, c'est le calme plat et le *Lady Anna* se balance mollement dans une houle longue en grinçant de partout. Il ne fait pas chaud. Manger froid est de plus en plus pénible, surtout le matin au réveil, le corps rechigne à se mettre en route pour la journée.

On se distrait comme on peut. L'équipage pêche, on joue aux dés. Des dauphins exécutent des pirouettes autour du bateau.

Dans la cabine, Anna, en compagnie de Pierrot et de Shoou-Shoou, commence à se familiariser avec une carte du Canada que lui a fait remettre le cardinal. Elle est de 1615, la meilleure et la plus détaillée qui se puisse trouver ; et Anna est émerveillée. A quoi correspondent tous ces noms si savoureux : la baie des Chaleurs, le cap des Tempêtes, l'île aux Gros-Yeux, la Charente (une rivière !), Belle-Ile, Laval, comme chez nous ! Et puis, Québec.

Pierrot réagit.

Québec ! Il sait de quoi il retourne : en 8, il y était, avec Champlain, au moment où il a fait construire l'Habitation, une espèce de fort en bois défendu par des canons.

Il rêve.

— En 8 ! Y a déjà vingt ans et j'avais vingt ans ! Maintenant l'Habitation est devenu une ville ! Une ville, si on peut dire ! Plutôt un hameau composé de cabanes avec, au beau milieu, la forteresse de mon maître, le sieur de Champlain, que j' reverrais avec joie. L'endroit est plaisant et bien choisi. Une colline domine le Saint-Laurent ; on voit venir l' danger de partout. J' l'ai connue couverte de noyers. Pour moi, dans mes rêves les plus hardis, c'est la plus belle image : les noyers d' Québec. J' sais pas pourquoi, j' la garderai toujours en mémoire. Et, milady, elle a des amis à Québec ?

— Un ami, une connaissance, un homme de valeur. Il était restaurateur à La Rochelle : Julien Bigras.

— Jamais entendu parler.

— Pas étonnant. Il est arrivé au printemps de cette année avec un homme qui compte pour moi, le capitaine Jeannot de la *Petite Marie.*

— S'ils sont à Québec, y ont dû remonter le Saint-Laurent en bateau.

— On peut ?

— Un peu qu'on peut ! Et c'est c' que milady a envie d' faire ?

— Absolument.

— Chasseurs et trappeurs se r'trouvent le plus souvent au confluent des deux rivières, poursuit Pierrot.

Anna pointe sur la carte un index interrogateur.

— Et où sont-elles, ces deux rivières ?

— L' Saint-Laurent et la Saguenay, milady. Vous trouverez leur confluent en aval de Québec.

— C'est intéressant à savoir, dit Anna qui a froid, qui est fatiguée, qui est lasse de manger de la morue à peine salée et crue.

La mer est libre.

Le *Lady Anna* fait du sur-place. Elle n'a qu'une envie, rejoindre sa couchette où le petit corps chaud de Mad lui servira de chaufferette.

4.

La reddition

L'aventure d'Hermès fait rire le cardinal. Il n'y attache que peu d'importance dans la mesure où elle lui parvient en même temps que la nouvelle de l'assassinat du duc de Buckingham. Il ne partage pas l'optimisme de ceux qui voient dans cette disparition l'anéantissement de l'escadre britannique. La partie n'est pas complètement jouée et il a raison de le croire. En politique, rien n'est jamais gagné. Douze jours, très exactement douze jours après la mort du grand amiral, la flotte anglaise appareille de Portsmouth.

Elle comprend cent vingt-sept vaisseaux dont treize, ce qui n'est pas glorieux, battent pavillon français. L'escadre est déterminée à en finir. Elle est commandée par le comte de Lindsey, un jeune, un loup et un homme d'intelligence. Il dispose aussi d'atouts sous la forme d'armes nouvelles comme ces quatre navires bourrés de pierres et de poudre dont le rôle est d'aller s'écraser contre la digue et les défenses de La Rochelle. En explosant, ils pratiqueront les brèches nécessaires aux troupes d'invasion...

A La Rochelle, c'est le dernier sursaut d'espoir. Les cloches battent à la volée. Pour prendre des forces et se trouver en état de combattre, on mange n'importe quoi, des vêtements, des harnais ; ceux qui se sont voulus les plus malins, les avares, les prévoyants se rendent à leurs cachettes et déterrent un jambon qu'ils gardaient pour fêter la victoire. Il n'en reste plus que l'os et des lambeaux pourris.

Le 29 septembre, les Anglais sont au mouillage de Saint-Martin-de-Ré. C'est l'effervescence.

L'armée française s'étire. Elle va enfin se dégourdir les jambes et combattre l'ennemi étranger. On en avait assez de provoquer la mort lente des compatriotes.

Louis XIII, Richelieu, les chefs de guerre, les ministres, les dignitaires, la noblesse, tous affluent vers la côte, y compris les dames qui arrivent en carrosse assister au spectacle. Comme si on ne craignait pas les Anglais ! Comme si ces centaines de voiles, sur la mer, ne représentaient qu'une pavane du lion britannique, inutile démonstration que regardent, consternés, les morts-vivants de La Rochelle. Car rien ne se passe. Le lion se casse les dents sur les barrières dressées par Richelieu. On n'assiste même pas à une action d'éclat, pour l'honneur. On est déçu. Les jours s'ajoutent aux jours... La guerre s'enlise...

A peine rétabli, Hermès se trouve pris dans cette tourmente. Le dénouement de la tragédie est proche.

Les côtes françaises sont hérissées de piques, de mousquets et de canons, tant sur le sol de Vendée que sur la mer. Dans le courant et les vents favorables, les Anglais lancent des brûlots, ces petites embarcations, engins de mort, qui portent l'incendie chez l'adversaire. Les Français les prennent en remorque, comme on mène un ours par le nez.

On traîne en palabres inutiles jusqu'au 28 octobre. Les Rochelais, pour s'être entêtés, pour être allés trop loin dans la provocation, n'espèrent même plus signer la paix. Ils ne comptent que sur la clémence de Louis XIII. D'ailleurs, comment ce roi très chrétien pourrait-il sévir contre cette population de squelettes et de fantômes ?

Il y a une logique à tout. Et celle du 28 octobre 1628 trouve sa justification dans l'humilité, la dignité, la déférence, la modestie, l'allégeance et, de la part du roi, dans le pardon. Et pardonner, dans ce cas particulier, signifie la vie sauve pour ceux qui restent, ni blâmes, ni procès, ni pendaisons, le libre exercice du culte protestant... Avec générosité (certains vont jusqu'à parler de « bon cœur »), Louis XIII se montre magnanime à l'égard des Rochelais. Bien entendu, le culte catholique sera rétabli et toutes les défenses, tours, forts, redoutes seront rasés.

La miséricorde, le roi, l'esprit, le pardon, autant de thèmes nouveaux qui bruissent et deviennent rumeurs dans la ville, qui émerge difficilement du désespoir et de la puanteur.

Très marqué par son expérience du hameau de l'Aiguillon, par cette initiation à la souffrance des hommes, Hermès n'est plus le même.

Lui qui le plus souvent fuyait les problèmes dans la désinvolture découvre l'angoisse. Et celle-ci le fait agir. Mettant en branle ses relations, il obtient la charge d'organiser les secours de la ville.

Dès l'ouverture de la première porte, il se précipite chez quelqu'un qu'il n'a pourtant nulle envie de connaître : Jacques Penaud.

Les rues sont encore dangereuses. Des demi-fous, des fanatiques, des revanchards y circulent, l'arme au poing, et tiraillent sur tout ce qui bouge. Hermès ne connaît pas La Rochelle. « La rue des Merciers ? — C'est à droite, c'est à gauche. » On l'envoie n'importe où, il court, il est pressé et, soudain, dans une rue à arcades, il croise un homme ayant très bonne mine, l'œil bleu et la joue rose. Ce ne peut être que Jacques Penaud ! En effet. Une bouffée de haine, un instant, submerge Hermès. Cet homme a tenu Anna dans ses bras.

— Monsieur, dit Hermès, je vous connais de réputation. J'ai besoin de votre aide. Il me faut du ravitaillement dans les délais les meilleurs.

Hermès s'explique.

En affaires, Jacques Penaud ne se trompe pas. D'ailleurs, l'acompte que lui verse Hermès est une garantie suffisante.

Organisé comme il l'est, ce n'est pas lui qu'on prendra de court.

— Bien, dit-il. En ce qui concerne le bétail, je peux, dans les quarante-huit heures, mettre à votre disposition, des troupeaux de bœufs, une vingtaine, item un même nombre de charretées de porcs bien gras, item du mouton et de la volaille...

— Le plus tôt sera le mieux, monsieur Penaud, le plus tôt possible...

— Je m'empresse.

— Je vous en suis reconnaissant.

— Je ne prendrai, par mesure humanitaire, aucun bénéfice.

— J'en suis persuadé, dit Hermès qui, à son corps défendant, trouve l'homme plaisant.

— Dînons ce soir ensemble, propose Jacques Penaud. Nous mettrons au point la question de l'acheminement du bétail... J'ajoute que je dois être un des derniers maîtres de maison en ville chez lequel il soit possible de se nourrir et de loger.

Hermès est un peu réticent, mais il accepte.

Il n'a pas à le regretter.

Parfaitement sensible aux problèmes qui se posent aux Rochelais, Jacques Penaud a convoqué des hommes susceptibles de lui être utiles. Et, surprise, même une excellente surprise, en retard au dîner, harrassé, la soutane dégoûtante, arrive le Père Bruno. Lui non plus n'a pas perdu sa journée. Il a fait distribuer des vivres prélevés sur les rations de l'armée, qui n'a pas sourcillé à l'idée de se priver pour ces malheureux Rochelais. Il a aussi fait rouvrir des églises, confessé quelques catholiques oubliés, improvisé une messe. Il faut débarrasser les rues de leurs morts, les faire transporter au cimetière, pénétrer dans les maisons à la recherche d'autres cadavres, y soigner des gens gravement malades et les faire conduire dans des hôpitaux de fortune, les rassurer, les nourrir à doses raisonnables — les affamés sont prêts à tous les excès.

Hermès n'en revient pas de cette scène fascinante qu'on vient de lui raconter. Dix riches bourgeois se sont réunis avec leurs épouses pour fêter la libération de leur ville. Ils ont dépensé une fortune pour s'offrir un grand dîner. Au menu, un sanglier, trois moutons, vingt-cinq chapons, des crèmes, des poissons, des desserts, le tout accompagné de vin, blancs, rouges, de pineau, d'alcools... Un peu avant l'aube, ils étaient tous morts d'indigestion.

Tellement surpris de se retrouver dans la situation d'hommes libres à laquelle ils ne croyaient plus, des hommes et des femmes, pris de folie, courent tout nus et en tous sens en hurlant et se jettent contre les murs.

Hermès (avec d'autres) met sur pied un service d'urgence spécialement chargé de venir en aide à ceux dont la raison s'égare pour avoir supporté trop d'horreurs et de privations.

Curieusement, il se refuse à prendre part aux cérémonies (pourtant discrètes) qui marquent l'entrée du roi à La Rochelle aux cris de : « Vive le roi qui nous fait grâce ! » Les révérences et les genuflexions des députés rochelais devant le pouvoir l'indiffèrent. Un autre homme en lui s'acharne à secourir ceux qui ont perdu le sens de la dignité, de la pudeur et de la joie.

En compagnie du Père Bruno, il envoie porter de la nourriture chez ceux qui ne peuvent se déplacer, et alors qu'ils ont, jusqu'ici, évité de parler d'Anna, voici que, sans mauvaise intention, le Père regrette l'absence de la jeune femme.

— Quel dommage qu'elle ne soit pas avec nous, dit-il. Avec son tempérament entreprenant, elle nous aurait bien aidés.

Hermès, ému d'entendre prononcer son nom, ne peut s'empêcher de demander :

— Vous l'avez vue récemment ?

— Juste avant qu'elle n'appareille pour le Canada.

Hermès blêmit.

Ainsi, elle est partie et, par sa faute, ils sont restés sur un malentendu.

Après un silence, le Père Bruno pose une main fraternelle sur l'épaule d'Hermès.

— Ami, dit-il, pourquoi ne l'avez-vous pas épousée ?

— L'épouser ! ironise Hermès. Si vous croyez que c'est facile d'épouser Anna Le Halper !

On les prévient qu'un convoi de bœufs vient d'entrer dans la ville. Ils doivent veiller à ce qu'il soit acheminé en sécurité vers un abattoir.

5.

Le Québec

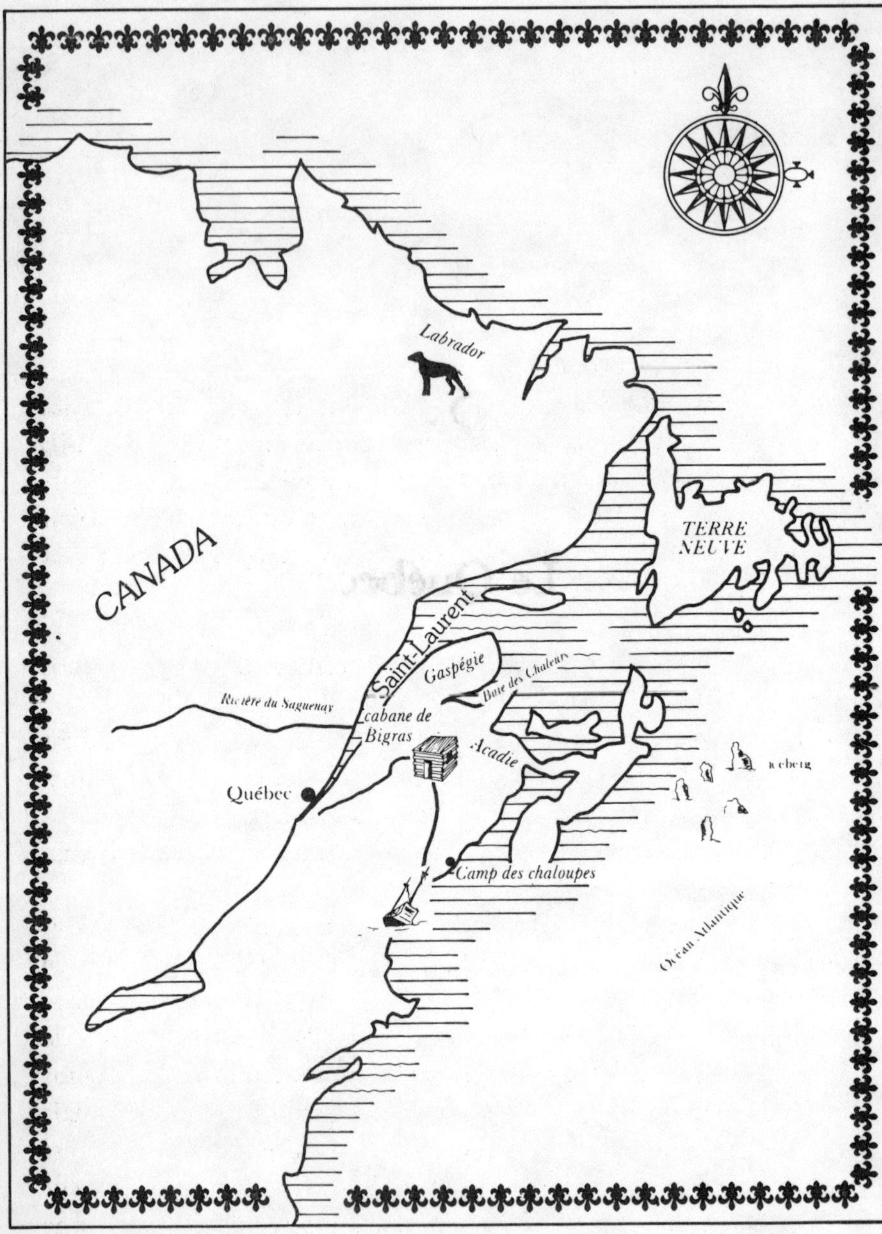

Labrador
CANADA
TERRE
NEUVE
Saint-Laurent
Gaspégie
Baie des Chaleurs
Rivière du Saguenay
cabane de
Bigras
Acadie
Québec
Camp des chaloupes
Océan Atlantique

Des milliers d'oiseaux volent et criaillent autour du *Lady Anna.* A cause de la brume, on ne les voit pas mais on les entend ; et ils sont un signe : la navigation se fait trop près de la terre. D'ailleurs Pierrot, avec son oreille de chien de chasse, a l'impression de saisir le bruit d'un ressac, ce choc des vagues qui frappent une terre et s'en retournent de même.

Mais quelle terre ?

Il ne sait plus où il se trouve depuis plusieurs jours que, sans visibilité, le bateau dérive vers le sud.

Il y a une semaine environ, à l'estime, on devait se trouver dans les parages de la Gaspésie, ce territoire, au fond de la baie du Saint-Laurent, qui délimite, au sud, l'embouchure du fleuve.

Depuis, avec des vents qui ne se décident pour aucune direction précise, on tâtonne, on va à l'aveuglette.

Le pont, les manœuvres, les hommes, tout est blanc de givre. Pour éviter la côte, on fait de l'est, vers les horizons illimités de l'Atlantique.

Depuis ce matin, en dépit du froid, la barbe couverte de paillettes de gel, Pierrot est en alerte, l'oreille tendue. Maintenant que les oiseaux semblent s'être éloignés (ils ne s'aventurent jamais trop loin de la terre), que le ressac n'est plus perceptible, il n'est pas rassuré pour autant. Quelque chose le chiffonne : des bruits sur la mer ; tout à l'heure, il a entendu un fort craquement, une montagne de glace se serait-elle fêlée au contact d'eaux plus chaudes ?

— Rentre, Pierrot, ordonne Anna, tu vas finir par attraper la mort.

— Pas possible, capitaine-milady (c'est sa nouvelle façon d'appeler Anna), faut qu' j' sache c' qui s' passe sur la mer.

Et soudain, des voix : un ordre en anglais, sec, et, pratiquement au même instant, la poupe d'un navire, deux à trois étages au-dessus du nez, un gros, un cinquante-deux canons au moins ! On allait l'empaler, il disparaît dans la brume. Un officier aperçoit le gréement du *Lady Anna*.

— *Thanks God !* dit-il, *we are lucky* [1].

Maintenant, il crie.

— *Who are you* [2] ?

Obéissant à leur sixième sens, Anna, Pierrot et Shoou-Shoou s'immobilisent sans répondre.

Mais l'officier du navire anglais insiste.

— *Are you British* [3] ?

C'était la question qu'ils désiraient ne pas voir posée.

La voix reprend, cette fois dans un cornet :

— *Are you British ?*

C'est au capitaine de répondre.

Shoou-Shoou et Pierrot regardent Anna avec anxiété. De ce qu'elle va dire peut dépendre le succès de l'expédition.

— *We are French protestants* [4], répond tranquillement Anna.

Soou-Shoou est admiratif. Comment imaginer affirmation plus habile ? Aux yeux d'un Anglais être protestant est la meilleure des références.

— *Steer on fifty five, please.* Oh, excusez ! Gouvernez au

1. Merci mon Dieu, nous avons de la chance.
2. Qui êtes-vous ?
3. Êtes-vous anglais ?
4. Nous sommes des protestants français.

cinquante-cinq, s'il vous plaît et réduisez autant que possible la vitesse, nous venons vous rendre visite.

Rapidement une chaloupe accoste et deux *midships* montent à bord. Anna les accueille.

— Qui est le capitaine ? demandent-ils.

— Précisément, répond Shoou-Shoou, vous ne vous trompez pas ! Le capitaine est une femme.

Il hésite une fraction de seconde avant de préciser :

— Mme Anna Le Halper.

Les deux *midships* claquent des talons.

— Mrs. Le Halper, nos respects et nos hommages. *Midship* John Hoodfun et mon collègue, John Penburn.

— On peut se renseigner sur votre voyage ? demande John Penburn.

— Facile, répond Anna. On va s'établir au Canada. Fonder une famille.

— Très bien, et mille fois merci pour l'information.

— Va de soi, dit Anna.

Après quelques civilités et compliments banals, les Anglais vont quitter le *Lady Anna* quand un de leurs marins, resté dans la chaloupe, leur tend un chien labrador. Le *midship* l'attrape par la peau du cou et le présente.

— C'est la chienne China, dit-il, la mascotte du bord.

Shoou-Shoou se méfie. Il ne s'explique pas la présence insolite de ce labrador, chien de couleur fauve, encore non répertorié dans les annuaires britanniques, pourtant informés des dernières évolutions de la race canine.

— China, pourquoi China ?

— Votre grand homme, Jacques Cartier, ne cherchait-il pas, à partir du Labrador, un passage vers la Chine ?

Il ajoute en riant avec insolence :

— Il ne l'a pas trouvé, et pour cause !

La chienne China s'est égarée à bord.

Elle va renifler partout, jusque dans les cales ; elle est insaisissable. Un marin s'acharne à la rattraper, les *midships* rient comme des fous. Une atmosphère bon enfant gagne tout le bord ; on s'extasie sur la drôlerie de China, en alerte, la truffe frémissante. Elle gambade et soudain jappe, puis s'immobilise un instant, le museau tendu. Personne n'y prête attention, exception faite des deux *midships,* et de Shoou-Shoou qui les observe. Bien lui en prend, car il a vite compris ce qui se passe.

— *They have got gunpowder on board*[1] *!*

— *Interesting*[2] *!*

— *Yes. Quite. We have to do something*[3].

Shoou-Shoou prend Anna par la main.

— Veuillez, je vous prie, milady, apprécier avec moi les avantages de la lecture sur les lèvres, dit-il en tournant le dos aux *midships.* Voici ce que ces deux canailles viennent de se dire en confidence : « Ils ont de la poudre à bord ! — Intéressant ! — Plutôt. Il faut faire quelque chose. »

Anna réfléchit très vite.

— Il faut, dit-elle, les désarmer, les prendre en otages...

— Sage décision, approuve Shoou-Shoou, qui se fait des reproches.

Jamais il n'aurait dû accepter la présence à bord de China. Il savait pourtant que les Anglais dressent leurs chiens à repérer certaines substances dangereuses ou prohibées, comme, par exemple, la poudre. China renifle toujours les barils, les uns après les autres.

Anna lève le nez. Elle aussi a du flair. Elle vient de déceler, à un léger claquement de voile, un changement de vent. Elle devine qu'un frisson court sur la mer.

Elle va vers Pierrot qui se tenait à distance respectueuse.

— Pierrot, je ne sais pas ce que tu penses de cette chaloupe

---

1. Ils ont de la poudre à bord.
2. Intéressant !
3. Oui. Tout à fait. On doit faire quelque chose.

pleine d'Anglais, accrochée à notre bord, mais, moi j'en veux plus, qu'ils aillent se faire bernique.

Pierrot se met au garde-à-vous.

— J'ai compris, capitaine-milady, on va trancher les amarres et *good-bye* les *plum-puddings.*

Il est un peu agaçant avec ses formules obséquieuses, mais il est si brave garçon. A-t-il bien tout compris ?

— Il faudra profiter de la risée, précise Anna, pour fuir et lâcher la chaloupe dès que j'en donnerai l'ordre. En attendant, tu m'envoies Tobie et Casimir pour désarmer ces deux imbéciles que je vais inviter dans ma cabine à déguster un pineau de Vendée.

Les deux *midships* manifestent leur goût pour cette boisson qu'ils découvrent. Et si ce n'était pas abuser de l'hospitalité de la « Mrs. Captain[1] », ils apprécieraient qu'elle invitât leur commandant et ses officiers à partager ce plaisir.

A cet instant, Casimir et Tobie apparaissent comme pour se présenter aux ordres, mais, informés par Pierrot, bondissent sur les *midships* qu'ils désarment.

Anna se précipite sur le pont.

— A trancher l'amarre de la chaloupe et à profiter du vent !

Un coup de hache bien ajusté libère le *Lady Anna* de la contrainte anglaise.

Le *Lady Anna* disparaît en silence dans les brumes de l'Atlantique nord tandis que les hurlements de protestations et d'injures des Anglais s'estompent et se fondent dans les bruits de la mer.

Les deux *midships* sont mis aux fers sous la surveillance vigilante de Tobie et de Casimir, chargés de les tenir à l'œil. Shoou-Shoou, plus méfiant que jamais, croit en effet avoir surpris des regards d'intelligence entre la fraction anglaise de l'équipage et les *midships.* Ce qui, en soi, est normal. Aussi conviendra-t-il, au plus tôt, de prendre des dispositions. Shoou-Shoou a une idée. Dès qu'il

1. Madame la capitaine.

l'aura mûrie, il s'en ouvrira au capitaine. En attendant, la chienne China a trouvé en Mad, qui lui donne des friandises, une amie.

Avant que soit prise une décision quant à sa nationalité, le *Lady Anna* bat le pavillon des pirates, noir à la tête de mort.

Fin septembre approche et, curieusement, il fait plus chaud. Malheureusement, les vents du sud sont porteurs de grains et même de tempête.

La brume s'est dissipée depuis longtemps et le « gros cinquante-deux canons » avec sa chaloupe n'est plus qu'un souvenir.

Anna voudrait atterrir.

— Où sommes-nous, Pierrot ?

— A vue d' mon grand nez, on doit être au large d' l'Acadie. Faudrait profiter du temps pas si mauvais qu' ça pour la saison et r'monter pour faire de l'ouest après, et mouiller dans un coin qu' j' connais, la baie des Chaleurs. Là, on s'rait en Gaspésie, faut voir comme c'est beau en juillet avec des groseilliers et des fraisiers, et toutes sortes de bons fruits...

Anna l'interrompt.

— Nous sommes fin septembre, Pierrot.

— Pardon, capitaine-milady. Alors on fait comme ça. En avant pour la baie des Chaleurs.

Anna lui fait confiance.

Elle s'isole dans sa cabine avec Shoou-Shoou. Ils tiennent conseil. Il est d'autant moins commode de faire le point que la mission d'Anna n'est pas clairement définie. Elle devait chercher à connaître, si possible de manière précise, les intentions de l'Anglais. Pour l'instant, en ce qui la concerne elle personnellement, il semble que ce soit l'occasion qui ait créé le larron.

— Milady voit juste, acquiesce Shoou-Shoou, les Anglais en veulent à notre poudre à tirer.

— Il n'y a pas qu'eux qui s'intéressent, poursuit Anna. Et Champlain, il en voudrait pas de notre poudre ?

Shoou-Shoou agite ses petits bras.

— Si...

— Et pour les chasseurs et les trappeurs, notre cargaison, c'est pas du rêve ?

— Samuel Champlain et les marins de France passent avant eux !

— Ça c'est à voir, Shoou-Shoou ! Je suis tout de même maître après Dieu à mon bord.

— J'en conviens, comme je demande à milady de convenir que je suis maître après Richelieu.

— Bernique, tranche Anna. Le cardinal a dit, c'est bien net dans ma mémoire : « Vos fonctions au Canada seront largement laissées à votre initative... »

Shoou-Shoou n'insiste pas.

Il y a du maquereau à déjeuner. Depuis quelques jours, il foisonne, superbe quand il émerge de l'eau et que ses couleurs scintillent comme un feu d'artifice.

Pierrot, qui est un fin coq, en a fait mariner dans du muscadet agrémenté de câpres et de petits oignons hachés bien fin. La pitance est bonne. Shoou-Shoou marque sa stupéfaction par un : « Oh ! Je n'avais jamais encore vu ça ! » à l'adresse de Mad qui avale le poisson avec les arêtes.

— Toujours, commente Anna, quand le poisson est de petite taille. Il n'y a rien d'anormal à ça !

Shoou-Shoou en reste, si l'on peut dire, l'arête au travers de la gorge.

Si, en baie des Chaleurs, les dessous de la mer regorgent de maquereaux, le dessus fourmille d'Indiens.

A leur allure, à leur nudité, Pierrot identifie des Micmacs.

— Ils vont avec juste de quoi cacher leur nature, commente-t-il.

Qu'ils soient presque nus, qu'ils soient Micmacs ou autre chose, ce sont des sauvages et, en dehors de Pierrot, bien entendu, personne à bord n'a encore été confronté à ce genre d'individus.

Anna les trouve terrifiants, à les regarder ramer, debout dans leurs canots, en poussant des cris dont elle veut bien imaginer qu'ils sont de joie. Ils foncent sur le *Lady Anna.* Il est trop tard pour virer de bord. La rencontre est inévitable. Anna remercie les saints du catéchisme de lui avoir accordé la grâce d'embarquer Pierrot : c'est l'homme de la situation, le connaisseur providentiel.

Les Indiens envahissent le *Lady Anna.* Ils brandissent des peaux de castor, recherchent l'échange, dansent autour de Shoou-Shoou dont la petite taille les enchante. Bien qu'ils connaissent les hommes blancs, sans doute n'ont-ils jamais vu un nain ; ils le portent, le cajolent et Shoou-Shoou, pour les amuser, retrouve ses talents de pitre, joue au bébé, pousse des vagissements et se roule par terre.

Anna fait apporter une caisse de bimbelots et distribue des moulinets et des poupées qui changent des cadeaux habituels, verroterie et couteaux. C'était une bonne idée du Luxembourgeois Charles Brédimus.

A bord, c'est carnaval.

Les Indiens remettent à Shoou-Shoou, qu'ils doivent prendre pour une divinité, quelques superbes peaux de castor. Toutes ces chairs nues, ces couleurs, ces odeurs (Mad se bouche le nez) impressionnent Anna qui en demeure perplexe. Pierrot fait une drôle de tête. Il comprend ce que disent les Micmacs et apprend avec consternation que si ces sauvages sont si nombreux sur la côte, c'est à cause des maquereaux, et que s'ils s'intéressent à ce point à ces poissons, c'est à cause de la famine.

— Comme à La Rochelle ! souligne Pierrot.

La déception est amère.

Shoou-Shoou prend l'affaire très au sérieux : la faim n'est pas une plaisanterie et leur premier contact avec les terres canadiennes avec, à bord, deux *midships* animés de mauvaises intentions, une cargaison présentant des risques et un temps qui, de toute évidence, tourne à la tempête, ne sera pas des plus faciles.

Ils ont également intérêt à faire patte de velours avec ces Indiens qui, d'après les récits qu'ils font à Pierrot, auraient récemment mangé des jésuites au court-bouillon.

— Faut pas oublier, commente Pierrot, qu' les Jésuites, y n'y vont pas d' main morte avec les conversions, comme si les sauvages y pouvaient pas vivre comme y z'ont envie !

« C'est un rustre mais il a raison, pense Shoou-Shoou. Le cardinal de Richelieu a bien d'autres chats à fouetter que d'implanter le catholicisme au Canada. En sous-main (seuls le savent les privilégiés dans la confidence), il lui arrive même de favoriser les huguenots, conformément à la politique qu'il entend mener en Allemagne. Mais ceci est une autre affaire. »

La nuit va tomber et les Indiens Micmacs mènent toujours grand tapage.

Shoou-Shoou ne participe qu'apparemment à cette effervescence. Il réfléchit sur les causes de la famine. Il doit bien y avoir une explication.

Il s'en ouvre à Pierrot qui parlemente et se renseigne auprès des sauvages dont certains se révèlent moins primitifs qu'ils en ont l'air.

— Bien sûr, souligne Pierrot, y nous connaissent depuis... ça f'ra un siècle, dans les cent ans, quoi, avec Cartier, Jacques Cartier, vous avez sans doute entendu parler...

— Va de soi, dit Shoou-Shoou qui se surprend à imiter la façon de parler d'Anna, va de soi, mais revenons à notre sujet. La famine, pourquoi ?

La réponse n'est pas facile.

Shoou-Shoou en consigne l'essentiel dans un rapport qu'il soumet aussitôt à Anna. D'après les Indiens Micmacs interrogés par Pierrot, il semble que nous soyons responsables de la crise que traverse le Canada. Anglais et protestants font cette même guerre qui sévit en France contre les catholiques.

On s'est battu à Québec où on manque de poudre et de

ravitaillement. Champlain est isolé. Les Anglais tiennent le Saint-Laurent et pillent les colons...

— Pas brillant tout ça, constate Anna. Dès que nous en trouverons le moyen, nous ferons parvenir ce rapport au cardinal.

La présence des Indiens à son bord la ramène à la réalité quotidienne.

Depuis longtemps, elle a compris que Shoou-Shoou comptait remettre les deux *midships* aux mains des Indiens, et qu'ils se débrouillent. Son idée à elle va plus loin. Elle envisage de se débarrasser, en même temps que des *midships*, de la partie irlando-anglaise de son équipage. Elle redoute qu'ils se rallient à la couronne d'Angleterre. Évidemment, il sera difficile de manœuvrer le *Lady Anna* par mauvais temps avec peu d'hommes.

Il faut prendre le risque.

Avec la marée, la mer commence à friser. Les Indiens, qui ont un sens extraordinaire des choses de la nature, savent que, très vite, ils ne seront plus en mesure de maîtriser leurs frêles canots contre l'assaut des vagues. Aussi commencent-ils à regagner la côte.

Anna dispose de peu de temps pour se déterminer. Elle sait que, de ses décisions, dépendra la suite de bien des événements. Elle s'enferme dans sa cabine. Même Mad n'y est pas admise. China, la chienne Labrador, s'est faufilée. Anna machinalement, la caresse : « De toute façon, toi, tu ne me quittes pas. » La chienne a trop de peau autour du cou. Anna tripote ces bourrelets. Elles éprouvent de l'affection l'une pour l'autre. Que faut-il faire des *midships ?* Les garder en otages ? Elle répugne à ces procédés, mais elle sent que, si tel est l'intérêt du roi, elle s'y résoudra. Où seraient les avantages ? Il semble qu'il n'y en ait aucun. Un jour ou l'autre, les *midships* trouveront le moyen de soudoyer leurs compatriotes. Alors, qu'en faire ?

Les abandonner ? Les remettre entre les mains des sauvages ? Prendre le risque qu'ils donnent l'alarme et qu'une poursuite s'engage avec, pour enjeu, la cargaison de poudre du *Lady Anna ?* Le pays paraît immense et cette chance bonne à courir !

Quelqu'un frappe à sa porte. Le temps presse. Anna se calme. Elle vient aussi de découvrir cette sensation extraordinaire d'être responsable d'une situation. C'est étonnant. Hermès lui en avait parlé. A l'époque, elle n'avait pas bien compris.

Anna sort de sa cabine.

Voici les ordres. Le bateau possède quatre chaloupes. Elle en sacrifie une qu'elle fait charger de morues salées, de maquereaux frais et d'une caissette de « cadeaux » à distribuer. La chaloupe sera commandée par l'un des deux *midships.* Qu'ils se débrouillent entre eux et avec leur équipage de fortune, soit les sept Irlandais et Anglais qui naviguent avec elle depuis Falmouth. (Ils étaient huit, Shoou-Shoou a abattu le grand roux pour avoir manqué de respect à Mad.) Ça lui crève le cœur de les abandonner (elle n'oublie pas qu'ils avaient été choisis par Michipe) mais la prudence l'exige. On est français ou anglais ; en temps de guerre, la demi-teinte ne vaut rien. Il restera, pour manœuvrer le *Lady Anna,* des hommes de confiance, les Rochelais Tobie et Casimir, les six canonniers du cardinal, Pierrot le Malouin (un marin comme lui en vaut deux, sinon trois), Shoou-Shoou qui peut rendre des services (il est d'une force considérable) et Mad, la merveilleuse Mad qui grimpe dans les mâts comme un petit singe dès que la manœuvre l'exige. Pour faire du cabotage le long des côtes d'Acadie ou dans les eaux du Saint-Laurent, ça suffira. On n'en est pas encore à songer au retour !

Dans l'immédiat, il faut procéder à l'embarcation des *midships* et convaincre leurs compatriotes de descendre avec eux dans la chaloupe.

Les *midships* ne font guère de difficultés. Ils doivent penser qu'une fois libres, ils arriveront bien à retrouver leurs unités et à poursuivre le *Lady Anna* pour s'emparer de sa cargaison.

— *And what about our dog China*[1] *?* demandent-ils.

1. Et notre chienne China ?

On fait semblant de ne pas les comprendre, on hausse les épaules en signe d'impuissance. Les cinq Irlandais et les deux Anglais de l'équipage comprennent moins bien la sévérité de la mesure prise à leur encontre. Depuis Falmouth, milady a-t-elle jamais eu à se plaindre de leur loyauté, a-t-elle à leur reprocher une faute professionnelle ? Absolument pas. Mais telle est l'injustice de la vie. Ils payent pour ce qu'ils n'ont pas commis, parce que les circonstances font d'eux, soudain, des indésirables, des (comme dirait Pierrot) en qui on ne peut plus avoir confiance.

En même temps que la responsabilité, Anna découvre la dureté, la cruauté. Combien c'est difficile que de rejeter ces marins ! « La raison d'état est souveraine. », aurait répliqué Hermès. Anna soutient mal le regard de ces hommes.

— *Witch*[1] ! lui lance un petit bagarreur à poil frisé.

Anna reçoit l'insulte. Elle ne la mérite pas.

Elle est en règle avec sa conscience.

Un autre marin cingle :

— *Bitch*[2] !

Pierrot tente d'alléger l'atmosphère. Dans son anglais de cuisine, il fait miroiter aux proscrits des nuits délicieuses en compagnie d'Indiennes très expertes, à ce qu'il prétend pour y avoir goûté.

Sous la menace du canon, la chaloupe s'éloigne.

Le *Lady Anna* dérape sur son ancre et, avec Casimir au gouvernail, prend aussitôt de la vitesse.

Le vent forcit.

Lointaine, bouleversée, Anna caresse la chienne China. Dans un coin de la cabine, Mad mange des petits poissons. La chienne, subjuguée par Anna, ne s'y intéresse pas. Shoou-Shoou les rejoint.

— Pour sévère que soit votre sentence, milady, dit-il, elle vous

1. Sorcière.
2. Chienne.

honore. Je ne pense pas aux deux *midships* qui n'échangeraient pas leur liberté pour tout l'or du monde... mais aux marins que vous avez bannis. Avec eux, peut-être n'aurions-nous pas pu jouer le jeu de la France. Maintenant, tout est net. J'admire, milady, et votre sagesse et votre détermination.

La mer est infestée d'Anglais, de Hollandais, de pirates.

— Y en a, dit Pierrot, autant que d' requins dans les mers du sud.

Par sa vitesse, sa maniabilité, l'astuce de son capitaine — et de ses conseillers —, le *Lady Anna* leur échappe et fait cap au large, plein est.

Mais on ne peut pas continuer indéfiniment sur ce bord. Il faut de nouveau réfléchir, prendre une décision : Revenir dans son sillage, s'engager dans le Saint-Laurent pour tenter de rallier Québec, paraît de la folie.

Shoou-Shoou est formel. Si les Anglais n'ont pas réussi à venir à bout de la petite forteresse de Champlain à Québec, ce n'est pas par manque de combativité, c'est par calcul. Pourquoi se risqueraient-ils à perdre des hommes et du matériel ?

Le *Lady Anna* est une prise d'autant plus convoitée que sa cargaison de poudre a vraisemblablement été signalée à d'autres navires. La bonne solution, du moins pour l'instant, semble être celle qu'adopte Anna : déborder carrément Terre-Neuve et pénétrer dans une zone où ces mauvaises rencontres que constituent les glaces flottantes paraissent moins fréquentes ; puis piquer au sud, franchement, mais jusqu'à un certain point car les Anglais occupent la Floride, les Anglais sont partout.

— Ensuite il faut, conseille Pierrot, éviter une immense presqu'île qu'on dit bourrée d'Indiens, trouver la terre à l'ouest et rémonter l' long d'une baie escarpée où, s'il le fallait, y serait possible de trouver un abri où cacher l' bateau.

— Donc, résume Anna, faire du sud, puis de l'ouest et mouiller dans une baie bien dissimulée...

— En Acadie ! souligne Shoou-Shoou.

— En Acadie, si c'est ainsi que se nomment ces terres...

— C'est ainsi, milady, du moins d'après c' que je lis sur les cartes.

— Bien, s'impatiente Anna. En Acadie.

Anna remarque la neige au moment où elle commence à tomber.

— Déjà ! constate-t-elle avec inquiétude.

— Une p'tite bourrasque de neige fondante, capitaine-milady, ça n'a pas l'air grave.

— Disons qu'il s'agit d'un avertissement, prophétise Shoou-Shoou. .

— Bien, reprend Anna. On va faire du sud pour éviter les Anglais et tâche de me trouver un coin sûr pour que le bateau y passe l'hiver...

Pierrot amorce une espèce de garde-à-vous.

— J'ai vaguement mon idée, capitaine-milady.

Étranges, sinon extraordinaires, les noms de lieux, nés de la fantaisie des dates, des parrainages ou des circonstances. La géographie est un gigantesque jeu de hasard. Anna se penche sur sa carte et s'attarde sur les rondeurs de la baie du Saint-Laurent.

— Pourquoi Saint-Laurent ? demande-t-elle à Pierrot, expert ès Canada, et à Shoou-Shoou, homme de connaissances.

— C'est tout simple, répond ce dernier. Quand Jacques Cartier pénétra dans une baie qui lui plut beaucoup [1], avec plein d'îles, de bonnes entrées, de bons abris. « Quel jour sommes-nous et quelle fête célèbre-t-on ? » a-t-il demandé. La Saint-Laurent. Il n'a pas hésité et la baie du Saint-Laurent était baptisée.

— Tiens, remarque Anna, il y a une crique qui n'a pas de nom. Si on lui en donnait un ? Pourquoi pas Trousse-Chemise ?

---

1. Le 9 août 1535.

— Oui, pourquoi pas ? applaudit Shoou-Shoou. Faisons-nous plaisir.

Il ne connaît pas Trousse-Chemise. Il n'a jamais vu ces bois, cette plage... Il en a entendu parler. Un jour, quand Anna sera déprimée, lointaine, il la fera raconter son Trousse-Chemise, le vrai, celui de l'île de Ré.

Le *Lady Anna* vient de s'échouer. Avec la mer qui se retire, il s'incline lentement sur tribord. Anna tremble. Que deviendrait son bateau si la mer ne devait plus remonter aussi haut qu'aujourd'hui ? Elle connaît des coques qui sont ainsi mortes d'asphyxie...

Elle a raison de se poser la question. Pierrot a, en effet, constaté autrefois que, sur cette côte, se produisent les plus fortes amplitudes de marées jamais observées. Mais, en réalité, le *Lady Anna,* bien amarré à terre, ne risque rien. Il y aura toujours de l'eau pour le remettre à flot ; même si le retour d'une marée équivalente à celle par laquelle le bateau fut échoué se fait attendre.

De la mer, et bien que dissimulé par une colline, le *Lady Anna* est encore repérable.

— Il faut le désarmer, commande son capitaine. Sans gréement, personne ne pourra le trouver.

— Impossible de démâter sans une grue, remarque Pierrot.

Anna a un mouvement d'agacement.

— Il n'y a peut-être pas assez de bois autour de nous ?

— Érables et mélèzes, commente Shoou-Shoou.

— On s'y met, capitaine-milady, s'excuse Pierrot.

Un coup de fusil. Un autre.

— On s'y mettra demain, Pierrot, lance Anna dont l'humeur vient de changer.

Ces coups de feu signifient que Tobie et Casimir, partis en hâte chasser, vont revenir avec du gibier.

— Tout le monde à terre ! dit-elle encore.

On construit un feu, immense.

Un feu ! Du feu ! Le feu !

Depuis des semaines, à bord, à cause des consignes sévères, on avait presque perdu la mémoire de ce que pouvait être un feu. On se dérouille, la respiration devient plus libre, on a envie de pleurer de bonheur. Les douleurs, aussi, s'atténuent. On retrouve l'usage normal d'un genou, d'une épaule...

Et soudain les vêtements, trempés d'humidité, se mettent à fumer. On se désigne du doigt. Quel spectacle, ces fumerolles, volutes et vapeurs qui s'élèvent d'eux ! Dans de telles circonstances, existe-t-il plaisir plus sensuel que de se réchauffer ? Seule Mad ne craint pas le froid. Elle repère des saumons et plonge toute nue à leur poursuite.

Inconsciente, Anna la laisse faire.

— Qu'est-ce que je te disais, Shoou-Shoou ? Les seins lui poussent énormément.

Shoou-Shoou est en colère et les colères du nain sont redoutables.

— En tous les cas, dit-il, je me lave les mains des outrages que Mad pourrait subir. On n'a pas idée de provoquer un équipage qui n'a pas vu une femme dans un état aussi naturel depuis des semaines.

On ne va pas gâcher un festin aussi prodigieux que celui qui s'annonce, sous prétexte que Mad montre ses fesses !

— Il ne faut pas exagérer, Shoou-Shoou.

Le nain fait contre mauvaise fortune bon cœur.

On applaudit Mad, on applaudit les saumons qu'elle rapporte ; on les jette dans un court-bouillon succulent, avec du poivre noir, un assortiment d'herbes odorantes trouvées à même la prairie, de coquillages et de petits poissons qui leur donnent une saveur exceptionnelle. C'est à peine s'il en reste pour Casimir et Tobie quand ils réapparaissent avec un caribou. On le découpe précipitamment en tranches à rôtir qui feraient saliver le plus repu. Il reste à bord du vin et quelques bouteilles d'alcool mis sous clef par Shoou-Shoou. Le moment est venu de les vider. De quoi sera fait demain quand le *Lady Anna,* démâté, s'inclinera sur sa coque dans la position de sommeil des bateaux ? Peu importe. Tout est prétexte à ripailler et à trinquer, les saumons de Mad, ses fesses rondes, l'aventure qui commence, le baptême du lieu-dit « Trousse-Chemise », un petit récif que l'on appelle « Shoou-Shoou » parce qu'il est minuscule, à peine visible à l'œil nu ; et aussi la venue d'un coureur des bois, vraisemblablement attiré par les coups de fusil et le feu.

Il est français, hirsute et sympathique. Il ne sait plus depuis combien de temps il s'est perdu, dit-il.

— Je m' suis écarté voilà peut-être trois, peut-être cinq années, j' sais plus, à chasser, à dormir, à courir et à m' régaler d'Iroquoises. Des belles filles, les Iroquoises.

C'est un homme heureux.

Il a une drôle de façon de marcher en tenant sa culotte à deux mains. Comme il ne porte pas de ceinture, son pantalon a une tendance certaine à dégringoler.

— Pourquoi j' porte pas de ceinture ? remarque-t-il d'entrée de jeu et sachant bien qu'il fait rire. Parce que ça m' serre sur l' ventre et que j'aime pas ça. Alors, on voit mes fesses, mais qui ça dérange, à part les jésuites ? Et encore ! Vot' caribou est trop frais. Bon quand même.

— Comment vous appelez-vous ? demande Anna.

— Ah ! mademoiselle, vous allez rire. Mais c'est mon vrai nom. Pas un sobriquet comme on les donne ici, au Canada, à tout un chacun. Mon nom est Émile Kunu, comme ça s' prononce. Avouez que ça m' va bien.

— Vous me plaisez, dit Anna.

— Et à moi donc, répond Émile Kunu. Pour vous l' prouver, j'vous f'rai bien un p'tit bec.

— C'est quoi, un p'tit bec ? demande Anna qui se doute bien de quoi il s'agit.

— J' te montre ?

— Montre.

Émile plaque un baiser sur les lèvres d'Anna.

— C'est ça, un p'tit bec, dit-il avec fierté.

Shoou-Shoou est consterné.

Émile Kunu est immense, barbu, hirsute, sale, vulgaire (il rote sans arrêt), se gratte aux endroits où il est malséant de se gratter — du moins en public —, rit à propos de tout. A l'évidence, il est l'homme à prendre de l'ascendant sur Anna et sur l'équipage. Il plaît, on ne sait pourquoi, peut-être en raison de son assurance, sa grande taille, sa chaleur, sa joie de vivre.

— Alors qui commande ici ? demande-t-il.

— Moi ! dit Anna, qui se plaît à prendre de l'importance.

— Toi ! Tiens donc ! J' t'aurais plutôt prise pour une gourgandine !

A peine a-t-il achevé sa phrase que le poing d'Anna part en catapulte et lui écrase le nez.

Émile Kunu s'incline.

— Bien joué. Y a rien à dire. J' suis dans mon tort. J'ai fait l' niaiseux.

Le plaisir d'Anna est gâché. Elle regagne sa cabine avec Mad.

Shoou-Shoou jubile. Dès la première minute, il n'a pas supporté Émile Kunu. Il sait déjà qu'une haine tenace s'est installée dans sa tête, en même temps qu'il a pressenti que ce coureur des bois allait exploiter et sa connaissance du pays et sa curiosité des femmes.

Comme il est diplomate, et, aussi, trop petit pour taper amicalement sur l'épaule inaccessible de l'immense Émile Kunu, il compense par un éloge.

— Un homme de votre qualité doit comprendre que, s'il a manqué de tact avec notre capitaine, c'est à cause d'un excès de boisson.

— Ça va d' soi, nabot. J'ai pris une cuite et maintenant j' me sens tout chaud.

— Tout soûl, quoi !

— Tout chaud, rectifie Émile Kunu avec agacement.

Pour avoir été traité de nabot, Shoou-Shoou tuerait volontiers ce grand escogriffe. Pourtant, il se fait plus souriant que jamais.

— Capitaine, j'ai dit que la jeune femme était capitaine,

répète-t-il. C'est elle qui commande ce magnifique bateau, le *Lady Anna.*

Émile Kunu ne répond pas.

Il ronfle.

Shoou-Shoou en profite pour faire rentrer tout le monde à bord avec l'espoir, secret, qu'une flammèche se pose sur les vêtements d'Émile Kunu et qu'il prenne feu !

Anna semble avoir oublié l'incident de la veille.

Shoou-Shoou pense qu'elle a à la fois raison et tort en estimant que Kunu pourrait rendre les plus grands services. Bien sûr, comme il l'a dit en se présentant à bord dès le lever du soleil, bien sûr, il a des « connexions » dans le pays — entendez par là qu'il a des relations — et que, s'il faut organiser des transports, c'est un spécialiste. Ce qui inquiète Shoou-Shoou (et il faut, pour l'avoir remarqué, avoir l'œil aussi exercé que le sien), c'est que China lui fait la fête, comme si elle le connaissait. Pour avoir vécu une partie de sa vie en Angleterre, Shoou-Shoou connaît bien les chiens. Il sait qu'il y a les méfiants, les grognons et les exubérants qui font la fête à tort et à travers. Devant la réaction du labrador, Shoou-Shoou décide de redoubler de vigilance à l'égard d'Émile Kunu. D'ailleurs, quand un personnage vous déplaît autant que Kunu lui déplaît, il y a toujours intérêt à se fier à son instinct.

Et voilà Kunu indispensable. Démâter un navire, c'est son affaire : construire un échafaudage à l'aplomb des mâts à retirer, un jeu de poulies, un bon cordage, quelques fiers-à-bras et zoup ! à haler. L'opération est terminée en moins de temps qu'il n'en faut pour le dire.

Pierrot, Tobie et Casimir eux-mêmes sont impressionnés. Anna et Mad, elles, admirent l'homme, son autorité, sa musculature (il s'est mis torse nu pour commander la manœuvre) et, parfois, s'amusent de ce pantalon qui lui échappe...

Incroyable, avant le crépuscule (à la brunante comme dit Kunu), tout est en place, le pont du *Lady Anna,* plat comme une limande, et ses gréements, portés en forêt, sont dissimulés sous d'épaisses broussailles. Bien malin qui les trouvera !

Shoou-Shoou enrage.

Tout joue contre lui. China se met à renifler et à japper devant les barils de poudre.

— Un pari, lance Kunu, qu' c'est d' la poudre à tirer. Je connais c' genre de chiens. Les Anglais les dressent à dénicher c' qui les intéresse.

Shoou-Shoou saute sur l'occasion. Au moins qu'Émile Kunu serve à quelque chose.

— Vous connaissez des Anglais ?

— Qui n'en connaît pas !

— Ce n'est pas ce que je veux dire, monsieur Émile, insiste Shoou-Shoou. Je voulais dire : avez-vous rencontré beaucoup d'Anglais au Canada ?

— Pas plus que d' Micmacs, Hurons, Iroquois, colons ou coureurs des bois, comme moi. J' m'occupe pas des bisbilles entre les gens. J' veux être bien avec tout le monde. Si vous voulez tout savoir, j' leur ai vendu des peaux aux Anglais.

— Où les avez-vous rencontrés ?

— Dans le sud.

— Et maintenant ?

— Et maintenant ?

Émile Kunu prend son temps pour répondre.

— Maintenant que j'ai plus d' poudre, plus d' peaux, j' vends mes services...

Une petite voix flûtée s'introduit dans la conversation.

— Et combien les vendez-vous ?

Shoou-Shoou s'énerve. L'intervention d'Anna, qui semble avoir du goût pour cet Émile Kunu, tombe mal.

— Faudrait d'abord savoir, madame, c' que vous attendez d' moi, dit-il en assurant son pantalon.

Shoou-Shoou tente de faire diversion.

— Vous n'avez jamais pensé à porter des bretelles ?

On ne l'écoute même pas.

— J'attends que vous nous guidiez pour aller à Québec.

Avantageux, Émile Kunu sourit, en découvrant ses dents jusqu'aux gencives.

— A Québec ?

— A Québec.

— Peut-être ignorez-vous qu'on y va par l' Saint-Laurent ?

Anna se contente de hausser les épaules.

— Dans la m'sure où vous avez désarmé vot' bateau, j'aurais pu y penser, admet Kunu. Vous avez tous l'intention d'aller à Québec ? Et vous avez beaucoup d' bagages ?

— Beaucoup.

— Par exemple, précise-t-il, d' quoi remplir les trois chaloupes de vot' bateau ?

— De quoi les remplir.

— Si j'ai bien compris, c' qui vous intéresse c'est d' transporter vos barils en douce ?

— Vous m'avez comprise.

Shoou-Shoou devient blême. Anna est en train de se livrer, de tous les livrer à un inconnu.

— Bien, dit l'homme en faisant siffler une petite dent creuse du fond de sa bouche, mon prix s'ra un baril de poudre, un bon fusil — j'ai perdu le mien —, l'estime de tous et, j' vous l' dis sans crainte, j'en ai assez d' la baboune de votre nabot.

— C'est quoi, la baboune ? demande Anna.

— Faudra vous habituer à not' façon d' parler. La baboune, c'est la bouderie.

— Je ne boude pas, proteste Shoou-Shoou. Mais je trouve inadmissible d'être traité comme je le suis. Et je m'étonne même que milady l'admette !

— Tu es fou, Shoou-Shoou. Mais je t'aime.

Anna l'embrasse gentiment.

Elle ne se rendait pas compte qu'elle le peinait. Peut-être a-t-il raison de se méfier. Elle fait, pourtant, confiance à son instinct de femme qui lui dit qu'Émile Kunu les mènera à Québec. Ne serait-ce que parce qu'elle exerce sur lui un charme irrésistible.

— Un peu d'organisation, s'il vous plaît, on ne sait plus où mettre les pieds, se plaint Shoou-Shoou.

— Beaucoup d'organisation et chacun à sa place, cingle Anna. Et arrête, s'il te plaît, Shoou-Shoou, de faire la tête. Tu représentes peut-être le roi, Richelieu, le Père Joseph et les autres mais qui commande ?

Shoou-Shoou se fait humble.

C'est un de ces jours où tout plie devant l'autorité d'Anna.

— Nous allons tenir conseil dans ma cabine...

— Bien, milady.

— Et pas de baboune, promis ?

— Pas de baboune, milady.

— Alors, va me chercher Émile et Pierrot.

Shoou-Shoou, pour donner le change et prouver qu'il ne fait pas la tête, fait une glissade sur une plaque de verglas.

Mad, roulée en boule dans un coin de la cabine, se lève à l'arrivée d'Anna.

— Va jouer avec China sur le pont. Vous allez bien vous amuser : ça glisse...

Mad disparaît avec China. Quand elles s'amusent toutes les deux, on se demande qui est le labrador.

— Bienvenu, dit Émile Kunu en retirant tout de même, devant Anna, le bonnet en peau de castor qui ne le quitte jamais.

— Plutôt, bienvenue à toi, rectifie Anna.

— Non, bienvenu de m'avoir invité à vot' réunion.

— Bienvenu, ça veut dire merci, informe Shoou-Shoou qui a déjà compris que les Canadiens (et il semble qu'Émile soit devenu canadien) dévie volontiers la signification de certains mots.

Anna se demande comment Kunu est le plus séduisant, avec ou sans bonnet de fourrure.

Elle se ressaisit.

Cette plaque de verglas sur le pont est annonciatrice d'un hiver précoce. Il faut agir vite.

Quel est l'objectif ? Atteindre Québec dans les meilleurs délais en évitant d'être interceptés par les Anglais qui seraient trop contents de faire main basse sur la cargaison de poudre.

Et à Québec, faire coup double : ravitailler en poudre à canon Champlain et sa garnison (si l'on peut appeler « garnison » la réunion d'une poignée d'hommes) et réserver la poudre à tirer au capitaine Jeannot et à son compagnon Bigras. Ils doivent attendre Anna avec impatience — du moins si l'on en croit leur lettre adressée à Jacques Penaud. Mais ont-ils reçu sa réponse ? Le courrier met des mois.

— Alors, on discute ? s'impatiente Kunu.

Décidément, cet homme convient parfaitement à la situation : responsable, efficace, direct, toujours de bonne humeur.

— On discute, monsieur Émile. Sans doute n'avez-vous pas encore compris que milady prend le temps de réfléchir ?

— Bienvenu, j'avais compris.

Même Shoou-Shoou ne peut s'empêcher de pouffer.

— Émile, demande Anna, aurais-tu un plan pour atteindre Québec ?

— En évitant la mer ?

— En l'évitant.

— On peut toujours essayer d' charger tout c' qu'on peut d' vos barils dans vos chaloupes.

Shoou-Shoou lève les bras au ciel.

— Des chaloupes à terre, on aura tout vu.

— Il est nono, vot' nabot. Y comprend rien.

Émile se tourne alors vers Anna et, posant une grosse patte velue sur sa petite main :

— On va commencer par faire un peu d' mer à la rame, puis prendre l'embouchure d'une rivière en profitant d' la marée et r'monter aussi loin que possible. Comme je l' disais, j'ai des connexions un peu partout. On a d' quoi payer des services ? L'hiver venu, on verra c' qu'on peut faire !

— J'avais pensé, dit Anna, laisser le bateau à la garde des canonniers sous le commandement de Pierrot. C'était une mauvaise idée. Pour manger, ils auraient chassé ; pour se chauffer et faire cuire leur gibier, ils auraient allumé des feux. Le meilleurs moyen de se faire repérer ! Pierrot, à ton avis, combien une chaloupe peut-elle tenir de barils ?

— Une vingtaine, capitaine milady, répond-il. (Manifestement, il s'est déjà posé la question.) Oui, vingt barils, à condition d' les arrimer ben convenablement et d' laisser d' la place pour les rameurs.

— Vingt barils, reprend Anna, ça en fait soixante avec les trois chaloupes. On en prendra trente de poudre à canon pour Samuel Champlain et trente de poudre fine à tirer pour mes amis, et qu'on répartisse les caisses de cadeaux pour les Indiens.

Un silence respectueux se fait autour d'Anna qui poursuit :

— Je commanderai la chaloupe numéro un avec à son bord, Mad.

« Bien sûr, pense Shoou-Shoou, qui tremble à l'idée de partager la chaloupe d'Émile Kunu, bien sûr, Mad est toujours dans les bons coups ! »

— Je sais ce que tu penses, Shoou-Shoou, dit Anna.

— Si milady pouvait dire vrai !

— Tu veux être avec moi ?

— Oui, milady.

— Tu me donneras de bons conseils, Shoou-Shoou ?

— Milady peut en être persuadée.

— Deux canonniers et la chienne China complèteront mon équipage. Émile Kunu commandera la deuxième chaloupe avec, aux rames, Casimir et deux canonniers. Dans la troisième, sous les ordres de Pierrot, Tobie et deux autres canonniers prendront place.

— Et, si j' comprends bien, intervient Émile Kunu, les réserves d'or du *Lady Anna* navigueront dans la chaloupe numéro un ?

Pourquoi répondre ? Apparemment la perspicacité de ce nouveau venu sera rarement mise en défaut.

Pierrot n'a encore rien dit.

Puisqu'on lui fait l'honneur de l'interroger, il émet l'idée qu'il serait convenable de procéder à la répartition des armes. Avec deux fusils et un pistolet par personne, on peut résister à bien des attaques. Car il serait naïf de penser qu'ils traverseront d'aussi vastes territoires, même inhabités, sans être agressés. Les Indiens sont bien gentils, mais, si on ne les comprend pas bien, les choses peuvent tourner au vinaigre et ils vous mangent, sans autre forme de procès. Émile trouve que Pierrot en brosse là un portrait un peu sombre, mais chacun parle d'expérience. Les plus redoutables devraient être les Anglais ! « Tiens, pense Shoou-Shoou, voici que M. Émile a plus de jugeote que je ne le pensais. »

— Les Anglais, où sont-ils ? Vous n'avez pas répondu à ma question.

— Les Anglais sont là où y z'ont intérêt à se trouver, explique Kunu.

— Juste, admet Shoou-Shoou. Juste, mais imprécis.

— C'est l' pays qui veut ça. Est-ce qu'on sait c' qu'il va donner ? Pour l'heure, on fait qu'y bommer, qu'y vagabonder, quoi ! Un « bum » comme moi ça court les bois au hasard des rencontres. Et il arrive qu'on en fasse de belles et bonnes.

— Bienvenu ! dit Anna en riant.

Émile Kunu tonne de joie.

— Voilà une fille qui saisit l' bonheur de vivre !

Il se tempère.

— Sauf vot' respect... milady !

Anna est satisfaite d'être venue à bout, en si peu de temps, d'un tel tempérament. Elle lui trouve bien des qualités, à cet Émile Kunu. Le voilà qui parle comme pour lui.

— Le danger, c'est les pirates. Y font des coups d' main...

— Pour le compte de qui ? demande Shoou-Shoou.

— Tiens ! Pour le plus offrant.

— D' mon temps, c'était déjà comme ça, renchérit Pierrot, y avait rien d' pire qu' les pirates. Z'étaient Anglais. Anglais, français, hollandais, espagnols, y a autant de pirates de chaque bord. S'y en a plus dans les eaux canadiennes, c'est qu' le pays les séduit.

— Et qui peut séduire des pirates ? interroge Kunu tout en imaginant les pensées de chacun. Qui peut les séduire ? Des gens comme nous, avec de l'or, des armes et d' la poudre à plus savoir où la mettre. On pourrait — et après y serait peut-être temps d' partir — prendre les voiles du *Lady Anna* pour nous faire des abris...

Anna donne ses ordres.

Les chaloupes sont chargées.

Émile Kunu, décidément homme à tout faire, recommande — et il a raison — de ne pas chasser et de ne pas faire de feu. Comment ont-ils attiré son attention ? Précisément en tirant des coups de fusil et en faisant de la fumée.

Il prépare pour le déjeuner une immense marmite de groseilles sauvages qu'il malaxe avec du sucre. C'est délicieux.

Les prévisions sont les suivantes : à la rame, il faudra compter deux à trois jours de mer pour remonter jusqu'à l'embouchure d'une rivière. Impossible de la manquer. A marée basse, le cours d'eau se jette en chute dans la mer.

Il n'y a pas de glaces à craindre. La baie est immense, ouverte sur le sud, sans aucune communication avec le Grand Nord.

Ne pas chasser, ne pas faire de feu.

On ne le répétera jamais assez : inutile de se faire repérer. En route !

Et rendez-vous dans deux ou trois jours ! Si l'on se perd, on s'attend. On se perdra très vraisemblablement, le contraire est presque impossible.

Effectivement, ils se perdent : très vite.

A peine Émile Kunu, d'une force herculéenne, s'est-il mis aux avirons qu'il prend une avance considérable.

Anna tente de ne pas se laisser distancer ; elle a des chances : Mad rame comme un homme. Quant à Shoou-Shoo, tellement inquiet d'être considéré comme un poids mort et renvoyé de la chaloupe d'Anna, il rame debout pour donner le maximum d'efficacité à son effort. En dépit de la fraîcheur de l'air, il est en nage.

Mais un coup de vent et un courant de marée mal utilisé tirent leur chaloupe vers le large.

Pierrot est, lui aussi, très vite à la traîne et disparaît au bas de l'horizon.

Il n'y a pas à s'inquiéter : leur rendez-vous est précis. Des chutes d'eau, ça se remarque de loin, ne serait-ce que par ces éclaboussures qu'elles dégagent et qui s'élèvent comme une fumée. Encore ne se repèrent-elles qu'à marée basse. Aussi Anna a-t-elle pris des notes et établi un calendrier approximatif.

Idéalement, les trois chaloupes devraient se retrouver le lendemain au lever du soleil. Tel est, du moins, l'objectif que chacun s'efforce d'atteindre.

Il fait encore nuit ; impatient, curieux, Kunu regarde la mer monter sous ce temps de pleine lune. Avec un peu de chance — et il en a toujours eu ! —, il est persuadé que les trois chaloupes pourraient en profiter pour pénétrer au Canada avec le flux. Et les vents sont à l'est, ce qui devrait encore favoriser la progression des chaloupes vers l'amont.

Il a raison de croire en leur bonne étoile.

Dans la bande rouge du soleil levant, il aperçoit une silhouette : la chaloupe numéro un, avec son bout de mât où flotte le pavillon d'Anna, qui est aussi celui du roi de France, bleu à fleur de lys. Il est content à l'idée de la revoir. Elle fait cap sur lui, elle a reconnu les cascades. Quelques instants plus tard, dans le sud et longeant la côte, il distingue la chaloupe de Pierrot.

Ils sont fatigués, harassés, mais ils doivent prendre le risque d'affronter ce qui, dans quelques heures, ne sera plus une cascade, mais une voie d'eau ouverte sur Québec...

Réussir l'exploit de passer ainsi « au-dessus » d'un obstacle qui peut paraître infranchissable serait aussi forcer son admiration ; et une femme qui admire est déjà à moitié gagnée. Il la devine amoureuse, il la veut soumise.

Les deux chaloupes se rapprochent ; elles ont compris que le moment était favorable ; il voit leurs occupants souquer sur les avirons comme des forcenés.

Anna et Pierrot font de grands signes. D'un geste enthousiaste Émile leur répond. La générosité de son geste a une telle amplitude qu'elle abat son pantalon jusqu'aux genoux exposant, dans une végétation luxuriante, la rondeur de ses chenolles à la gloire du soleil levant.

Très rapidement les chutes ont disparu et se trouvent au niveau de la marée montante. C'est le moment délicat.

A l'ancre, amarrées par l'arrière, les trois chaloupes se présentent en file indienne, celle d'Émile Kunu en tête, bien entendu. Avec la puissance du flot favorisé par le vent d'est, elles commencent à se cabrer et à tirer sur leurs ancres comme des bêtes entravées. Il leur faut attendre. Si, par malheur, une ancre venait à déraper, ou un cordage à céder, la chaloupe irait tout droit se fracasser contre les rochers de la cascade.

Le plus étonné, parce que le plus raisonnable, est Shoou-Shoou.

— Monsieur Émile, dit-il, j'ai pour vous la plus grande considération et la plus grande confiance...

Anna sait qu'il ment, mais elle s'amuse de la combativité du nain face au géant coureur des bois.

— ... confiance et même de l'estime, mais, voyez-vous, vous essayez de nous faire prendre des vessies pour des lanternes. Qui pourrait croire que nous allons sauter par-dessus ces rochers qui déversent des avalanches d'eau ? Ces chutes font bien dans les douze pieds de haut [1], hein, c'est à peu près ça, et hop là, un petit coup de cravache sur le cul de la chaloupe et elle va vous sauter ça, faut voir comme.

Une heure plus tard, Shoou-Shoou est déjà moins agressif.

— Évidemment, dit-il, la nature présente parfois de ces phénomènes qu'il faut admettre sans les comprendre.

— Y a rien à comprendre, cingle Émile Kunu. Il suffit d'admettre que nous allons passer par-dessus et si ça vous plaît pas, restez sur la plage ; les Indiens vous y trouveront bien, ça leur fera toujours un en-cas. J'ai pas dit un repas !

— Oh ! Oh ! intervient Anna. Vous n'allez pas vous disputer. Chacun à sa manœuvre et aux ordres d'Émile.

— A mon signe, vous larguerez les ancres. Avec la force du courant, on aura pas l' temps d' les remonter.

« Ça commence bien, s'émeut Shoou-Shoou. Si, à la première difficulté, on commence par perdre des objets indispensables, où allons-nous ? Enfin ! On verra si monsieur Émile passe avec succès la première épreuve... »

Soudain, Émile Kunu tonne pour dominer le fracas des vagues :

— A larguer les ancres et passer où j' passe...

A peine les cordages des ancres sont-ils tranchés à la hache que les chaloupes sont emportées dans le courant à une vitesse vertigineuse.

Comme à la revue, elles progressent dans le sillage l'une de l'autre. Il devient très vite évident que si celle d'Émile Kunu se fracasse, les autres subiront le même sort.

La barre est si dure à tenir qu'Anna, les mains en sang, doit accepter l'aide de Casimir. A deux ils pèsent sur ce bout de bois.

Furieuses, les eaux de la mer s'engouffrent dans une crevasse aux parois rocheuses, si hautes que le jour parvient à peine jusqu'à eux. Soudain, l'eau se fait lisse, ils en raclent légèrement le fond, Kunu

1. Dans les quatre mètres.

se demande s'il ne s'est pas engagé trop tôt, mais, avec la marée, le courant aurait augmenté, et on aurait risqué de manquer le virage sur tribord pour rejoindre des eaux plus calmes, du moins une partie plus dégagée de la rivière.

La chaloupe de Kunu fonce sur le roc. L'image est à ce point effrayante qu'il vire quelques secondes trop tôt, est pris dans un remous, tourne plusieurs fois sur lui-même. Il va au naufrage? Mais, le voilà qui repart en arrière suivant le courant, évite par miracle une série d'écueils pointus, aboutit dans des eaux plus calmes et moins dangereuses.

Au tour d'Anna de tenter sa chance.

Shoou-Shoou serre les dents. « C'est trop bête, pense-t-il, d'aller mourir au Canada. Quelle folie de s'aventurer en pays lointain alors que l'aventure peut aussi bien arriver dans les salons et les ministères ! »

Anna comprend pourquoi Émile a manqué sa manœuvre.

Elle est debout à la barre de sa chaloupe, superbe, rassurante tant elle est belle, toute son intelligence en éveil. Elle a adressé une prière à Michipe : « Toi qui étais si bon marin, aide-moi. » C'est lui, pense-t-elle, qui lui a fait saisir qu'Émile avait viré trop tôt. Il faut se laisser porter par le courant, presque jusqu'à la paroi rocheuse, là où il se brise avec une telle force qu'il produit une vague de retour. C'est de cette vague qu'il faut profiter pour donner son coup de barre. Il y faut du sand-froid. Si le calcul manque de précision, à la seconde près, la chaloupe éclate comme un verre qui se brise. Et inutile de tenter de nager dans ces eaux en ébullition. « D'ailleurs, je ne sais pas nager », pense Shoou-Shoou.

L'étrave de la chaloupe est si proche du rocher qu'il pousse un cri. Il éprouve, pour la première fois de sa vie, le sentiment de l'interminable. Anna attend la vague de retour. La voici, bien pleine, ronde, puissante. Au moment où elle atteint la chaloupe, d'un coup de barre extraordinairement adroit, Anna lui présente son flanc. Le bateau vire tout seul et reflue vers l'aval, moins pernicieux.

Anna se retourne : Pierrot n'est pas là.
L'angoisse monte en elle.
Impossible de lui porter secours.

Que s'est-il passé ?

Peut-être l'ignorera-t-elle toujours car il n'est pas question de revenir en arrière. Le voudrait-elle que ce serait impossible dans cette masse d'eau démente qui pousse en avant vers les terres. Anna rattrape Émile. Ils sont presque bord à bord. Tout au moins peuvent-ils se parler. Ils ont encore une bonne heure de navigation devant eux, jusqu'à l'étale de la marée.

Ils remontent vers les profondeurs de l'Acadie, la blessure au cœur, l'image de Pierrot présente à chaque instant, le bon Pierrot de Saint-Malo, Tobie le Rochelais et les canonniers, deux braves garçons peut-être pas très futés mais originaires de La Couarde (île de Ré) comme Le Halper.

Quand la marée arrive à l'étale, les embarcations pénètrent dans une espèce de baie envasée. Des forêts s'étendent à perte de vue dès les bords de la rivière. L'endroit paraît calme, hospitalier...

Shoou-Shoou, avec son sens de l'observation, remarque qu'ils ne sont pas les premiers à avoir fait halte ici. Des tombes aux noms presque effacés commémorent le passage de colons, des Bretons, des Basques, des Vendéens, des protestants, des catholiques, d'autres encore peut-être !

Soudain, Mad pousse des cris de joie. Petit singe habile, elle a escaladé les branches d'un gros sapin et, de là-haut, elle distingue Pierrot, Tobie et les deux canonniers de La Couarde, apparemment sains et saufs...

Que leur est-il arrivé ? Le récit de leur aventure est de ceux qui prennent place dans les veillées, histoire indéfiniment répétée et enjolivée... Que s'est-il passé ? Pierrot a tout simplement manqué le passage recommandé par Kunu. Il l'a mal estimé. La chaloupe s'est engouffrée dans une galerie rocheuse. La mer montant, elle risquait de s'écraser contre la voûte. Pour échapper au piège, ils se sont agrippés aux parois et pouce par pouce, les mains en sang, les ongles arrachés, sont parvenus à se dégager.

La chaloupe a une avarie. Elle remplissait. Trop lourde, elle gouvernait mal. Lui et ses hommes n'ont pas cessé d'écoper. Ils sont épuisés, trempés et rêvent d'un bon feu qui les remettra d'aplomb.

« Des enfants, pense Émile Kunu, tous des niaiseux ; faire un feu ! L' meilleur moyen d' nous faire repérer. »

— Pas question, dit-il avec rudesse. Milady m'a chargé d' vot' sécurité et j' tiens à vous mener jusqu'à Québec.

C'est faux : il est chargé de rien du tout mais, après l'épreuve de l'eau, ce qui l'intéresse, c'est l'épreuve de l'amour. Si Anna le laisse affirmer une telle chose au nez et à la barbe des autres, c'est qu'il lui donne des sensations et ses chances de réussir sont, dès lors, acquises.

Elle s'empresse de lui donner raison. Bien sûr, leur vie est dure, ils sont harassés, leurs vêtements mouillés collent à la peau, mais, quand ils ont pris la mer à Saint-Malo, ils n'étaient pas en quête de confort douillet.

— Je vais vous dire, argumente Shoou-Shoou, pour monsieur Émile, je ne sais pas, mais, pour nous tous, depuis fin août, nous ne nous sommes pas lavés. Et permettez-moi de vous le dire, je m'incommode moi-même. Je ne parle pas de mes compagnons que je commence à préférer à distance...

— Tiens ! rétorque aussitôt Kunu, vous m'en auriez pas parlé que j' me doutais de rien. Moi, début septembre, si j'ai bonne mémoire, j'étais déjà sale depuis six bons mois.

Il lui vient une idée qui l'enchante.

— Pour s' réchauffer et s' laver, dit-il, rien d' mieux qu'un bain froid. Après on s' frictionne. Et on transpire.

Il ne se soucie guère évidemment de la propreté, mais de voir Anna et Mad sautiller toutes nues dans la rivière ; ensuite, complaisant comme il l'est, il se propose comme frictionneur, enjôleur, tentateur.

Le bain est décidé.

« J'ai été bien inspiré en parlant de se laver ! » grommelle Shoou-Shoou. Mais il est convaincu de la nécessité d'une trempette, même superficielle. Il choisit des eaux calmes et peu profondes, à l'écart de tous. Il souffre de son physique, même s'il plaît du côté de l'Amirauté, à Londres, dans le quartier de Chelsea où il connaît quelques veuves particulièrement attirantes...

Pierrot, Casimir, Tobie et les canonniers acceptent de faire toilette par discipline plus que par goût.

Mad, à peine déshabillée, plonge et commence à pêcher. Elle réapparaîtra plus tard avec une brochette de poissons dont un magnifique saumon.

Dans un coin en retrait, Anna regrette un peu le confort du cottage de Lord Horse à Portsmouth et de son propre château de Falmouth mais elle se lave. L'eau, d'ailleurs, n'est pas si froide.

Émile, lui, ne se frotte pas. Il exprime son entrain par des cabrioles, des plongeons, des bruits insensés qu'il tire de sa bouche en soufflant dans l'eau. Il n'a pas de rechange. Il commence, dit-il, sa deuxième année dans la même chemise. Mais, à vivre dans les bois, toujours au grand air, la crasse ne l'atteint pas, du moins à ce qu'il prétend. Anna paraît en douter, mais tel qu'il est, hirsute, il est magnifique.

Il frotte Anna avec une espèce de vase fine dont il dit qu'on fait la porcelaine ; il frotte, puis caresse, réchauffe et retrouve en parcourant lentement de ses mains cette peau qui glisse, des délices oubliées depuis des années. Mais il reste et restera un égoïste. C'est dans sa nature. Il ne sera jamais rien d'autre qu'un flambeur séduisant, un mâle à la recherche de l'exploit, un homme qui ne recherche que le plaisir et c'est exactement ce qu'Anna attend de lui. Elle ne lui livrera jamais rien de ses pensées, ni de ses problèmes. Il croit à sa toute-puissance de mâle. Ça le regarde. Et ça arrange Anna. Il pensera qu'il est roi parce qu'elle se soumettra, ignorant que la soumission bien comprise peut être délicieuse. Leur entente, en tous les cas celle de ce soir, est l'aboutissement d'un malentendu.

Au camp, on accueille leur retour avec discrétion.

Pierrot a disposé, habilement, des voiles du *Lady Anna* sur des sortes de constructions de branchages. Le but n'est pas tellement de s'isoler, mais de bénéficier de maisonnettes aussi exiguës que possible afin de se tenir chaud.

— Enfant, dit Pierrot, l'hiver, j' dormais toujours à l'étable, avec les vaches et y faisait toujours bon.

— Merci pour les vaches, lance Shoou-Shoou qui partage une tente avec lui.

Désormais la vie de la petite communauté se règle sur les deux marées quotidiennes qui, avec le flux, permettent de remonter la rivière. On ne pense plus qu'à ces deux rendez-vous. Dès qu'on entend le flot gargouiller, envahir les berges, on range le campement à la hâte et on attend que le flux prenne les chaloupes pour profiter du courant et gagner le plus avant possible en territoire canadien.

C'est à une baisse de température chaque jour plus sensible que se mesure la fuite du temps.

Le matin au réveil, du givre recouvrait la forêt. Maintenant il neige et les premières stalactites de glace apparaissent sous les branches des arbres.

Les journées deviendraient presque monotones si la rivière, de plus en plus étroite, n'exigeait un effort supplémentaire de la part des rameurs. Par moments même le courant de marée est à peine sensible. A l'évidence, bientôt la rivière ne sera plus navigable, du moins pour de grosses chaloupes de mer, de surcroît exagérément chargées. Ils progressent vers autre chose, d'indéfinissable, que seule, peut-être, une sensibilité féminine est capable de capter. Parfois, Anna et Mad se regardent longuement. Elles « savent », elles sentent que ce qui se prépare est aussi troublant qu'un changement de temps, aussi inquiétant que les signes avant-coureurs d'une grosse perturbation qui fait trembler et fuir les animaux. Anna et Mad sont si proches de la nature qu'elles ne se trompent pas. Il va se passer quelque chose : un ouragan, un déluge, une attaque sournoise de guerriers indiens, peut-être un sale coup des Anglais... Non : c'est à la fois plus précis et plus louche, il semble que cela vienne de la forêt, du monde animal, comme une tentation, un appel à l'état de sauvagerie.

Des animaux hurlent dans la nuit et se répondent. Retrouvent-ils ainsi le sens des vagabondages où tout est permis ?

Et la mauvaise nouvelle éclate. Tobie a disparu. Sans doute a-t-il cédé à une espèce d'invitation de la forêt.

C'était un homme pondéré, de bonne compagnie ; pas très intelligent, mais qui cela gênait-il ? Originaire de La Rochelle, il avait trahi sa foi sans la trahir et faisait partie de ces protestants repentis qui, dès l'instant où ils s'étaient soumis à l'Angleterre, ne rêvaient plus que de servir la France.

Tobie n'a pas résisté à des forces obscures, à l'esprit d'indépendance : il s'est fait, comme on dit ici, coureur des bois.

Sa défaillance est une catastrophe. La chaloupe numéro trois a perdu son équilibre. Dans l'équipage, plus rien, jamais ne se ressemblera. Anna était parvenue à imposer un esprit, une solidarité, une façon de faire les choses.

— Peut-être que Tobie est devenu fou, l'excuse Pierrot.

Émile Kunu, lui, sait qu'il n'en est rien. Pour détendre l'atmosphère, Shoou-Shoou, qui a eu la bonne idée de cacher une caissette d'un grand cru de Bordeaux, en extrait quelques bouteilles.

Émile s'en sert, comme il dit, des rafales. Le mot plaît.

— Encore une rafale ? propose-t-on.

— Bienvenu ! Bienvenu !

Pourtant le cœur n'y est pas. Chacun est conscient de la gravité de la situation. Tobie s'en est allé. Sait-on si d'autres que lui seront capables de résister à l'attraction qu'exercent les bois, à ce chant venu du plus lointain passé ?

Le temps perd chaque jour de son importance. Il devient difficile de l'évaluer, sinon que le froid gagne encore, que les mouvements s'alourdissent, que la forêt, incroyablement belle et solitaire, n'a pas fini d'enfanter des vagabonds.

C'est vrai ; le temps ne compte plus. Anna s'en inquiète et ne parvient plus à négocier les difficultés qui se présentent : les trois chaloupes sont maintenant échouées dans un bras de la rivière sans qu'il soit possible de les mener plus loin. Ils ont croisé des Indiens en pirogues légères qui s'en allaient vers la mer. Émile Kunu leur a parlé. Avec une trentaine de pirogues il eût été possible de remonter très haut la rivière. Anna ne s'est pas décidée. Et après, une fois la rivière réduite à un filet d'eau, que serait-il advenu de sa cargaison ? Pour l'instant, elle a déjà renoncé à son bateau, elle ne va pas se déposséder de ses trois chaloupes.

Les Indiens poursuivent leur route dans l'indifférence, munis de quelques cadeaux, prix de leur hospitalité et de leurs négociations inutiles.

Émile Kunu paraît heureux d'en être débarrassé. Les contacts avec les sauvages ne sont jamais faciles, ni de tout repos. Pour l'instant, que la cargaison de poudre parvienne, ou ne parvienne pas, à Québec, l'indiffère. Il est nourri (parfois convenablement), il est en bonne compagnie, et il n'a jamais possédé, de sa vie, une femme qui lui donne autant de satisfactions ! Pourquoi irait-il se compliquer l'existence à mener de subtiles ambassades avec les Indiens ?

Anna le comprend trop tard.

Aussi s'éloigne-t-elle d'Émile. Comme il craint de la perdre, il propose :

— Avec l' mauvais temps qui s'installe, on pourrait essayer d' voyager à chiens.

— Ça veut dire quoi ?

— Ça veut dire qu'on pourrait se faire tirer par des chiens.

— Sur la glace ?

— Sur la glace et la neige.

— Les chaloupes !

— On peut toujours les pousser, ces chaloupes, pendant qu' les chiens les tireront.

Il est satisfait de lui ! Mad jouant dehors avec la chienne labrador, il rabat la toile de tente et se couche sur Anna.

— Ce n'est pas le moment !

Ça le fait rire.

— C'est toujours l' moment.

— Non, tu vois bien que je réfléchis...

— Ça t' passera.

— Alors, vite dit, vite fait et, après, on parlera chien.

Émile n'a vraiment aucune sensibilité. Anna aimerait qu'il soit moins brutal, moins rustre.

Elle a trop de choses à faire ou à décider.

On n'entend presque plus Mad jouer avec le chien. En quelques instants la neige est tombée de l'épaisseur d'une main.

— C'est bon pour mes chaloupes, constate Anna.

— A condition d'avoir des chiens.

Anna prend l'habitude de ces conversations où l'on tourne indéfiniment en rond. Il faut toujours prendre Émile par le biais des choses. Parfois, il n'en finit pas de comprendre.

— Évidemment, répète-t-elle, pour ça, il faudrait avoir des chiens.

— Ouaih ! souligne Kunu.

— Et des chiens, où en trouver ?

— Oh ! ça s' trouve. Faut s'adresser à la personne qu'y faut.

— Tu en connais ?

— C'est dans mes cordes.

— Alors, trouve-moi des chiens.

— J' croyais que tu voulais voir personne.

— Je veux des chiens.

— C'est dans la poche. Tu m' donnes des pièces d'or, une caisse de cadeaux et je t' ramène des chiens. Peut-être que si j' trouve, j'achèterai aussi, pour souffler d'dans à la veillée, un ruine babines. Tu aimes la musique ?

— J'ai besoin de chiens.

— J'emmène tous tes hommes, sauf Pierrot, et j' t'en cherche. D' toute façon, ça les distraira.

— Si tu veux.

Avec Pierrot, le fidèle des fidèles, et Mad, Anna reste seule à garder les chaloupes. La chienne labrador monte la garde. Rien ne lui échappe.

Une longue attente commence.

La paresse s'introduit subrepticement dans le rêve interminable de l'hiver.

Derrière Émile Kunu qui commande et se reconnaît dans les bois, ils sont huit à cheminer, Shoou-Shoou, trésorier de l'expédition, Casimir, son garde du corps, et les six canonniers. Ils portent fusil sur l'épaule et pistolet dans la ceinture. Exception faite d'Émile qui, ne portant ni ceinture, ni bretelle, a imaginé de fourrer son pistolet dans une poche de cuir fixée sous le bras gauche.

Ils chassent. Ils prennent leur temps, rencontrent des Indiens, amis de Kunu, et font un bout de route avec eux. Ils se renseignent : des chiens ? On n'en a pas tellement l'usage dans le coin. Il faudrait les faire venir de plus au nord.

— J' paye largement, promet Émile Kunu.

— Qu'est-ce que vous dites, monsieur Émile ?

— De bonnes bêtes de trait, ça a pas d' prix...

Et, comme le nain semble s'agacer de ses largesses, il lance une réflexion qui le tarabuste depuis quelque temps.

— C'est comme les Iroquoises.

— Je ne vois pas le rapport.

— Y en a pourtant un.

— Je ne vois pas lequel, s'énerve Shoou-Shoou.

— Une Iroquoise, ça a pas d' prix.

— Ça me paraît une évidence, monsieur Émile. (Il se reproche sa fâcheuse habitude de l'appeler « monsieur Émile », mais ça lui échappe, il n'y peut rien.) Oui, ça me paraît une évidence, une Iroquoise, ça ne s'achète pas !

— C'est c' qui vous trompe, monsieur Shoou-Shoou.

— Voilà qui est étrange ! s'émeut Shoou-Shoou. Racontez-moi ça !

— Les Iroquois, c'est une question d' coutume, s' désintéressent de leurs filles... Ce sont de mauvais parents, quoi !

— Vous me surprenez !

— C'est pourtant comme ça...

Le vent souffle une pluie de petits glaçons. Ils vont se mettre à l'abri. Flairant un coup, Shoou-Shoou s'intéresse.

— Mais... alors, que font-ils de leurs filles... les Iroquois ? Par exemple dans le cas d'une demande en mariage !

— Les filles à marier sont réunies dans une espèce de grande cabane... Et chacun peut en user et en abuser à sa convenance...

Shoou-Shoou n'en croit pas ses oreilles.

— Que me contez-vous là, monsieur Émile ?

— La vérité, monsieur Shoou-Shoou. Si vous voulez en épouser une, vous l'emmenez. Sinon, vous réglez l' prix d' vot' plaisir...

— Mais, monsieur Émile, l'interrompt Shoou-Shoou, ce que vous me racontez là ressemble fort aux pratiques d'un bordel...

— Justement. Et j'ai entendu parler d'un d' ces bordels dans l' coin.

— On y va, clame Shoou-Shoou, toute honte bue.

— Comme il vous plaira, monsieur Shoou-Shoou.

C'est une grande cabane, ou plutôt un assemblage de plusieurs cabanes en écorces de bouleau cousues les unes aux autres. Pour ceux, comme Shoou-Shoou qui ont pratiqué les bordels de Londres dans les velours et la soie, dans le confort et le mystère de pièces hermétiquement closes, la cabane des Iroquoises ressemblerait plutôt à un magasin.

— Mais, c'est un magasin ! affirme Émile Kunu.

Shoou-Shoou trouve l'expression vulgaire.

Il règne dans la cabane centrale où on les reçoit un esprit bon enfant, à la bonne franquette, des plus agréables. Les jeunes Iroquoises sont là parce que telle est la tradition de leur tribu. Accueillantes, délicieuses, sautillantes, jeunes — à en croire certaines encore fillettes —, elles s'amusent immédiatement de ces hommes rudes qu'elles transforment en agnelets débonnaires et attentionnés ! Les petits cadeaux, bouts de miroirs, chaînette agrémentées d'une croix (on ne sait jamais, une conversion à la foi catholique est toujours possible), petites houpettes à poudre de riz qui les font rire tandis qu'elles blanchissent leurs belles peaux cuivrées.

Shoou-Shoou perd la tête pour un être minuscule et fripon, affublé d'un nom impossible et qu'Émile Kunu baptise aussitôt Lili.

— Lili, Lili ! chantonne Shoou-Shoou, ça lui va bien.

Lili n'arrête pas de parler. Ses histoires n'intéressent que ses compagnes qui rient à faire pleurer de rage les neuf hommes du *Lady Anna* qui aimeraient, d'une façon ou d'une autre, capter davantage l'attention de ces jeunes personnes.

Émile Kunu, qui a de vagues notions d'iroquois, prétend qu'elles ne se moquent pas d'eux mais qu'elles aimeraient bien trouver un mari. Car — elles le savent — elles resteront dans le bordel jusqu'à ce qu'un homme les choisisse pour épouse.

— Ainsi, demande Shoou-Shoou, émerveillé, si je décidais d'épouser Lili, je pourrais partir avec elle ?

Émile Kunu le lui confirme : c'est la règle du jeu. Plus tard, des complications pourraient naître ; par exemple, si Shoou-Shoou n'acceptait pas de se faire tondre pour ne laisser qu'une touffe au sommet de son crâne.

— Parce qu'un mari d'Iroquoise doit porter le toupet ?

Kunu s'amuse à tracasser Shoou-Shoou.

— J'en ai vu un, comme vous, qui refusait d' se laisser raser.

— Et comment cela s'est-il terminé ?

— Dans la marmite.

— Que voulez-vous dire ?

— Ils ont fait cuire le mari récalcitrant.

Shoou-Shoou ne sait plus où il en est.

— Cuit ?

— Mangé, quoi !

— Oh !

— Si, je vous le dis.

— Les sauvages sont vraiment des gens ignobles.

— Vous l' pensez ?

— Je le pense.

— Vous êtes contre les supplices !

— Tout à fait.

— Alors que pensez-vous de Louis XIII qui a laissé mourir de faim les Rochelais ?

— Ça n'a aucun rapport. Vous m'embêtez.

Lili se glisse contre lui et l'embrasse. Shoou-Shoou ne sait plus où il en est.

— Allez vous amuser ailleurs, monsieur Émile, vous voyez bien que vous me dérangez.

— Méfiez-vous, recommande Kunu, n'allez pas proposer l' mariage à cette fille.

— Vous ne vous figurez tout de même pas que je vais la laisser croupir dans un bordel.

— C'est pas pour être désagréable, mais, vraiment, les nabots sont des gens plus compliqués qu' les autres.

— De toute façon vous êtes toujours désagréable.

Dans cette « cabane », on n'apprécie pas les hommes qui se disputent. Ils en viennent trop souvent aux mains pour qu'on ne s'empresse de les séparer. Shoou-Shoou oublie son inimitié dans les bras de Lili ; Émile Kunu, quant à lui, se rabat sur les charmes aigres-doux d'une grande Indienne stupide.

Anna, Pierrot et Mad sont réveillés au milieu de la nuit par les grondements de China.

Le petit camp, formé par les chaloupes tant bien que mal disposées en triangle, se hérisse aussitôt de six bouches à feu, trois fusils et trois pistolets prêts à tirer.

Obscures sur fond blanc de neige, deux silhouettes s'avancent, indécises.

Sont-ils hommes de bien, militaires ou truands ? Allez savoir dans ces nuits canadiennes où le froid vous pince jusqu'au regard.

Comme les grondements du chien se font plus précis, les ombres s'immobilisent. Elles ne sont pas armées. Peut-être ces hommes possèdent-ils des couteaux dissimulés dans la botte ou la ceinture… rien là qui vaille la peine d'être pris en considération.

— Qui va là ? crie Pierrot.

— Ah ! vous êtes français ! répond une voix jeune bien que fatiguée. Nous aussi, nous sommes français.

Pierrot pose la bonne question.

— Catholique ou huguenot ?

— Je ne sais pas qui vous êtes, mais au point où nous en sommes, mon cousin et moi, autant vous dire la vérité. Nous sommes catholiques.

Anna joue les mondaines.

— Messieurs, je suis heureuse de vous recevoir.

— Mon Dieu ! répond celui des deux hommes qui, de toute évidence, prend les initiatives, mon Dieu, madame, vous avouerai-je que votre accueil me comble de joie ? Sans le bonheur de cette rencontre, nous étions perdus, mon cousin et moi. Permettez-moi de me présenter : Jean de…

Il hésite, n'achève pas sa phrase et s'incline :

— Qu'il vous suffise, madame, de m'appeler par mon prénom. Si je tiens caché mon patronyme, c'est pour des raisons personnelles que, si les circonstances le veulent, je me ferai, un jour ou l'autre, le devoir et le plaisir de vous expliquer. Mon cousin s'appelle Gilles. C'est un excellent homme mais il a perdu le désir de parler dans de pénibles circonstances, il ne faut pas lui tenir rigueur de son attitude.

Rien que pour le son de sa voix tendre, chaude, d'un charme rare, Jean de... plaît à Anna. Elle poursuit les présentations.

— Pierrot, le meilleur pilote de Saint-Malo.

— Capitaine-milady m' fait bien d' l'honneur, proteste Pierrot, pourtant fier d'être aussi bien traité.

Anna fait la moue. Il est regrettable que Pierrot ait ainsi révélé une partie de son identité. On ne sait jamais...

— Mad, ma femme de chambre.

— *Yes !* dit Mad.

— La chienne China, elle aussi anglaise et sans malice.

— Woou ! Woou ! bouffonne Jean de.

— Et moi, ajoute Anna, légère, soudain heureuse de vivre, comme si elle était libérée des soucis qui l'accablent, moi je suis Lady A.

— A. ? interroge Jean de.

— A., répète Anna. Je me ferai un jour ou l'autre le devoir et le plaisir de terminer mon nom pour vous, rien que pour vous. Le ton est tendre.

Jean de. croit rêver.

— Milady, dit-il, je meurs de faim, de froid, de solitude et de honte.

— Exception faite de la honte, dit Anna, le reste peut s'arranger.

— Nous faisons pas d' feu pour pas nous faire repérer mais, si mon lieutenant a froid, qu'il prenne cette couverture. Et en vl'à une autre pour l' cousin.

Lieutenant ! Pierrot a repéré le grade sous la fripe ; à moins que l'instinct du subalterne n'ait joué.

Il n'y a pas grand-chose d'extraordinaire à manger : un peu de viande de lapins, pris au piège, et des mûres gelées cueillies par Émile Kunu.

Comme des chiens affamés, Jean de. et Gilles avalent tout ce qu'on leur donne. Ils se disent réchauffés, ce qui est faux, mais ils sont bien élevés. Ils se sentent si à leur aise qu'ils n'ont plus envie de dormir.

— Même mon cousin paraît content. Ça ne lui est pas arrivé depuis que son fils l'a quitté.

— Son fils est mort ?

— Non. Son fils ne l'aime plus.

— Pourquoi ?

— Parce que la femme de son fils ne l'aime pas. Pour elle, c'est une façon de régner. Il fallait supprimer l'influence du père.

— C'est possible qu'un fils n'aime plus son père ?

— Absolument. Gilles s'entendait trop bien avec son fils. Elle devait détruire cette admiration, cette affection...

— Et c'est votre cousin ?

— Gilles est mon pauvre cousin.

Jean de. répugne à la sentimentalité. Il devient sec, sinon cassant.

— Un homme qui n'a plus rien à perdre, ça peut toujours servir. S'il vous vient à l'esprit une mission impossible, disposez sans scrupule de mon cousin... Et cependant, à ce qu'on dit, les deux hommes s'adoraient.

Anna saute sur le prétexte de ce « on dit » pour s'informer de sujets qui lui paraissent plus urgents.

— A propos du Canada, « on dit » que les Anglais tiennent les côtes.

— Ce n'est rien de le dire, milady, c'est ainsi. Mon cousin et moi représentons tout ce qui reste d'un magnifique navire venu au secours de Champlain et de ses Québécois.

Anna se tait. Elle estime que cette habitude est un des ressorts les plus utiles dans les rapports humains : savoir se taire. Savoir écouter.

— Dès notre entrée dans les eaux du Saint-Laurent, nous avons été attaqués par un navire hollandais appuyé par deux pataches anglaises bien armées. Si je préfère vous taire le récit du combat, c'est précisément à cause de la honte qu'il m'inspire. Nous nous sommes battus. Mais quel officier, quel matelot de France ne défendrait pas son Dieu et son roi !

Étreint par l'émotion, il prolonge le silence. Étonnée, Anna le regarde, Anna l'écoute. Jean de. est beau. C'est peu dire qu'il est beau : il se situe au-delà de la beauté. Les yeux doivent être bleus, mais d'un bleu unique, que le créateur aurait réservé au seul regard de l'officier. Le visage est mangé de barbe, il est hirsute avec des glaçons pris dans une masse blonde qu'Anna voudrait pénétrer de ses doigts. La voix est une musique. Anna est fascinée. Comment chaque homme nouveau peut-il être un bonheur, chaque homme aimé éclater en elle avec plus de violence ; car Jean de. est déjà un homme aimé.

Il dit encore :

— Tous les marins et les officiers du navire sont tués ou prisonniers, la cargaison pillée. Nous devons être, mon cousin Gilles et moi, les uniques rescapés.

Il sourit parce qu'Anna lui sourit.

— Maintenant, je n'ai plus faim, je n'ai plus froid, il semble que je ne sois plus seul, mais j'ai toujours honte.

Et soudain, dans une espèce de colère :

— A Paris, on se rend très mal compte de ce qui se passe ici. Depuis la reddition de La Rochelle...

Anna l'interrompt.

— La Rochelle s'est rendue ?

— Vous ne le saviez pas !

— J'ai débordé la France au moment de l'assassinat de Boucquingam.

Elle se retourne vers Pierrot pour qu'il partage le plaisir de cette bonne nouvelle. Discret, il s'est écarté avec Mad et China.

— Le Canada, reprend Anna, que savez-vous du Canada ?

— Personne ne sait rien, sinon que le règne de la grande confusion vient de commencer.

— Expliquez, Jean de. J'aime comme vous expliquez...

(Elle pourrait même ajouter : « J'aime tout de vous ! »)

— En ce moment, tout est contradiction au Canada. Les intérêts les plus contraires s'affrontent et sécrètent leur venin. A l'origine, avant même que nous débarquions sur ces terres fabuleuses, que se passe-t-il ? Les natifs, les Indiens, ne s'entendent pas entre eux. Qui cela préoccupe-t-il ? Personne. Et c'est peut-être mieux ainsi car des fautes sont commises. A commencer par des alliances contre les Iroquois, par cette recherche constante et absurde de l'évangélisation. Comme si nos problèmes religieux entre catholiques et huguenots ne nous suffisaient pas ! Exiger des sauvages qu'ils aillent au catéchisme me paraît être une aberration. On ferait mieux de ne pas les exploiter, de ne pas les livrer aux appétits mercantiles des compagnies marchandes qui, par ailleurs, s'empressent de ne pas remplir leurs contrats...

— Quels contrats ? Anna est alertée parce qu'elle se souvient être en affaires avec Jacques Penaud.

— Par exemple, le monopole des peaux de castors en échange d'une implantation de colons... Et quels sont-ils, ces colons ? Pour la plupart des bons à rien ou des repris de justice. Comment bâtir un pays à partir de rien que du mauvais ; car tout est mauvais : la peur, les trahisons, les intrigues, les convoitises de l'étranger, les chipotages politiques, l'indifférence, pour ne pas accuser certains d'incompétence... Et maintenant, pour ajouter à nos difficultés, voilà que les pays étrangers s'en mêlent, les Hollandais — je vous ai dit que les Hollandais, assistés d'Anglais, ont fait main basse sur mon navire.

Soudain, il a un sursaut.

— Savez-vous que des Français sont venus au secours de Champlain ?

— Va de soi...

— Malheureusement, ceux qui prêtaient ainsi assistance étaient huguenots et dissimulaient des soldats anglais. Ils ont tué ou fait prisonniers les hommes de Champlain. Si j'ai honte, c'est que je suis de ceux qui pensent que tout le monde est coupable de ce qui se passe, que la culpabilité est une chose partagée.

— Vous êtes un compliqué, Jean de. !

En contradiction totale avec elle-même, elle ajoute :

— Et j'aime ça !

Le cousin dort, roulé en boule dans la couverture que lui a donnée Pierrot.

— Pauvre homme, dit Jean de. Je suis heureux qu'il oublie dans le sommeil. Il a perdu son fils. Il l'aimait. Ne rien avoir à se reprocher et être rejeté tient de l'insoutenable...

Jean de. agace un peu Anna avec son cousin. Quelque chose lui échappe encore sur le Canada. Il faut qu'elle sache.

— Et Champlain ?

— Bonne question, se réjouit Jean de. Samuel Champlain est un homme de qualité. Déjà vieux. D'une honnêteté scrupuleuse. Trop de conscience est une entrave...

Il semble regretter d'être allé loin dans la confidence. Il sait comment les choses vont se passer, que Lady A. va lui offrir une place à côté d'elle pour terminer la nuit, il sait qu'ils seront l'un à l'autre comme il voudrait savoir qui est Lady A., d'où elle vient, ce qu'elle fait par cette nuit glacée de fin novembre, entourée de trois chaloupes échouées dans la neige.

— Moi, dit Anna, sans qu'il ait posé la moindre question, moi, depuis que je suis au Canada, j'ai fait bien des bêtises. Je pense que vous m'aiderez. Aussi, je vous dis tout.

Et elle lui dit tout, depuis la mort de Michipe, celle de Lucette, l'enfant John dont elle est responsable, ses amours, son bateau, son argent, sa traversée de l'Atlantique, les glaces, la terreur des Anglais, la poudre, des barils et des barils de poudre qu'elle cache, le ventre de son bateau en est plein, elle a tout caché...

— Vous ne pouviez rien faire de plus intelligent. Si vous vous étiez engagée dans le Saint-Laurent avec votre bateau, à l'heure qu'il est votre cargaison de poudre serait aux mains des étrangers et des pirates. Car ils pullulent, les pirates.

La neige tombe. Un rideau. On ne voit plus devant soi.

— Il faut faire un feu, dit Jean de. Pourquoi ne faites-vous pas de feu ?

— Ils ne veulent pas.

— « Ils » ? Qui sont-ils ?

— Des canonniers, un nain, un coureur des bois...

Jean de. ne peut s'empêcher de rire.

— Et c'est à vous, tout ça ?

— C'est à moi.

— Et ça se mêle de vous empêcher d'allumer un feu !

— Pour commencer, à bord, c'était à cause de la poudre. Maintenant, ils disent que nous pourrions nous faire repérer.

— Par qui ?

Anna s'impatiente.

— Est-ce que je sais !

Jean de. est navré de s'être mêlé de ce qui ne le regarde pas.

— Avec cette neige, vous ne risquez rien à faire un feu.

Le feu ne prend pas. On s'y acharne. Alerté par l'instinct du bien-être, Pierrot se réveille et Gilles, toujours disponible, s'en va sous les sapins trouver de vieilles aiguilles desséchées. Mad, à genoux, bouche à ras de terre et, son petit cul en l'air, souffle comme une forcenée.

Ça fume, un peu, à peine, c'est l'enthousiasme, ça va s'éteindre, c'est la folie, un bout de flamme vacille, ne soufflez plus. Un grand frisson délicieux passe tout le long du corps et vous secoue. Après la bonne chaleur, on va griller qui un morceau de viande, qui un filet de poisson, et s'organiser pour un sommeil, réparateur pour les uns, sensuel pour Anna et Jean de.

— On parle aussi, souffle-t-il à l'oreille de sa nouvelle compagne, on parle aussi, au figuré et poétiquement, des pavots du sommeil.

Jamais personne ne lui a parlé ainsi.

Hermès a un langage intéressant, il exprime des idées ; à la rigueur il précise certaines impressions. Lui, celui-là, ce Jean de. qui la bouleverse, c'est un tout autre monde. Et le mot sommeil n'est pas trop fort pour définir cet éloignement, ce vertige, cet anéantissement dans le désir...

Il neige.

Par discrétion, Mad, Pierrot et Gilles ont allumé un second feu, au-delà des chaloupes.

Anna a l'habitude de coucher dans une espèce de sac étroit fait de grosse toile qui sent le lin. Jamais elle n'aurait imaginé qu'il fût possible d'y entrer à deux.

Depuis le souvenir qu'elle évoque d'Hermès, elle n'a jamais eu plus chaud dans un lit, ni plus envie de l'amour de cet homme qui dit et fait ce qu'aucun autre homme n'a encore dit et fait pour elle.

La dernière vision du monde qu'emporte Anna au fond du sac, dont ils rabattent le haut sur leurs têtes, est un rideau de neige rose et mouvant dans les flammes.

Jean de. est d'une incroyable adresse à la chasse. Un tireur d'élite. La chienne China arrête le gibier. Jean de. et la chienne se sont pris de sympathie et ils font du bon travail.

Ils ne s'éloignent jamais du camp où l'on entretient maintenant trois feux disposés en triangle et au milieu desquels, sous des abris improvisés mais solides, on commence à vivre agréablement. Sur l'un des feux on jette constamment des herbes humides pour que de la fumée s'en dégage et serve de repère à Jean de. Car, avec la neige qui tombe, au bout d'un quart d'heure, toutes traces ont disparu...

Les chaloupes sont ensevelies. Ce qui plaît à Jean de. Dans l'actuelle confusion, tôt ou tard, elles seraient tombées entre les mains de pirates, de coureurs des bois, de hors-la-loi, de tous les envieux, d'où qu'ils viennent.

La vie est belle. La température agréable. Quand il neige, il ne fait jamais froid.

Anna s'occupe de son nouvel amour. Pierrot fabrique un bateau dans une bouteille. Gilles pleure son fils et Mad joue à lancer des boules de neige à China. On mange bien. Anna prend aussi son temps et relit la lettre de Julien Bigras adressée à Jacques Penaud. Elle y trouve ce qui lui avait échappé, une carte avec la Gaspésie, l'Acadie, le Saint-Laurent (rempli de petits poissons dessinés) jusqu'à Stadaconé devenu Québec. En aval, au confluent de la rivière Saguenay et du Saint-Laurent, Julien Bigras a dessiné un tas de castors et de petits bonshommes, et, parmi ces bonshommes, lui-même et le capitaine Jeannot avec sa jambe de bois. Ce qui ravit Anna, c'est que ses amis se trouvent sur la rive droite du Saint-Laurent. Une cabane, marquée d'une croix, porte la mention : « Nous sommes ici. » Et la cabane, sur la carte, n'est pas très loin de l'endroit où se trouve actuellement Anna, au campement des chaloupes.

Ce qu'elle ne sait pas encore et que Jean de. va lui dire, c'est que le relief les sépare...

— On ne peut pas le franchir en hiver ?

— Tout est possible, rassure Jean de. Encore ne faut-il pas s'aventurer sans un plan précis. Avez-vous une idée ?

— J'avais une idée : livrer de la poudre à Québec.

— Le projet vous honore.

— Comment y parvenir ?

— Certainement pas de la façon dont vous vous y prenez !

— Bienvenu ! comme on dit ici. Je m'en rends compte. Je voulais aussi fournir à mes amis Bigras et Jeannot poudre et fusils pour faire la chasse aux ours, loutres, castors, renards et autres fourrures qui font sensation dans les rues parisiennes.

— Vous connaissez Paris ?

Anna baisse le nez.

— Jamais vu !

— Londres, alors, puisque vous êtes lady ?

— Le château de Falmoufe est à moi.

— Vous voulez dire Falmouth ?

Il regrette de ne pas avoir saisi l'erreur au vol. Il est désolé. Il ne s'est pas rendu compte à quel point Anna venait de la terre. Elle y puise sa modestie, sa générosité et sa joie de vivre.

Elle lit à Jean de. un passage de la lettre de Julien Bigras à Jacques Penaud.

— « ... tu pourrais organiser un fameux trafic de pelleteries. Pour cela, il faudrait : un bon bateau avec un bon capitaine (un malin, si tu vois ce que je veux dire...). » Le malin, c'est moi, s'amuse Anna. En fait, pas si malin que ça ! Je continue : « Avec le capitaine Jeannot si nous pouvions fournir armes, poudre et munitions à d'excellents tireurs, nous pourrions tripler nos expéditions de peaux... »

— Vous avez une autorisation ?

— Du cardinal de Richelieu lui-même.

— Vous êtes donc quelqu'un de très important !

— Ce n'est pas ce qui compte dans la vie.

— Encore une fois, ce sentiment vous honore.

— Ce que je veux, c'est être utile. Si je suis au Canada, c'est pour servir à quelque chose. Je pourrais...

Elle se reprend.

— Nous pourrions...

Une idée fait la culbute dans sa tête.

— Voilà comment je vois les choses. Que la poudre soit au Canada, c'est déjà ça : une partie dans mon bateau, une partie dans mes chaloupes. Et, vous l'avez dit vous-même, si je n'avais pas caché ma cargaison, on me l'aurait chipée. Là, comme ça, je ne vois pas trop ce qu'on pourrait faire avant le printemps. En attendant, nous pourrions peut-être tenter notre chance avec quelques barils qu'on transporterait en traîneau jusqu'à la cabane de Bigras et de Jeannot. Et, peut-être qu'eux, puisqu'ils sont maintenant du cru, trouveraient le moyen de transporter de la poudre jusqu'à Québec.

Le silence de Jean de. a valeur d'approbation.

— Mes hommes sont partis à la recherche de chiens de voyage.

Jean de. rit.

— Qu'est-ce qui vous amuse ?

— Quand vous parlez de vos hommes.

— Moi, vous savez, Jean de., les hommes, je les aime.

Il répond, mi-figue mi-raisin :

— Je m'en doutais...

Et, pour ne pas paraître contrarié, il ajoute aussitôt :

— Avec cette neige vos « hommes » auront bien du mal à rentrer...

La prévision est juste. Ils ont, en effet, bien du mal à retrouver le camp des chaloupes. Ils pestent contre la neige qui brouillent leurs propres traces. Les chiens sont intenables, pour ne pas dire odieux. Ils sont dix-huit, qui ont vite compris l'incompétence de leurs nouveaux maîtres et font toutes les bêtises, soit qu'ils refusent d'avancer, soit qu'ils tournent en rond. Seuls, Émile Kunu et Lili l'Iroquoise en viennent à peu près à bout. Mais, comme dix-huit chiens cela fait trois attelages, Shoou-Shoou, pour son prestige, a exigé de se voir confier la responsabilité du troisième traîneau. Il s'est déjà fait mordre, les chiens lui pissent dessus et l'entraînent dans les directions les plus fantaisistes. Il ne présente qu'un seul avantage : la légèreté de son poids.

Les autres, Casimir et les six canonniers, suivent comme ils peuvent sur des raquettes. La première fois que Shoou-Shoou a vu un de ces engins, il s'est esclaffé que, dans le monde, on jouait à la paume ou au volant, mais qu'on ne courait pas dessus.

— C'est un jeu d'extérieur, pas un soulier, dit-il.

Émile Kunu s'est moqué de lui ; ce qui n'a pas arrangé leurs rapports déjà terriblement tendus.

Le soir, c'est un miracle. Ils arrivent à se retrouver tous, on dételle les chiens, on leur donne à manger le gibier qu'Émile, d'une folle adresse, a tiré dans la journée. Shoou-Shoou se fait mordre à chaque fois.

Ce soir, son chien de tête lui a pratiquement emporté la main. Il hurle. Kunu l'insulte. Lili le soigne. Il neige toujours.

— Nous sommes trop au nord ! s'indigne Kunu.

— Nous nous égarons vers le sud, s'inquiète Shoou-Shoou.

— Imbécile, mêlez-vous d' satisfaire votre Iroquoise et laissez-nous en paix.

— Je ne pense pas avoir jamais rencontré un être plus vulgaire que vous, fulmine Shoou-Shoou. Si vous saviez qui je suis !

— Y a longtemps que j' m'en suis aperçu ! hurle de rire Kunu.

Contrarié par ces excès, Casimir se tient à l'écart, heureux de constater que la neige, qui d'ailleurs devenait de plus en plus légère, s'arrête de tomber.

Et, soudain, le choc d'un ciel clair et d'une lune bien jaune sur le blanc infini. A l'horizon, une fumée monte droit dans le ciel. On consulte Lili : « Ce n'est pas un feu d'Indien », affirme-t-elle. Mais on peut mettre sa parole en doute. Émile Kunu est le seul à baragouiner un peu d'iroquois et il le traduit comme il peut. D'ailleurs, il se méfie. N'a-t-il pas recommandé à Anna de s'abstenir de toute manifestation qui pourrait révéler sa présence ?

Shoou-Shoou est d'avis qu'il faut fondre sur l'inconnu, foncer sur l'ennemi. Si tel est le cas.

Émile Kunu saisit cette nouvelle occasion d'insulter le nain.

— Facile à dire, vu ta taille, tu risques pas grand-chose.

— Vu les dimensions de votre cerveau, réplique Shoou-Shoou, vous risquez de ne même pas vous rendre compte qu'on vous tire dessus...

Kunu plisse le front. Il ne semble pas avoir compris.

Avec sagesse, Casimir en profite pour intervenir.

— Puis-je me permettre de rappeler à ces messieurs que, par autorité royale, c'est à monsieur Shoou-Shoou de nous donner des ordres, à moi et aux six canonniers de la troupe.

Émile Kunu n'insiste pas.

Shoou-Shoou prend l'expédition en main. Autant profiter du ciel dégagé pour ne pas perdre un instant et se diriger vers la fumée. L'idéal serait de surprendre ceux qui font ce feu à l'heure où les facultés de l'homme sont le plus engourdies, juste avant le lever du soleil. D'ailleurs, il a une idée, mieux qu'une idée, une stratégie.

Lili est en joie. Elle comprend que son mari prend en charge les opérations et, de satisfaction, lui frotte ses petits bras avec enthousiasme, sinon avec passion, car ils paraissent s'adorer.

On mange, on attelle les chiens, et en route. Shoou-Shoou et Lili prennent la tête sur le même traîneau. A eux deux, ils font à peine le poids d'un homme. Casimir se charge du traîneau numéro deux. Émile Kunu ferme la marche. Les canonniers suivent comme ils peuvent sur leurs raquettes. Aucun être humain n'ayant encore jamais empêché un chien d'aboyer, Shoou-Shoou ne prend pas le risque de donner l'alerte. Les trois traîneaux contournent la fumée en s'éloignant d'elle (sans pour autant, bien entendu, la perdre de vue). Quand le soleil est sur le point de se lever, Shoou-Shoou ordonne de faire front et de débouler sur le camp aussi vite qu'il leur sera possible ; et les chiens obéissent, soudain excités par la perspective d'une dépense d'énergie. Il n'existe pas de chien qui ne se damnerait pour faire du bon travail.

A l'instant où le soleil émerge de l'horizon, les traîneaux se présentent dans un contre-jour violent. Ils ne risquent pas grand-chose. Avec la lumière dans le dos, il est impossible de les localiser. En revanche, eux, ce qu'ils voient les intéresse : un inconnu sort d'un sac où il dormait, il est aveuglé, ébloui, il ne comprend pas ce qui se passe, il entend dix-huit chiens hurlants se rapprocher, il imagine derrière eux des traîneaux et, sur les traîneaux, des hommes, fusils braqués sur lui.

Il est nu dans la neige.

— Un libertin, constate Casimir.

— Avec du poil blond et des taches de rousseur plein partout, c'est pour le moins un Hollandais, renchérit Shoou-Shoou.

A cet instant Gilles, dans ses vêtements en loques, court vers Jean de. pour lui porter une arme. Comme rien ne permet d'identifier le camp, les chaloupes étant totalement recouvertes de neige, Shoou-Shoou se fait une opinion hâtive de la situation. Il s'agit de vagabonds.

— Mains en l'air, crie-t-il. Qui êtes-vous ?

— Des Français !

— De quel bord ?

Dans la fraction de seconde qui suit et le temps d'une autre fraction de seconde, il se produit une suite d'événements inattendus.

Jean de. va répondre à la voix qui vient de l'interpeller quand Anna se réveille et s'apprête à sortir du sac où ils ont dormi. Pour la protéger Jean de. se jette dans la neige devant elle. Entre-temps, Shoou-Shoou a reconnu Anna et va donner l'ordre de ne pas tirer. Émile Kunu, lui aussi, a vu Anna et remarqué qu'elle était nue également. L'atroce mécanisme de la jalousie se mettant en route à la vitesse de l'éclair, il met Jean de. en joue. A cet instant, il a l'impression que sa main éclate...

Gilles a entendu tirer, mais, dans la direction d'où le coup est parti, il ne voit que des flammes : celles du soleil. Et c'est au hasard qu'il appuye sur la détente. Atteint à l'épaule, un chien se met à hurler.

Une grande pagaille s'ensuit.

Fou furieux, Émile Kunu brandit un couteau dans sa main gauche et se précipite sur Jean de.

Shoou-Shoou ne lui laisse pas le temps de faire plus de quelques enjambées et le renverse d'une balle de pistolet dans la cuisse.

— Arrêtez de tirer, avertit Shoou-Shoou qui a compris les choses qui unissent milady à l'homme nu aux taches de rousseur.

— C'est Shoou-Shoou, milady. Venez nous donner un coup de main pour ramasser cette nullité de monsieur Émile que je me suis fait un plaisir de mettre hors d'état de nuire.

A s'agiter comme un fou, Émile Kunu perd beaucoup de sang.

Lili soigne le chien. La blessure n'est que superficielle. Avec habileté, elle extrait la balle de l'épaule, applique de la neige gelée sur la plaie et couche la bête sur le traîneau.

Pour avoir la paix, Shoou-Shoou administre à Émile Kunu une forte dose d'une potion somnifère à base de pavots. Comme son esprit s'en va en vapeurs, on en profite pour lui soigner la cuisse et la main à laquelle il manque deux doigts.

Et on s'explique.

— Qui est cette Indienne ? demande Anna.

— Milady, autant vous le dire tout de suite, c'est ma femme.

— Qui a béni votre union ?

Shoou-Shoou hésite.

— Milady, je vous croyais moins prude.

— Moi, Shoou-Shoou, j'appelle les choses par leur nom. Cette jolie jeune personne n'est pas ta femme.

— Elle est jolie, hein ? se rengorge Shoou-Shoou.

Elle est jolie et elle sait bien s'occuper des chiens.

Les chiens ! Essentiels, les chiens.

Et Lili se débrouille bien avec eux. Elle n'est pas indienne pour rien et Shoou-Shoou en glousse d'aise.

La gêne de Shoou-Shoou, ses mines égarées, pourraient amuser Anna si elle en avait le temps. C'est Jean de. qu'elle observe. Il exerce déjà son autorité de militaire sur Pierrot, sur Casimir, sur les six canonniers, raidis par la crainte d'être mal vus, de ne pas être à la hauteur de leur service.

Jean de. a son plan et Anna s'en remet à lui. On ne va pas traîner longtemps au campement des chaloupes. Il faut profiter du beau temps pour faire de la route.

— Quelle route ? s'enquiert Shoou-Shoou.

— Monsieur, répond Jean de., ne posez pas de question. J'ai reçu mission de milady de vous mener là où elle m'a demandé. C'est de moi que vous recevrez vos ordres...

Shoou-Shoou n'insiste pas. Il arrive que la voix de Jean de. soit coupante, comme le froid vif qui s'annonce. D'ailleurs, comme on dit, il n'en mène pas large. Lili est acceptée. Il n'en demande pas plus.

Sans un mot, avec une adresse incroyable, toujours le désespoir au cœur et dans le regard, Gilles confectionne des raquettes pour ceux qui n'en ont pas. Il courbe des branches à la chaleur et croise entre eux de fins cordages du *Lady Anna.*

Blessé, donc inactif, Émile Kunu passe son temps à houspiller les autres et à entretenir la haine qu'il éprouve à l'égard de Shoou-Shoou.

Ainsi, quand le nain, obligeamment, vient prendre de ses nouvelles, il se dresse et lui crie :

— A la niche avec Lili !

— Monsieur Émile, répond Shoou-Shoou, permettez-moi de vous dire que, sans mon intervention, vous étiez un assassin.

— C'est vous qui l'êtes !

— Je ne suis qu'un petit bout, un crapoussin, mais je ne vous envie pas. Votre stupidité dérange...

Émile Kunu veut avoir le dernier mot.

— Tiens donc ! Expliquez-moi ça !

— Vous étiez perdu, pauvre sinistre nullité... Si une fumée ne nous avait pas guidés, jamais vous ne repériez le campement.

Jean de. entend la dispute. Elle le réjouit, elle le rassure : Émile Kunu n'a pas le sens de l'orientation. Les chaloupes sont bien cachées. Ce qui n'exclut pas de prendre la précaution, comme s'il naviguait, de faire le pointage et d'étayer son observation par des repères, un groupe de quatre sapins, plein nord dans l'axe d'un rocher à tête de sorcière.

Kunu, coureur des bois, n'en demeure pas moins dangereux. D'heure en heure, les rapports avec lui se détériorent. Il a remarqué qu'il agaçait avec un ruine-babines. On peut apprécier la musique mais ne pas supporter le thème qu'il impose, agréable en soi mais vite insupportable dans la mesure où il le répète indéfiniment et place, toujours au même endroit, une fausse note qui ferait frémir n'importe qui.

— On ne s'entend plus, se plaint Shoou-Shoou qui, il doit en convenir, n'a plus l'oreille très fine.

Pour toute réponse, Émile Kunu joue plus fort.

Jean de. et Anna s'éloignent un peu du camp.

Le pays a des beautés bouleversantes avec ses milliards de paillettes de neige qui jouent et clignotent dans la lumière. Anna ne se lasserait pas de ces paysages, inconnus dans son île de Ré où la neige est pauvrette ; elle profiterait volontiers du bonheur qu'elle éprouve en compagnie de Jean de. si le moment n'était venu de tenir avec lui une espèce de conseil de guerre. Il est décidé qu'ils tenteront de trouver un col pour passer la montagne (Lili doit connaître le meilleur itinéraire) et rejoindre la cabane des amis d'Anna afin d'y passer l'hiver.

Un traîneau avec deux barils de poudre à tirer le gibier leur sera réservé. Deux autres barils — ceux-là de poudre à canon et destinés à Québec — seront placés sur un autre traîneau. Enfin sur le troisième traîneau, voyageront les blessés (Émile Kunu et le chien) ainsi que les bagages. A quoi bon tergiverser, discuter, perdre du temps... Une longue route difficile s'ouvre devant eux ; difficile et dangereuse.

Lili et Shoou-Shoou sont en tête. Un Shoou-Shoou ivre de fierté, un fusil presque aussi grand que lui à la bretelle et deux pistolets passés dans la ceinture.

A une distance respectable, Émile Kunu, attaché sur le traîneau, joue du ruine-babines et multiplie les fausses notes. C'est Mad qui conduit les chiens. Elle entretient avec eux des rapports privilégiés, comme si elle était de la même race. C'est bien l'avis de Rinkcha, le chien de tête, husky fauve, presque loup, aux yeux de ciel clair. Il y a des moments où on ne sait plus si Mad est un chien, une belle fille ou un poisson.

Pierrot et Casimir courent de chaque côté du traîneau. Ils ont l'ordre d'abattre Kunu à la moindre incartade.

Anna et Jean de. ferment la marche.

Les chiens tirent avec acharnement sur les traces du traîneau de tête, le plus rapide, le mieux commandé par Lili l'Indienne.

Jean de. a déjà compris qu'un chien, pour obéir, doit éprouver du plaisir.

— Et l'homme, alors ? demande Anna.

Ils s'entendent trop bien, tous les deux. Ils n'ont qu'une envie, se regarder, parler d'eux ; qu'une hâte, retrouver les grands feux et le sac dans lequel ils se glissent. Il faut veiller.

Le froid est vif, les journées courtes. Le gibier semble avoir disparu de la planète...

Les voyageurs cheminent lentement dans le gel, les difficultés et les dangers. Il faut se défendre à chaque instant, se protéger, se préserver. A un point tel que le temps qui passe s'efface. Heureusement que Mad amuse tout le monde à se rouler dans la neige avec Rinkcha et China, à dormir comme les chiens dans un trou de neige. « C'est un phénomène, dit-on d'elle, elle n'a jamais froid. »

Elle devient le fétiche de l'équipe. Quand elle rit, même quand elle ne fait que sourire, de son vertigineux sourire d'enfant, on oublie que la mort rôde sous la forme très simple du froid et de la faim.

Anna s'attache chaque jour davantage à Mad. Mad, c'est elle adolescente, c'est une Anna Le Halper qui n'évoluerait pas, qui serait restée à l'état sauvage...

Émile Kunu, quant à lui, réduit au rôle d'homme sans importance, sinon de poids mort, s'ingénie à casser les noix de tout le monde en multipliant les fausses notes sur son ruine-babines et en retardant le convoi. Immobilisé sur son traîneau, il faut s'arrêter toutes les deux heures pour le frictionner, sinon il gèlerait. Shoou-Shoou en profite pour le gifler abondamment et il le mérite.

Anna et Jean de. vivent les délires de l'amour...

Dans la montagne, les cols, les défilés, les cahots de glace qu'il faut escalader, hommes et chiens tirent les traîneaux.

Émile Kunu a un pied gelé et hurle sa haine contre Shoou-Shoou. On le préfère encore quand il travaille du ruine-babines.

Et un matin, juste après le départ, alors qu'il flotte dans l'air une impression de neige, juste au sortir d'une crevasse, une petite fumée s'élève dans le ciel, blanche sur le ciel blanc. Et sous la fumée, un bout de cheminée.

6.

La cabane de Bigras

Il fait chaud, presque trop chaud. Les murs sont tendus de peaux de bête, d'ours pour la plupart, ce qui est superbe. Bigras et Jeannot ouvrent grands leurs bras comme s'ils étaient en croix et les referment sur une Anna qu'ils engloutissent dans leur amour, leur amitié, leur joie… ils en pleurent de plaisir.

— Encore un gros bec, réclame le capitaine Jeannot.

— Encore un p'tit bec, souhaite Julien Bigras.

Anna embrasse : tant qu'on voudra.

— Tu vois, nous sommes déjà dans l' coup du pays.

— Puisque c'est comme ça, dit Anna, je vais aussi faire un bec à Jean de.

— J' vois, dit Bigras, qu' vous êtes venue avec un compagnon.

On se serre la main chaleureusement, Jeannot fait un peu la grimace ; il connaît, d'expérience, la tête d'Anna quand elle est amoureuse.

— A c' que j'entends, dit-il tout de même avec satisfaction, t'as un attelage de chiens de traîneaux. Ça s'ra bien commode pour la chasse.

— J'ai des chiens et de la poudre…

— T'entends ça, Jeannot ? Elle a des chiens et d' la poudre…

Jeannot exécute un petit mouvement de danse, un coup sur son unique pied, un coup sur sa canne, un autre sur le pilon. Le temps d'un éclair, tout un passé remonte à la mémoire d'Anna. Cette époque où, versant de la bonne eau-de-vie sur la jambe coupée du capitaine envahie de petites bêtes, elle découvrait, à côté du moignon, cette merveille de la nature, mère de toutes les satisfactions.

— Deux barils de poudre, précise Anna, l'esprit ailleurs.

— Deux barils de poudre, répète Bigras.

— Et des fusils.

— Et des fusils…

— Et un blessé, ajoute Jean de.

La perspective d'avoir à héberger un blessé semble rafraîchir l'atmosphère.

— C'est, dit Jeannot, qu' ça va faire nombreux. Bien sûr, qu'il est l' bienvenu !

— La cabane, elle est bonne pour quatre personnes, dit Bigras chez qui on reconnaît le sens de l'hospitalité. Nos femmes, à Jeannot et à moi, sont allées relever les pièges… Vous les verrez tout à l'heure. Eh ben ! Ce qui va pour quatre, va pour sept : faites entrer le blessé.

— Faites entrer l' blessé, reprend Jeannot qui s'efforce de paraître joyeux.

Il gèle à casser des pierres ; Jeannot et Bigras restent bien au chaud, les fesses contre le fourneau où mijote un pot-au-feu, délicat mélange de caribou, de chevreuil, d'orignal, d'un légume qui sent le chou, mais qui n'en est certainement pas, et de fèves.

Jean de. va chercher Kunu.

— Pas trop tôt !

On le glisse avec son traîneau dans la cabane comme un pain dans un four. Dès qu'il aperçoit Jeannot et Bigras, il attaque.

— Alleluia pour l'hospitalité, les pouilleux. Dehors, on s' gèle les chenolles, vous vous rendez donc pas compte !

— Il est toujours aussi aimable ?

— Toujours.

— Dans ce cas, conclut Bigras, il couchera par terre.

Et il ajoute :

— Comment s'appelle cette agréable personne ?

— Kunu. Émile Kunu.

— Le bien nommé, commente Anna. Il perd tout le temps son pantalon et il montre ses fesses.

— Vous voulez les voir ? propose Kunu. Du coup, vous verrez ma blessure à la cuisse. C'est un coup du nain.

— De quel nain ? interroge Bigras, dans un sourire un peu crispé.

— De Shoou-Shoou ! Il attend dehors, avec Lili, sa femme, et les autres.

— Quels autres ?

Paternel, bien que, en lui-même, repris par la folie amoureuse, Jeannot s'avance vers Anna et la prend par les épaules.

— Anna, mon Anna, le plus beau rêve de ma vie, comme Julien vient de te l' dire, cette cabane a été construite pour un maximum de cinq. Nous sommes quatre à y vivre ici. Combien êtes-vous ?

Elle découvre ses dents comme le ferait un lapin.

Jeannot insiste.

— Sois franche...

— Qu'on s'organise ! renchérit Bigras.

Anna gagne du temps.

— Combien nous sommes en tout ?

— Voilà. Combien êtes-vous en tout ?

— Quinze personnes, avec dix-neuf chiens.

Jeannot et Bigras en perdent un moment la parole.

Le premier, Jeannot reprend ses esprits.

— Avec nous et nos femmes, ça fera quinze et quatre, dix-neuf personnes... et toujours dix-neuf chiens...

— C'est pas triste, constate Bigras. Eh ben, faites entrer... si on tient.

On tient. A certaines conditions : ne pas trop remuer, se débarrasser des vêtements d'extérieur et éviter de pousser.

— Hé ! se plaint Kunu, on a encore l' droit d' respirer ?

— Celui-là, plaisante Shoou-Shoou, un jour, je lui tordrai le cou.

L'expression est maladroite.

Personne n'y prête attention. Après des semaines et des semaines de gel dans le corps, la merveilleuse chaleur de la cabane de Bigras engourdit les esprits. A cela, vient s'ajouter un petit vin aigre et trop sucré (mais qui se laisse boire), pompeusement étiqueté : Québec, cru Bigras 1628.

— La meilleure année ! lance-t-il.

Il a, en effet, échangé des peaux de renards argentés contre la production d'un colon laborieux établi sur une colline fertile, en bordure du Saint-Laurent.

Chaud, le bigras 1628 prend un arôme exceptionnel et soûle la viande. Dans les esprits déjà somnolents se forment des vapeurs. Ça rote sec, Kunu ronfle, Jeannot, qui a le vin gai, devient tendre. Pour avoir été restaurateur, Julien Bigras connaît bien les hommes. Il a vite compris comment une surpopulation dans sa cabane pourrait créer une situation explosive. Le vin chaud, après avoir fait s'évaporer les vils problèmes du quotidien, conduit à la chanson ; en chantant à tue-tête, on se libère de ses passions et l'on invente un monde qui sera peut-être le Canada de demain, avec des bleuets et des alouettes. De toute façon, Julien Bigras en est maintenant convaincu, tout se passera dans la bonne humeur.

— D'abord les chiens, dit-il, il faut les attacher à des piquets convenablement distants les uns des autres pour éviter des batailles. Puis, bien les nourrir — ils le méritent — et les laisser se reposer dans les trous qu'ils vont creuser dans la neige. Allez, les enfants, ça fait dix-neuf piquets à planter. Et les barils de poudre à mettre sous abri. C'est pas l'ouvrage qui manque.

Mad et Lili donnent à manger aux chiens quand deux longues filles apparaissent à la lisière de la forêt, marchant sur des raquettes. Parvenues à distance convenable de Mad et de Lili, la plus grande interroge.

— A qui sont ces chiens ?

N'obtenant pas de réponse, elle s'approche de Mad.

— Qu'est-ce que c'est que cette bambochade ?

— *Yes !* répond Mad.

— Tu es américaine ?

— *Yes !*

— *So, you are American*[1] ? reprend l'autre fille avec un fort accent français.

— *Not at all*[2], dit Mad.

— Tu te moques de nous ?

— *Yes,* dit encore Mad dans un sourire lumineux.

A cet instant, Bigras paraît sur le pas de sa porte.

— Mes chéries, venez vite faire la connaissance de nos amis.

A la vue des deux femmes, un monde surgit dans la mémoire d'Anna : les heures maudites, mais aussi les heures chaudes, de son séjour à La Rochelle, du siège ; ce succulent dîner dans le restaurant clandestin de Julien Bigras, la fuite éperdue dans les égouts, son évasion de la ville sous la protection de deux prostituées... celles-là mêmes qui sont devant elle, belles comme des déesses, les cils aussi longs que les poils de leur bonnet de loutre.

Dans un grand geste, Bigras renouvelle les présentations.

— Vous vous reconnaissez ?

— Va de soi, dit Anna.

— Va de soi, répètent bêtement Jeannette et l'Iroquoise.

Leur nom revient à la mémoire d'Anna.

— Ma femme, reprend Bigras, en passant son bras autour de la taille de l'Iroquoise.

Il n'a pas le temps d'indiquer que Jeannot s'est réservé Jeannette, qu'un meuglement fait sursauter tout le monde : Émile Kunu se réveille.

1. Ainsi vous êtes américaine ?
2. Pas du tout.

— Y a d' la fesse nouvelle ! se réjouit-il.

— Cher ami, dit le capitaine Jeannot à Shoou-Shoou, le jour où vous aurez décidé de tordre le cou à ce sinistre individu, faites-moi signe ; je vous donnerai un coup d' main.

— L'Iroquoise, remarque Jean de. pour faire diversion, l'Iroquoise aurait plutôt le type du Massif Central.

— Elle est auvergnate, précise Bigras. Elle tient son nom de mes fantasmes.

— Ça fait deux Iroquoises dans la société, souligne Kunu. Y en aura bien une pour moi, puisque milady fait sa mijaurée.

Anna accuse le coup. Elle le prend très mal.

— Pierrot et Casimir, commande-t-elle, construisez un abri pour Kunu, je n'en veux plus auprès de moi.

— On peut plus plaisanter ! se révolte-t-il.

Comme Anna ne lui répond pas, Pierrot, avec une satisfaction évidente, pousse le traîneau à l'extérieur.

— Tu l' regrett'ras, milady, lance encore Kunu avant d'être saisi par le froid.

Pierrot et Casimir ont vite fait de lui improviser un toit avec une voile du *Lady Anna*.

— J' vais crever, geint Kunu.

— Ça t'apprendra à casser les noix à tout le monde.

La question de la cohabitation n'en est pas réglée pour autant.

Mad est prête à dormir dehors, mais Anna s'y oppose. Shoou-Shoou aussi, d'ailleurs. La présence d'Émile Kunu à l'extérieur rend les abords de la cabane dangereux pour les femmes. Il est convenu, que, de toute façon, galanterie oblige, elles coucheront au chaud, chacune avec son coquin. Ce qui fait quatre couples. Mad dort seule.

— Soit, neuf personnes, calcule Bigras qui a pris, dans la restauration l'habitude de compter par tête. Eh bien, ça s' dégage, on va s'empiler, on sera les uns sur les autres, à la guerre comme à la guerre...

Pierrot, Casimir, Gilles et les six canonniers font bien un peu la tête ; ni femmes, ni lit, c'est un peu dur, peut-être Mad consentirait-elle à...

Anna interrompt les solliciteurs.

— Pas question, tranche-t-elle.

— Bien, dit Pierrot, dès demain, on s' fera une cabane.

— C'est pas l' bois qui manque, et on vous donnera un coup de main. D'ailleurs avec les armes, la poudre, les chiens, et les traîneaux d'Anna, on va faire provision de castors et il faudra un hangar.

Soudain, Jeannot se souvient.

— Quel égoïste je fais ! J' te demande même pas des nouvelles de ton voyage en Angleterre. T'es mariée ?

— Je suis lady.

— C'est ce que j'avais cru comprendre, dit Jeannot qui ne maîtrise pas un soupçon de déférence dans sa voix. Et, reprend-il, comment te trouves-tu au Canada ?

Anna voudrait répondre. Elle ne le peut pas. En l'espace d'un instant, elle revoit Michipe, il est présent, elle va le toucher, elle l'aime comme elle n'aimera jamais aucun homme ; les larmes aux yeux, elle revient à la réalité de la cabane et distingue, en face d'elle, le visage bouleversé de Jeannot.

— J' t'ai fait mal, pardonne-moi.

Elle pose sa main sur la grosse patte, plus rugueuse que jamais, gercée par le sel et le gel.

Bigras, avec son sens aigu du divertissement, distribue son vin par rafales, tandis que Jeannette et l'Iroquoise servent un pot-au-feu succulent qui ferait baver un repu rien que par son fumet.

C'est extraordinaire d'être confortablement installé, à se desserrer la ceinture dans la perspective d'un festin. Quel génie, ce Bigras ! Déjà à La Rochelle, alors que les habitants mangeaient des rats, lui, servait des ortolans à ses clients.

Et l'on se met à chanter. Ça va dans tous les sens, on est heureux, on se gave, Bigras joue d'un petit instrument à cordes avec lequel il fait merveille. On tape du pied, on se pince un peu partout, on pleure de rire pour un oui, pour un non Shoou-Shoou le nain se déchaîne, marche sur les mains, imite les animaux les plus divers et improvise une chanson sur un thème que lui fournit sa femme. Sans doute faut-il tenir le vin pour responsable de son état, mais celle-ci ne tient plus debout.

L'Iroquoise, la grande, l'Auvergnate, débarrasse une planchette sur laquelle elle rangeait des instruments de cuisine et on y étend l'autre Iroquoise, la petite, l'authentique.

Et Shoou-Shoou y va de son couplet :

On m'avait dit :
Tu verras,
Lili au lit
Te charmera...

— Attendez, coupe Bigras qui a trouvé une mélodie, veuillez recommencer.

Ravi, Shoou-Shoou donne plus de voix et tente de suivre la musique.

On m'avait dit :
Tu verras,
Lili au lit
Te charmera
Te comblera
T'enchantera.

L'effet comique de la petite Lili endormie sur sa planchette est saisissant. Mais il semble que rien ne puisse la réveiller.

Bigras tient sa mélodie ; au fur et à mesure que l'on avance dans les paroles, tous participent à la chanson.

On m'avait dit :
Tu verras,
Lili au lit

Te charmera
Te comblera
T'enchantera.

Tous pointent vers Lili un index impératif.

Alors au lit, Lili.
Mais
Ce que j'ignorais...

Bigras se déchaîne et aborde le refrain, Shoou-Shoou chante seul.

C'est qu'au lit
Lili lit
Et quand Lili lit
C'est fini.

Et l'on reprend en chœur.

Et quand Lili lit
C'est fini.

Shoou-Shoou s'approche de sa femme et, avec des mines appropriées à la situation (c'est un remarquable comédien) mime et susurre.

On m'avait dit :
Tu verras,
Lili au lit
Y a pas d' mystère
Elle va te plaire
C'est une affaire.

Dans un immense mouvement d'enthousiasme et de toutes leurs haleines parfumées au bon vin d'Acadie, ils commandent à Lili :

Alors au lit, Lili
Mais
Ce que j'ignorais

Petite transition musicale par Bigras et c'est reparti sur :

C'est qu'au lit
Lili lit
Et quand Lili lit
C'est fini.

C'est le délire.

Et quand Lili lit
C'est fini.

La chanson obtient un immense succès. On passe une partie de la nuit à la mettre au point. Quand, à l'aube, quelqu'un s'avise de dire :

— Il ne manque qu'Émile Kunu pour nous accompagner avec son ruine-babines.

On va le chercher. Deux, trois hommes titubant et chantant dans une bourrasque de neige.

— Tiens, il n'est pas dans son abri !

— Il est allé pisser, dit-on.

— Il est allé pisser en traîneau, ajoute Pierrot qui vient de mettre le nez à la porte de la cabane et constate qu'il manque une traîne-sauvage !

— Et les chiens ?

— Les chiens !

On commence à paniquer.

— Les chiens ! Les chiens !

Deux, trois lanternes circulent dans la tempête ; effectivement, six chiens ont disparu.

Et aussi une caisse de fusils, et une belle quantité de poudre, comme en atteste un baril éventré.

C'est la consternation.

Gilles, si discret qu'il a fait oublier jusqu'à sa présence, tente de suivre les traces laissées par Kunu. Elles se perdent presque aussitôt. Mais l'essentiel est de savoir qu'elles vont vers le nord, droit sur le Saint-Laurent où patrouillent les Anglais. Ce qui, tout en évitant le pire, pose un problème grave. Le pire eût été, qu'il ait pris la direction du sud et ait donc eu l'intention de rallier le camp des chaloupes, puis le *Lady Anna,* et de s'emparer de la cargaison. En revanche, les quatre barils de poudre (bien qu'il en ait entamé un) et la caisse de pistolets entreposés près de la cabane constituent un appât non négligeable qui pourraient tenter bien des pirates...

Aussi conviendra-t-il, le plus vite possible, de fortifier la cabane et d'établir une garde permanente aux quatre points cardinaux.

— Dommage pour la chasse aux castors, regrettent Bigras et Jeannot.

— Cet Émile Kunu, enrage Shoou-Shoou, j'aurais dû suivre mon instinct et l'abattre comme une bête nuisible.

Mad retrouve Rinkcha. Avec China, ils se roulent dans la neige.

Les sans-abris se réjouissent que chacun participe à la construction du fort. Ils y trouveront les avantages d'un logement solide.

Chacun pense à soi.

Un peu inconscients parce qu'ils sont heureux d'être ensemble, Anna et Jean de. envisagent avec sérénité la perspective d'un long hiver canadien.

7.

L'hiver

Ce qui frappe, dans les pays à froid vif, c'est l'éclatement du temps. On en perd la notion. A peine amorcée, une idée avorte. On n'a plus envie de bouger sinon pour l'amour. Mais l'amour est difficile quand on n'a plus un coin pour soi. On le fait à la sauvette, dans une espèce d'exaspération. Jean de. a les plus belles indulgences d'amant. Il apaise, il domine, il est superbe de compréhension et d'intelligence. Tout s'abrège ; on dormirait des journées entières si la sécurité de la communauté n'était, à chaque instant, remise en question : l'ennemi peut surgir. D'où viendra-t-il ? Quand viendra-t-il ?

L'hiver dans la cabane, correspond à une espèce d'engloutissement qui n'en finirait pas. La neige a tout enseveli...

La nuit, des loups hurlent, comme pour rappeler les notions les plus élémentaires de la passion et de la mort. Vivre ! Les événements de la vie se limitent à une provision de fèves gâtées, à un doigt gelé par négligence (on a remis à plus tard la réparation d'un trou dans une mitaine), à une dispute à propos d'une stupidité (un manche de marteau cassé), à une fente dans une paroi qui laisse passer la bise. Noël arrive, soudain triste, suivi de la nouvelle année 1629 dont le moins qu'on puisse dire est qu'elle s'annonce difficile.

Julien Bigras n'est pas homme à lâcher ses amis, mais il a juré que, l'hiver prochain, il le passerait à courir les bois à la poursuite de castors, de caribous et de femmes nouvelles... ou de loups ! Allez savoir pourquoi il aime les loups !

Quant à Jeannot, il s'en remet à l'ivresse du farniente et aux caresses de Jeannette. Il a beaucoup regretté d'être empêché de chasser. Il attend le printemps, les ciels clairs, les fleurs, les douches dans les chutes d'eau, la pêche dans la rivière, le grand délassement après l'hiver.

En attendant il est là, l'hiver, immobile, odieusement immobile. On en vient à souhaiter la bise, le froid qui tue, n'importe quoi, mais qu'il se passe quelque chose...

Ils sont exaucés un matin calme, si ralenti que, vers dix heures, ils sont encore tous en train de dormir, quand China réveille Mad, qui, toute nue, saute à bas de sa planche et passe devant Shoou-Shoou qui, ouvrant un œil, voit ses fesses.

— J'ai la berlue ou quoi, dit-il.

— *Yes !* répond Mad, qui ouvre la porte à China.

Dehors, la chienne labrador rampe et gronde. De la neige, à la hauteur du premier piquet, surgit la tête de Rinkcha qui montre les dents, haineux, toutes babines retroussées. Peut-être un ours rôde-t-il dans les parages.

A son tour, Shoou-Shoou donne l'alerte. Ce qui se passe est anormal. On essaye d'enfiler des vêtements raidis par le froid.

— Qui était de garde ? demande Jean de.

— Trois canonniers et Casimir.

— Dans quelle direction grondent les chiens ?

— Vers le nord.

Jean de. casse la glace de son pantalon. Avec Anna et Mad, il est le seul à dormir nu. Il s'impatiente, conscient du danger.

— Il me faut un éclaireur.

Il attend, personne ne bouge. Par ce froid, rien que l'idée d'aller ramper dehors fige le sang dans les veines.

— Qui se dévoue ? Un petit ferait mon affaire.

— Je parais tout désigné, se propose Shoou-Shoou.

Il n'a pas besoin de s'aventurer bien loin pour trouver Casimir, couvert de sang, une flèche dans la bouche. Il est raide dans la neige, saisi dans une attitude grotesque... Et les autres sentinelles ? Elles sont à leur poste. Comment les prévenir sans provoquer l'attaque ? Personne n'est prêt à y répondre dans la cabane.

— Casimir est mort, dit simplement Shoou-Shoou : une flèche en pleine face. Les Indiens...

— Pas forcément, l'interrompt Pierrot. Il n'y a pas que les Indiens qui tirent à l'arc.

— Et puis, une flèche, ça ne fait pas de bruit.

Anna, sombre, soucieuse, déterminée, distribue les fusils et les pistolets. Elle se félicite aujourd'hui d'avoir elle-même veillé à leur entretien, d'avoir exigé qu'ils soient toujours dans leur râtelier, bien au chaud, graissés, en bon état de fonctionner.

Jean de. récapitule : trois canonniers en sentinelle ; il serait temps de les relever, ils vont se briser comme du verre, les armes ne doivent plus être utilisables par cette température ; d'où l'usage de l'arc.

Avant de prendre le commandement dans la précipitation, c'est l'anarchie dans la tête de Jean de. Après une nuit particulièrement chaude avec Anna, il a du mal à avoir une vue d'ensemble de la situation.

Hypothèse que, d'instinct, il estime être la bonne : l'attaquant, ayant percé la défense nord en tuant la sentinelle, doit actuellement contourner la cabane fortifiée avec l'espoir de supprimer d'autres sentinelles, puis d'agir par surprise..

En conséquence, il décide que les hommes valides — ils le sont tous — opéreront une percée au nord et se diviseront en deux groupes, l'un se portant vers l'est, l'autre vers l'ouest. Avec un peu de chance, ils devraient prendre l'adversaire à revers ou le surprendre dans le dos. Les trois sentinelles, si elles n'ont pas été tuées entre-temps, devraient avoir la présence d'esprit de se défendre. C'est tout ce qu'on leur demande. Le groupe prévu pour faire mouvement à l'est se compose d'Anna, Jean de., Gilles et Shoou-Shoou considéré comme le meilleur tireur. Aussi le groupe ouest, en compensation, est-il plus nombreux avec Bigras, Jeannot, Pierrot et trois canonniers.

Les femmes restent à la maison. Elles disposent d'armes. A elles de s'en servir en cas de besoin.

Les chiens grondent.

Il faut faire vite.

A l'endroit présumé d'où Casimir a été tué, la neige est piétinée et des traces s'en vont de part et d'autre. Les choses se passent comme Jean de. les avait prévues. Les attaquants, scindés en deux groupes, opèrent un mouvement tournant pour prendre les sentinelles à revers.

On se croirait à une battue. Le gibier, stupide, va se faire massacrer. Combien sont-ils ? Une dizaine en tout, quelques Indiens, des pirates, des huguenots ? De dos, sait-on à qui on peut avoir affaire ?

Jean de. pense à un premier tir de sommation. Anna aussi. Trop tard, Shoou-Shoou a reconnu le profil d'Émile Kunu. Il l'ajuste. Sa main ne tremble pas, bien qu'il tremble de joie. Là, il est bien net, bien précis, au bout de la ligne de mire. Il veut le tirer de face.

— Monsieur Émile ! crie Shoou-Shoou.

— Tabernacle de mes noix, rugit Kunu, c'est mon nabot !

Et il présente sa gueule d'homme satisfait de plaire aux femmes, son sourire suffisant, conquérant, borné, exaspérant, pas supportable.

Shoou-Shoou l'écrabouille avec une satisfaction proche de l'orgasme. Sans compter qu'il n'a jamais apprécié les hommes qui passent dans le lit de sa lady.

Les compagnons de Kunu n'ont pas le temps de se retourner qu'ils sont exécutés sur place.

Le coup de main imaginé par Jean de. est une réussite totale. Mais les choses se sont passées si vite que « ceux de la cabane de Bigras », comme ils s'appellent maintenant ont de la peine à réaliser que neuf hommes viennent de trouver une mort stupide.

Seul, le cadavre de Casimir sera porté en terre, une terre plus dure à casser que du bois et que l'on creuse copeau par copeau...

Quant aux autres cadavres, ils ne passeront pas la nuit. Déjà des loups, informés par l'instinct, dévalent la colline et seront vite dangereux, il faudra même songer à protéger les chiens...

Les chiens ! Il reste un bon mois pour utiliser les traîneaux, la neige tient, prétend Pierrot, jusqu'en avril. On va pouvoir chasser, maintenant qu'Émile Kunu ne représente plus une menace.

— Chassez, messieurs, cela vous distraira, dit Anna. Gardez la poudre, faites provision de peaux, je reviendrai les chercher dans un an. A moins que vous n'ayez l'envie de tenter avec moi une autre aventure...

Bigras et Jeannot dressent l'oreille.

— Quelle aventure ?

Bien qu'elle sente déjà qu'elle les a convaincus, elle prend la peine de bien détacher ses mots.

— Quelle aventure ? Courir les bois, courir la mer, courir au secours de Québec !

Bigras se montre spontanément enthousiasmé.

— On y va, dit-il.

Anna est dans le ravissement.

— C'est vrai !

Jean de. suppute aussitôt un sérieux renfort pour l'équipage du *Lady Anna :* deux hommes, dont un capitaine au long cours, le capitaine Jeannot, et deux femmes, leurs femmes, dont le moins qu'on puisse dire c'est qu'au contact de la rude vie du Canada, elles ont pris du poing et du biceps.

Un soir, la fonte d'une large plaque de neige annonce le printemps. Le lendemain matin, à la même place « ceux de la cabane de Bigras » trouvent des fleurs, par bouquets, par brassées, par milliers.

Ils n'ont que le temps de faire leurs bagages, d'atteler les chiens et de faire route sur le campement des chaloupes, à des lieues et des lieues plus au sud...

8.

Le courrier du Cardinal

Après avoir touché Terre-Neuve, pris du courrier, s'être renseigné sur l'état des glaces, du dégel et des mouvements de navires étrangers, pas rassuré, mais déterminé, Minou met le cap sur l'estuaire du Saint-Laurent.

Minou est un sobriquet. Son nom est Massé. Minou Massé, capitaine du *Jésus-Marie-Joseph.*

On lui a dit : « Arriverez-vous jamais à Québec avec vos provisions et votre courrier ? Si vous avez une chance d'y parvenir, c'est en vous faisant petit, petit comme le poisson qui passe à travers les mailles du filet. »

Comme si une grosse pinasse montée par quarante hommes et armée de vingt canons pouvait passer inaperçue. On se battra, un point c'est tout, le capitaine Minou Massé y est résolu.

La vigie signale une voile.

Il s'agit d'un petit bâtiment. Dans sa longue-vue, Minou Massé détaille une coque sale, comme rongée par les intempéries et un gréement en mauvais état. Le bateau bat le pavillon noir à tête de mort des pirates. Il a vu le *Jésus-Marie-Joseph* et fait cap droit sur lui.

— Branle-bas de combat !

« Ça commence bien », pense Minou qui se dispose à la riposte.

L'entreprise du « bateau sale », comme il l'appelle, lui paraît suicidaire.

La coque est intéressante, à vue de nez, elle sort d'un chantier anglais. Il n'y a que les Anglais pour fabriquer aussi fin ! Dommage d'avoir à envoyer une telle coque par le fond. Dans un instant, dix canons vont cracher la mort. Tout de même, le capitaine du « bateau sale » ne manque pas d'audace. Dans la longue-vue, il apparaît que le capitaine gouverne lui-même ; et que ce soit une fille. Il n'y a rien de pire que les femmes-pirates.

A l'instant où Minou va commander une première salve, la coque sale remplace son pavillon de pirate par celui du roi de France.

— Nom de Dieu ! maugrée le capitaine du *Jésus-Marie-Joseph*, pour une ruse, c'est une ruse, si c'en est une !

Il prend le risque de ne pas canonner. Il s'en félicite. En pleine mer, dans des vagues immenses, une chaloupe à la peinture écaillée, sale à pleurer, se rapproche de son bord. Six gros biceps rament à mort tandis que se prélassent la femme-capitaine, un nain et, du moins à ce qu'il peut en juger à distance, un grand garçon à l'allure énergique.

Les retrouvailles entre les deux capitaines se passent dans l'enthousiasme : Anna Le Halper et Minou Massé sont tous deux de La Couarde, île de Ré. Anna était encore en classe de catéchisme préparatoire tandis que Minou achevait son catéchisme supérieur, avec le même Père Bruno. Ça crée des liens, des attaches, pourrait-on dire, d'autant plus étroites qu'Anna se souvient très bien du jour où Minou l'avait entraînée dans une cabane à huîtres. Elle n'avait pas voulu ce qu'il voulait... Aujourd'hui elle le regrette ; surtout quand on voit ce que Minou est devenu ! Capitaine à vingt ans, il faut avoir les qualités. Et ce physique de prince sur un corps de paysan... elle en est tout émue...

Hélas, à c' t' heure, comme on dit à La Couarde, le temps presse.

— Qu'est-ce que tu fais, l' Minou ?

— J' transporte l' courrier du cardinal. Et toi, que fais-tu l'Anna ?

— J' suis au service du roi et du cardinal.

— On m' l'avait dit. D'ailleurs, j'ai du courrier pour toi, l'Anna.

— Donne.

Minou farfouille dans une caissette et en extrait un gros parchemin agrémenté de cachets. La signature est un numéro. Le « 6 ». Et le 6, en écriture codée, correspond à Hermès. Le cœur d'Anna bat à lui faire mal.

Hermès !

Hermès et Jean de. !

Jean de. et Hermès !

Un instant, elle ne sait plus où elle en est.

Elle lit :

« Milady, je vous dois des excuses pour une bien maladroite demande en mariage. Veuillez accepter mon pardon pour cette outrecuidance... »

« Il n'a rien compris », pense Anna en serrant les dents. Un doigt appliqué sous chaque mot, elle poursuit sa lecture :

« Notre ami commun, le Père Bruno, voulait vous écrire. Comme je suis en charge du courrier de 52 [1], j'ai le triste devoir de vous informer du décès de monsieur votre père. Il a été rappelé à Dieu muni des sacrements de l'Église, et, à ce que l'on croit, il n'aurait pas souffert. En cette pénible occasion, je vous présente, milady, mes plus sincères condoléances. »

Anna interrompt sa lecture. Elle exige d'elle-même la plus parfaite maîtrise. Le Halper ! Elle n'imaginait pas qu'elle le perdrait un jour. Encore une fois, elle tombe dans le piège du chagrin. Encore une fois, elle se reproche de ne l'avoir pas compris, ni même vraiment aimé. Avec Le Halper et Lucette sous terre, c'est son enfance qui s'écroule. Elle voudrait pouvoir pleurer tranquil-

1. Nom de code du cardinal de Richelieu.

lement, sans témoin, avec Mad, peut-être, mais Mad n'est pas un témoin ; elle voudrait...

Le roulis mou du *Jésus-Marie-Joseph* donne la nausée et intervient pour lui rappeler qu'elle n'est pas à son bord, que les parages sont dangereux. Aussi se hâte-t-elle d'achever la lecture de la lettre d'Hermès :

« ... Comme je suppose que vous n'hésiterez pas à retraverser l'Atlantique pour rendre un dernier hommage à monsieur votre père qui repose en terre rhétaise, je prends la liberté de vous informer que je réside en Allemagne. Par le marquis de Colpach, actuellement en son pays de Luxembourg, vous saurez comment me joindre... dans le cas où, milady, vous me feriez l'honneur d'accepter à souper dans une de ces tavernes qui sentent la choucroute et où l'on consomme de la bière à en perdre la tête. Votre humble et dévoué serviteur — 6. »

Incroyable, cette lettre d'Hermès. Ces nouvelles contradictoires bouleversent Anna. Son père est mort. Hermès se souvient d'elle. Elle se sent une envie de mettre immédiatement le cap sur la France, l'Allemagne...

Shoou-Shoou s'avance.

— Permettez-moi de vous rappeler, milady, que le temps presse.

En effet, il est inutile de traîner dans des mers infestées d'ennemis de la France.

— Voilà ce qu'on va faire, Massé, dit-elle à Minou.

Massé, comme elle l'appelait au catéchisme. Il renvoie la balle.

— Je t'écoute, Le Halper.

— Nous transportons de la poudre pour Québec...

— Dieu fasse qu'elle parviennent à bon port ! dit Minou en se signant.

Jean de. se lève. Sa tête heurte le plafond de la cabine. Anna ne le voyait pas si grand. Elle éprouve les plus grandes difficultés à se concentrer. Sans doute Jean de. l'a-t-il deviné. Aussi s'exprime-t-il en son nom.

— Capitaine Massé, dit-il, je vous propose de porter votre courrier à Québec et de le faire distribuer...

Minou écoute avec attention.

Jean de. affirme :

— Nous avons plus de chances que vous d'arriver, comme vous dites, à bon port. Pourquoi ? Nous sommes plusieurs à parler anglais à bord du *Lady Anna.* Nous allons battre pavillon de Sa Très Gracieuse Majesté britannique et berner nos ennemis. Si vous avez du ravitaillement à bord, milady se fera une joie de l'embarquer...

— Hélas, l'interrompt le capitaine Massé, ma cargaison est gâtée par le gel, les rats et les charançons. Reste le courrier. D'après ce que j'ai appris à Terre-Neuve, il vous faudra, en effet, multiplier les astuces pour arriver jusqu'à Québec. Une vingtaine de navires anglais croisent dans les eaux canadiennes, sans compter des bateaux d'autres nations et des pirates... Nous, Français, éprouvons les plus grandes difficultés à nous frayer un passage... Je m'en retournerais volontiers sur la France informer le cardinal de Richelieu de ces problèmes. Lui dire aussi que Québec manque de tout, à commencer par des armes et de la poudre...

Anna en reste bouche bée. Ce petit Massé est devenu un homme de qualité. Quelle sotte elle fut de lui refuser les délices qu'il lui proposait dans une cabane à huîtres...

Décidément, pense Jean de., milady a la tête ailleurs aujourd'hui.

Il salue militairement le capitaine Massé. Anna ne résiste pas à l'envie de l'embrasser sur la bouche, les rameurs s'emparent des sacs de courrier.

— Salut, Massé !

— Salut, Le Halper !

— Salut, messieurs !

— Et pensez, s'il vous plaît, à vous assurer du courrier de retour.

— Si c'est possible, conclut Shoou-Shoou.

Dans une tardive averse de neige fondante, alors que les rives du Saint-Laurent défilent à chaque bord du *Lady Anna,* une canonnière anglaise surgit d'une boucle du fleuve.

A bord du *Lady Anna,* l'illusion est parfaite. Le pavillon de l'Union Jack claque dans le vent. L'équipage porte les tenues récupérées sur des marins anglais abandonnés dans la baie des Chaleurs après que leur bateau a été coulé.

Quant à Shoou-Shoou, la lippe dédaigneuse, debout sur un tonneau pour paraître mieux à son avantage, esquisse un sourire de lapin à l'anglaise.

A l'avant de la canonnière qui vient à sa rencontre, un grand roux à face rubiconde l'interpelle.

— *Who goes there*[1] *?*

— *Captain Anna,* répond Shoou-Shoou avec un parfait accent londonien.

— *Captain Smith.*

— *Good morning, captain,* répond le nain.

— *What the hell are you doing here ?*

— *Looking for a damned French.*

— *Sounds all right. So good luck, captain.*

— *Good luck, sir.*

Et le *Lady Anna* poursuit sa route. La chance paraît lui sourire.

Mad, en mousse anglais, fait plus vrai que nature. Quand on

1. Qui vive ?
— Capitaine Anna.
— Capitaine Smith.
— Bonjour, capitaine.
— Bon Dieu, qu'est-ce que vous pouvez bien faire ici ?
— Je suis à la recherche d'un fichu Français.
— Ça me plaît. Bonne chance, capitaine.
— Bonne chance, monsieur.

croise ou dépasse un navire ennemi, elle fait semblant de venir aux ordres. Shoou-Shoou lui tire alors l'oreille et lui commande une manœuvre.

— *Yes, sir,* répond alors Mad, au garde-à-vous.

L'entreprise est en train de réussir.

Haletant, l'état-major du *Lady Anna* suit le déroulement des opérations. La progression du bateau à travers la flotte anglaise rappelle cette ruse d'Indiens qui consiste à marcher à quatre pattes revêtu d'une peau de bête pour s'introduire dans un troupeau. Soudain, on cogne le fond du fleuve. Va-t-on s'échouer ? La navigation devient de plus en plus difficile. Il n'est cependant pas question de s'arrêter pour la nuit. Tous feux éteints et dans un silence de mort (il est interdit de parler), le *Lady Anna* s'engage dans l'inconnu.

Anna (en total accord avec Jean de.) préfère cette démarche d'aveugle à l'insécurité d'un mouillage : un bateau paralysé par ses ancres est impropre à la riposte.

Epuisé par la tension nerveuse, l'état-major du *Lady Anna* demeure toute la nuit sur le qui-vive.

Même Gilles, le cousin de Jean de., le désespéré d'avoir perdu son fils, semble revivre et se passionne.

Les patrouilles anglaises sont de plus en plus nombreuses.

Soudain, Lili s'inquiète. Son oreille d'Iroquoise (proche de celle du lynx, à ce que prétend Shoou-Shoou) perçoit ce que nous n'entendons pas : une rumeur, on dirait celle d'une ville. Ce n'est pourtant pas Québec. Alors, que penser ? Et, surtout, que faire ?

Depuis leur rencontre avec la canonnière et le dialogue du nain avec un certain capitaine Smith, Anna se bat avec sa mémoire. Ce capitaine Smith, il lui avait bien semblé le reconnaître. C'est l'un des *midships* qui avaient découvert la cargaison de poudre. C'est le *midship,* elle en est maintenant persuadée, qu'elle a débarqué pour l'abandonner en terre canadienne. Il est certain qu'il a reconnu le *Lady Anna* et que la rumeur qui maintenant vient aussi de l'aval est une attaque. Pris dans un étau, le bateau court à sa perte.

Mis au courant de la situation et respectueux de la hiérarchie, Jean de., avec un imperceptible claquement de talon, vient aux ordres.

— Milady, que décidez-vous ?

— A votre avis, Jean de., le bateau est perdu ?

— Ça ne fait aucun doute, milady. Comme vous l'avez très bien compris, nous sommes tombés dans un piège.

De nouveau femme, peut-être plus femme qu'elle ne l'a jamais été, Anna passe, en signe de soumission, un index furtif sur la bouche de Jean de.

— Je sais que vous avez une idée, dit-elle.

— En effet.

— Dites.

Jean de. parle très lentement, et pour être bien compris, et pour donner une extrême importance à ce qu'il va dire.

— L'idée n'est pas de moi, milady. Elle est de mon cousin.

— L'homme triste ?

— Il ne l'est plus. Il va servir à quelque chose. Il en est profondément heureux... Voici, vous allez, sans perdre un instant, donner l'ordre de gagner la rive droite du fleuve à la nage. Ceux qui ne savent pas nager embarqueront à bord de la petite plate...

— Parez à mouiller, commande Anna, presque à voix basse. Mouillez !

Le bateau s'immobilise près d'une berge.

Shoou-Shoou, Jeannot, Pierrot et les six canonniers prennent place à bord de la minuscule embarcation, chargée à crouler. Les chiens (ils sont treize) Rinkcha et China en tête, sans un aboiement, sans un jappement, comme s'ils avaient compris l'enjeu, et ils l'ont compris, plongent et regagnent la rive. Anna, Jean de., Bigras et les autres entrent dans les eaux glacées du Saint-Laurent. Saisis, mais encouragés par Mad, ils progressent lentement vers la berge, chargés des sacs du courrier du cardinal.

Au sec, si l'on peut dire, on se compte, on tente de se réchauffer ; les chiens s'ébrouent, ils ont bien de la chance, et l'on se cache dans un repli de terrain pour assister à un spectacle extraordinaire.

A l'ancre, le *Lady Anna* secoue sa chaîne, un peu comme un cheval qui se cabre, puis, dans un trou de vent, se calme.

C'est alors que, d'amont et d'aval, progressent d'énormes bâtiments de guerre anglais. Ventrus, hérissés de canons, ils cernent le *Lady Anna,* soudain devenu fragile.

La respiration courte, les larmes aux yeux, Anna se prépare à assister à la curée de son bateau. Des pirogues indiennes se mêlent aux Anglais, et l'étreinte se resserre...

Des grappins d'abordage volent de plusieurs bords, aggripent et immobilisent le *Lady Anna.*

Soudain, comme dans les cauchemars, tout mouvement cesse. Les Anglais s'attendaient à une défense. Comme rien ne se produit, ils suspendent toute action. Ils attendent l'arrivée d'un haut gradé qui se présente bientôt, debout dans une chaloupe-amiral chamarrée d'or et de velours écarlate.

— *What happens ?* demande-t-il.

— *Nothing, Sir.*

— *What does that mean ?*

— *I don't know, Sir* [1].

Précédé d'officiers, comme à la parade, ce haut gradé monte à bord, de plus en plus étonné que personne ne le reçoive. Il est furieux. Ses officiers et ses hommes ont l'air d'imbéciles avec leurs sabres, leurs mosquets et leurs pistolets braqués sur un équipage imaginaire.

Le *Lady Anna* ressemble à un bateau fantôme.

C'est à ce moment que Gilles, très calme, paraît sur le pont. Il a

1. Que se passe-t-il ?
— Rien, Monsieur.
— Qu'est-ce que ça veut dire ?
— Je n'en sais rien, Monsieur.

pris la précaution d'agiter un tissu blanc au bout d'un aviron. Aussitôt, des officiers anglais se pressent autour de lui. Éclairé par les torches, on voit très bien le visage de Gilles. Il est souriant, il parlemente. Sans doute donne-t-il confiance, car la situation paraît se détendre.

Le pont du *Lady Anna* est maintenant noir de monde et une dizaine, peut-être une quinzaine, de bâtiments forment cercle autour de lui.

Le bateau d'Anna étouffe.

De toutes parts, surgissent des embarcations légères qui se faufilent et parachèvent la toile d'araignée. Des lumières s'allument. D'un peu partout, avec des mouvements aussi lents que dans un cauchemar, on vient assister à l'agonie d'un bateau...

Sur la berge, ceux du *Lady Anna* retiennent leur souffle. Même les chiens, contenus par leur instinct, se sont immobilisés.

Soudain, Gilles se précipite sur un matelot qui tient une torche et la lui arrache. Sans lui laisser le temps d'intervenir, il jette la torche dans la cale. Aussitôt, sous la pression d'une formidable explosion, le pont du *Lady Anna* se disloque, précipitant dans les airs Gilles et tous ceux qui se tenaient auprès de lui.

Une seconde explosion, plus violente que la première, fait éclater la coque chargée de trois cents barils de poudre.

Ça hurle, ça fume, ça crépite et ça tempête. Une pluie de débris retombe dans le St. Laurent et sur les berges..., agrès, ferrailles, vêtements, ustensiles, bras, jambes...

Des canons et des tronçons de mâts écrasent les fuyards dans leurs chutes. C'est l'épouvante. Avec une vitesse incroyable, le feu, par flammèches, se propage sur les environs, interdisant toute retraite. En quelques instants, ce monstrueux amalgame de vaisseaux enchevêtrés, déchiquetés, devient un brasier.

Au centre, tel un soleil, le *Lady Anna,* incandescent, est une image d'apocalypse.

Le ciel lui-même se colore de sang.

Maîtresse d'elle-même, Anna assiste à ce spectacle.

Trop impressionné pour réagir, son équipage, hébété, demeure figé sur place. C'est à leur capitaine de le ramener aux réalités du moment.

— Eh bien, messieurs, constate Anna, nous venons de remporter une belle victoire. Rendons hommage à Gilles, cousin de Jean de., qui a fait le sacrifice de sa personne en acceptant de sauter avec notre bateau...

Elle se sent un peu grandiloquente, mais elle est réellement émue.

— Tant qu'il y aura des hommes comme Gilles, dit-elle encore, la vie vaudra la peine d'être vécue...

— *Yes*, dit Mad.

On sourit.

Insensiblement, chacun commence à réagir.

— On n'a plus rien à faire ici, dit Julien Bigras, après avoir constaté que nul n'avait échappé au brasier, qu'il ne restait aucun survivant.

« Mais tout reste à faire », pense Anna.

La petite troupe, dont elle a la responsabilité, ne possède plus rien, à peine leurs vêtements. Même les chiens ont perdu leurs longes et leurs harnais.

— Nous allons commencer par nous éloigner du St. Laurent, commande-t-elle, établir un campement de fortune, dresser un inventaire de ce que certains d'entre nous auraient pu sauver, peut-être quelques pistolets, quelques couteaux... et prendre le chemin de Québec où nous avons à délivrer le courrier du cardinal.

On chemine en file indienne.

Anne et Jean de. ouvrent la marche.

— Maintenant, Gilles est libre, dit soudain Jean de.

— Qu'est-ce que ça veut dire ! Vous parlez souvent de choses que je ne comprends pas.

Jean de. plisse les yeux, mi triste, mi rieur.

— La vraie liberté, c'est de pouvoir toute chose sur soi.

— Expliquez.

— Il n'y a rien à expliquer, la liberté, c'est de se conduire dans la vie comme on l'entend.

— C'est votre idée ?

— Plutôt celle de Montaigne.

— Qui est-ce ?

— Un homme qui écrit.

— Ah ! Je vois, c'est comme Shakespeare !

Jean de. la prend dans ses bras.

Ils vivent à la fois le bonheur et l'infortune.

— Répétez l'idée de Montaigne.

— « La vraie liberté, c'est de pouvoir toute chose sur soi. »

— Ça m'intéresse, comme phrase. Je vais la copier. Parce que, pour moi, c'est pareil.

Ils se retournent. Dans les lointains, l'incendie n'en finit pas d'illuminer le St. Laurent.

Fin du deuxième volume

TABLE DES MATIÈRES

Achevé d'imprimer en avril 1985
sur presse CAMERON,
dans les ateliers de la S.E.P.C.
à Saint-Amand-Montrond (Cher)

Dépôt légal : mai 1985.
— N° d'édit. 822. — N° d'imp. 877/581. —